季羡林：国学大师斑斓人生书系

我的银红时代

季羡林——著

浙江出版联合集团
浙江人民出版社

目录

第一辑 留德十年

第二辑 欧游散记

第一辑

留德十年

楔　子

七十多年的生命像一场春梦似的逝去了。这样的梦并不总是像“春宵一刻值千金”那样轻灵美妙。有时候也难免有惊涛骇浪、龙蛇竞舞的场面。不管怎样，我的生命像梦一般地逝去了。

对于这些梦有没有留恋之感呢？应该说是有的。人到了老年，往往喜爱回忆往事。古今中外，概莫能外。我当然也不能成为例外。英国人常说什么“往日的可爱的时光”，实有会于我心。往日的时光，回忆起来，确实感到美妙可爱。“当时只道是寻常”，然而一经回忆，却往往觉得美妙无比，回味无穷。我现在就经常陷入对往事的回忆中。

但是，我从来也没有想到，把这些轻梦或者恶梦从回忆中移到纸上来。我从来没有感到，有这样的需要。我只是一个人在夜深人静时，伏在枕上，让逝去的生命一幕一幕地断断续续地在我眼前重演一遍，自己仿佛成了一个旁观者，顾而乐之。逝去的生命不能复归，也用不着复归。但是，回忆这样的生命，意识到自己是这样活过来的，阳关大道、独木小桥，都走过来了，风风雨雨都经历过了，一直到今天，自己还能活在世上，还能回忆往事，这难道还不能算是莫大的幸福吗？

只是到了最近一两年，比我年轻的一些朋友，多次向我建议写一点自传之类的东西。他们认为，像我这样的知识分子，已经活到了将近耄耋之年，古稀之年早已甩在背后了，而且经历了几个时代；在中国历史上，也是一个难能可贵的机会；与我有类似这样经历的知识分子恐怕也不是人多。我对世事沧桑的阅历，人情世态的体会，恐怕有很多值得别人借鉴的地方。今天年轻的知识分子，甚至许多中年知识分子，大都不能体会我的经历。有时候同他们谈一点过去的情况，他们往往瞪大了眼睛，像是在听“天方夜谭”。因此，他们建议我把这些经历写出来，不要过于“自私自利”，只留在自己脑海中，供自己品味玩赏。这应该说是我这一辈人的责任，不容推卸。

我考虑了他们的意见，觉得是正确的。就我个人来说，我生于辛亥革命那一年的夏秋之交，距离十月十日，只有一个月多一点。在这一段时间内，我当过大清皇帝的臣民，大概也算是一个“遗少”吧。我在极小的时候，就听到“朝廷”这个词儿，意思是大清皇帝。在我的幻想中，“朝廷”是一个非人非神非龙非蛇，然而又是人是神是龙是蛇的东西。最后一个“朝廷”一退位，袁世凯立刻来了，紧跟着是军阀混战。赤县神州，群魔乱舞。我三岁的时候，第一次世界大战爆发。我对此毫无所知。对于五四运动，所知也不多，只是对文言改白话觉得新鲜而已。在小学和初中时期，跟着大孩子游行示威，焚烧日货和英货，情绪如疯如狂。高中时期，正值国民党统治，是另一种群魔乱舞，是国民党内部的群魔。大学时期，日本军国主义者蠢蠢欲动。九一八事变以后，我曾随清华的同学卧轨绝食，赴南京请愿。生平第一次也是最后一次见到蒋介石。留学时期，七七事变发生，半壁河山沦入外寇铁蹄之下。我的家乡更是早为外寇占领，让我无法回国。“等是有家归未得，杜鹃休向耳边啼。”我漂泊异乡，无从听到杜鹃鸣声，我听到的是天空中轰炸机的鸣声，伴随着肚中的饥肠辘辘声，有时候还会听到广播中希特勒疯狗似的狂吠声。如此度过了八年。“烽火连八岁，家书抵亿金。”抵亿金的家书一封也没能收到。大战终于结束。我在瑞士呆了将近半年，费了千辛万苦，经法国、越南回到祖国。在狂欢之余，灾星未退，又在通货疯狂膨胀中度过了三年，终于迎来了解放。在更大的狂欢之余，知道道路并不是总有玫瑰花铺地，有时难免也有狂风恶浪。就这样，风风雨雨，坎坎坷坷，一直活到了今天，垂垂老矣。

如此丰富复杂的经历，并不是每一个人都能有的。而且从某种意义上来看，这些经历也是十分宝贵的。经验和教训，从中都可以吸取，对人对己都会有点好处。我自己如果秘而不宣，确有“自私自利”之嫌。因此，我决心听从别人的建议，改变以前的想法，把自己一生的经历实事求是地写出来。我特别强调“实事求是”四字，因为写自传不是搞文学创作，让自己的幻想纵横驰骋。我写自传，只写事实。这是否也能写成文学作品，我在这里存而不论。古今中外颇有大文学家把自传写成文学创作的。德国最伟大的诗人歌德就是其中之一，他的*Dichtung und Wahrheit*（《创作与真理》）可以为证。我个人认为，大文学家可以，我则不可。我这里只有Wahrheit，而无Dichtung。

但是，如此复杂的工作决不能毕其功于一役。我目前还有很多工作要做，没有太多的余闲，我只能分段解决。我把我七十多年的生命分成八个阶段：

一、故乡时期

二、在济南上中学时期

三、清华大学、中学教员时期

四、留德十年

五、解放前夕

六、五六十年代

七、牛棚杂忆

八、1978年以后

在1988年，我断断续续写成了四和七两部草稿。现在先把“留德十年”整理出来，让它带着我的祝福走向世界吧！捋扯雪絮做一绝：

毫无荒唐言
半把辛酸泪
作者并不痴
人解其中味

以上算是楔子。

留学热

五六十年以前，一股浓烈的留学热弥漫全国，其声势之大决不下于今天。留学牵动着成千上万青年学子的心。我曾亲眼看到，一位同学听到别人出国而自己无份时，一时浑身发抖、眼直口呆、满面流汗，他内心震动之剧烈可想而知。

为什么会出现这样的现象呢？仔细分析其中原因，有的同今天差不多，有的则完全不同。相同的原因我在这里不谈了。不同的原因，其根底是社会制度不同。那时候有两句名言："毕业即失业"；"要努力抢一只饭碗"。一个大学毕业生，如果没有后门，会找不到工作，抢不到一只饭碗。如果一个人能出国一趟，当时称之为"镀金"，一回国身价百倍，金光闪烁，好多地方会抢着要他，他就成了"抢手货"。

当时要想出国，无非走两条路：一条是私费，一条是官费。前者只有富商、大贾、高官、显宦的子女才能办到。后者又有两种：一种是全国性质的官费，比如留英庚款、留美庚款之类；一种是各省举办的。两者都要经过考试，这两种官费人数都极少，只有一两个。在芸芸学子中，走这条路，比骆驼钻针眼还要困难。是否有走后门的？我不敢说绝对没有。但是根据我个人的观察，还是比较公道的，录取的学员中颇多英俊之材。这种官费钱相当多，可以在国外过十分舒适的生活，令人羡煞。

我当然也患了留学热症，而且其严重程度决不下于别人。可惜我投胎找错了地方，我的家庭在乡下是贫农，在城里是公务员，连个小官都算不上。平常人家，勉强糊口。1934年，我大学毕业时，叔父正失业，家庭经济实际上已经破了产，其贫窘之状可想而知。私费留学，我想都没有想过，我这个癞蛤蟆压根儿不想吃天鹅肉，我还没有糊涂到那个程度。官费留学呢，当时只送理工科学生，社会科学受到歧视。所以说，今天社会歧视社会科学也是源远流长的，我们社会科学者运交华盖，只好怨我们命苦了。

总而言之，我大学一毕业，立刻就倒了霉，留学无望，饭碗难抢；临渊羡鱼，有网难结；穷途痛哭，无地自容。母校（省立济南高中）校长宋还吾先生要我回母校当国文教员，好像绝处逢生。但是我学的是西洋文学，满脑袋歌德、莎士比亚，一旦换为屈原、杜甫，我换得过来吗？当时中学生颇有“架”教员的风气。所谓“架”，就是赶走。我自己“架”人的经验是有一点的，被“架”的经验却无论如何也不想沾边。我考虑再三，到了暑假离开清华园时，我才咬了咬牙：“你敢请我，我就敢去！”大有破釜沉舟之慨了。

省立济南高中是当时全山东唯一的一所高级中学。国文教员，待遇优渥，每月一百六十块大洋，是大学助教的一倍，折合今天人民币，至少可以等于三千二百元。这是颇有一些吸引力的。为什么这样一只“肥”饭碗竟无端落到我手中了呢？原因是有一点的。我虽然读西洋文学，但从小喜欢舞笔弄墨，发表了几篇散文，于是就被认为是作家，而在当时作家都是被认为能教国文的，于是我就成了国文教员。但是，如人饮水，冷暖自知，我深知自己能吃几碗干饭，心虚在所难免。我真是如履薄冰似的走上了讲台。

但是，宋校长真正聘我的原因，还不仅仅这样简单。当时山东中学界抢夺饭碗的搏斗是异常激烈的。常常是一换校长，一大批教员也就被撤换。每一个校长身边都有一个行政班子，教务长、总务长、训育主任、会计，等等，一应俱全，好像是一个内阁。在外围还有一个教员队伍。这些人都是与校长共进退的。这时山东中学教育界有两大派系：北大派与师大派，两者勾心斗角，争夺地盘。宋校长是北大派的头领，与当时的教育厅长何思源，是菏泽六中和北京大学的同学，私交颇深。有人说，如果宋校长再是美国哥伦比亚大学的学生，与何在国外也是同学，则他的地位会更上一层楼，不止是校长，而是教育厅的科长了。

总之，宋校长率领着北大派浩荡大军，同师大派两军对垒。他需要支持，需要一支客军。于是一眼就看上了我这个超然于两派之外的清华大学毕业生，兼高中第一级的毕业生。他请我当国文教员，授意我组织高中毕业同学会，以壮他的声势。我虽涉世未深，但他这一点苦心，我还是能够体会的。可惜我天生不是干这种事的料，我不会吹牛拍马，不愿陪什么人的太太打麻将。结果同学会没有组成，我感到抱歉，但是无能为力。宋校长对别人说："羡林很安静！"宋校长不愧是北大国文系毕业生，深通国故，有很高的古典文学造诣，他使用了"安静"二字，借用王国维的说法，一着此二字，则境界全出，胜似别人的千言万语。不幸的是，我也并非白痴，多少还懂点世故，聆听之下，心领神会；然而握在手中的那一只饭碗，则摇摇欲飞矣。

因此，我必须想法离开这里。

离开这里，到哪里去呢？"抬眼望尽天涯路"，我只看到人海茫茫，没有一个归宿。按理说，我当时的生活和处境是相当好的。我同学生相处得很好。我只有二十三岁，不懂什么叫架子。学生大部分同我年龄差不多，有的比我还要大几岁，我觉得他们是伙伴。我在一家大报上主编一个文学副刊，可以刊登学生的文章，这对学生是极有吸引力的。同教员同事关系也很融洽，几乎每周都同几个志同道合者，出去吃小馆，反正工资优厚，物价又低，谁也不会吝啬，感情更易加深。从外表看来，真似神仙生活。

然而我情绪低沉，我必须想法离开这里。

离开这里，至高无上的梦就是出国镀金。我常常面对屋前的枝叶繁茂花朵鲜艳的木槿花，面对小花园里的亭台假山，做着出国的梦。同时，在灯红酒绿中，又会蓦地感到手中的饭碗在动摇。二十刚出头的年龄，却心怀百岁之忧。我的精神无论如何也振作不起来。我有时候想：就这样混下去吧，反正自己毫无办法，空想也白搭。俗话说："车到山前必有路。”我这辆车还没驶到山前，等到了山前再说吧。

然而不行。别人出国留学镀金的消息，不时传入自己耳中。一听到这种消息，就像我看别人一样，我也是浑身发抖。我遥望欧山美水，看那些出国者如神仙中人，而自己则像人间凡夫，“更隔蓬山千万重”了。

我就这样度过了一整年。

天赐良机

正当我心急似火而又一筹莫展的时候，真像是天赐良机，我的母校清华大学同德国学术交换处（DAAD）签订了一个合同：双方交换研究生，路费制装费自己出，食宿费相互付给：中国每月三十块大洋，德国一百二十马克。条件并不理想，一百二十马克只能勉强支付食宿费用。相比之下，官费一个月八百马克，有天渊之别了。

然而，对我来说，这却像是一根救命的稻草，非抓住不行了。我在清华名义上主修德文，成绩四年全优（这其实是名不副实的），我一报名，立即通过。但是，我的困难也是明摆着的：家庭经济濒于破产，而且亲老子幼。我一走，全家生活靠什么来维持呢？我面临的都是切切实实的现实困难，在狂喜之余，不由得又心忧如焚了。

我走到了一个歧路口上：一条路是桃花，一条路是雪。开满桃花的路上，云蒸霞蔚，前程似锦，使人不由得想往前走。堆满雪的路上，则是暗淡无光，摆在我眼前是终生青衾，老死学宫，天天为饭碗而搏斗，时时引“安静”为鉴戒。究竟何去何从？我逢到了生平第一次重大抉择。

出我意料之外，我得到了叔父和全家人的支持。他们对我说：我们咬咬牙，过两年紧日子，只要饿不死，就能迎来胜利的曙光，为祖宗门楣增辉。这种思想根源，我是清清楚楚的。当时封建科举的思想，仍然在社会上流行。人们把小学毕业看作秀才，高中毕业看作举人，大学毕业看作进士，而留洋镀金则是翰林一流。在人们眼中，我已经中了进士。古人说：没有场外的举人；现在则是场外的进士。我眼看就要入场，焉能悬崖勒马呢？

认为我很“安静”的那一位宋还吾校长，也对我完全刮目相看，表现出异常的殷勤，亲自带我去找教育厅长，希望能得到点资助。但是，我不成材，我的“安静”又害了我，结果空手而归，再一次让校长失望。但是，他热情不减，又是勉励，又是设宴欢送，相期学成归国之日再共同工作，令我十分感动。

我高中的同事们，有的原来就是我的老师，有的是我的同辈，但年龄都比我大很多。他们对我也是刮目相看。年轻一点的教员，无不患上了留学热症，也都是望穿秋水，欲进无门，谁也没有办法。现在我忽然捞到了镀金的机会，洋翰林指日可得，宛如蛰龙升天，他年回国，决不会再呆在济南高中了。他们羡慕的心情溢于言表。我忽然感觉到，我简直成了《儒林外史》中的范进，虽然还缺一个老泰山胡屠户和一个张乡绅，然而在众人心目中，我忽然成了特殊人物，觉得非常可笑。虽然我还没有春风得意之感，但是内心深处是颇为高兴的。

但是，我的困难是显而易见的。除了前面说到的家庭经济困难之外，还有制装费和旅费。因为知道，到了德国以后，不可能有余钱买衣服，在国内制装必须周到齐全。这都需要很多钱。在过去一年内，我从工资中节余了一点钱，数量不大；向朋友借了点钱，七拼八凑，勉强做了几身衣服，装了两大皮箱。长途万里的旅行准备算是完成了。此时，我心里不知道是什么滋味，酸、甜、苦、辣，搅和在一起，但是决没有像调和鸡尾酒那样美妙。我充满了渴望，而又忐忑不安，有时候想得很美，有时候又忧心忡忡，在各种思想矛盾中，迎接我生平第一次大抉择、大冒险。

在北平的准备工作

我终于在1935年8月1日离开了家。我留下的是一个破败的家，老亲、少妻、年幼子女。这样一个家和我这一群亲人，他们的命运谁也不知道，正如我自己的命运一样。生离死别，古今同悲。江文通说："黯然销魂者，唯别而已矣。"他又说："割慈忍爱，离邦去里，沥泣共诀，抆血相视。"我从前读《别赋》时，只是欣赏它的文采。然而今天自己竟成了赋中人。此情此景实不足为外人道也。

临离家时，我思绪万端。叔父、婶母、德华（妻子），女儿婉如牵着德华的手，才出生几个月的延宗酣睡在母亲怀中，都送我到大门口。娇女、幼子，还不知道什么叫离别，也许还觉得好玩。双亲和德华是完全理解的。我眼里含着泪，硬把大量的眼泪压在肚子里，没有敢再看他们一眼——我相信，他们眼里也一定噙着泪珠——扭头上了洋车，只有大门楼上残砖败瓦的影子在我眼前一闪。

我先乘火车到北平。办理出国手续，只有北平有可能，济南是不行的。到北平以后，我先到沙滩找了一家公寓，赁了一间房子，存放那两只大皮箱。立即赶赴清华园，在工字厅招待所找到了一个床位，同屋的是一位比我高几级的清华老毕业生，他是什么地方保险公司的总经理。夜半联床，娓娓对谈。他再三劝我，到德国后学保险。将来回国，饭碗决不成问题，也许还是一只金饭碗。这当然很有诱惑力，但却同我的愿望完全相违。我虽向无大志，可是对做官、经商，却决无兴趣，对发财也无追求。对这位老学长的盛意，我只有心领了。

此时正值暑假，学生几乎都离校回家了。偌大一个清华园，静悄悄的。但是风光却更加旖旎，高树蔽天，浓荫匝地，花开绿丛，蝉鸣高枝；荷塘里的荷花正迎风怒放，西山的紫气依旧幻奇。风光虽美，但是我心中却感到无边的寂寞。仅仅在一年前，当我还是学生的时候，我那众多的小伙伴都还聚在一起，或临风朗读，或月下抒怀。黄昏时漫步荒郊，回校后余兴尚浓，有时候沿荷塘步月，领略荷塘月色的情趣，其乐融融，乐不可支。然而曾几何时，今天却只剩下我一个人又回到水木清华，睹物思人，对月兴叹，人去楼空，宇宙似乎也变得空荡荡的，令人无法忍受了。

我住的工字厅是清华的中心。我的老师吴宓先生的“藤影荷声之馆”就在这里。他已离校，我只能透过玻璃窗子看室中的陈设，不由得忆起当年在这里高谈阔论时的情景，心中黯然。离开这里不远就是那一间临湖大厅，“水木清华”四个大字的匾就挂在后面。这个厅很大，里面摆满了红木家具，气象高雅华贵。平常很少有人来，因此幽静得很。几年前，我有时候同吴组缃、林庚、李长之等几个好友，到这里来闲谈。我们都还年轻，有点不知道天高地厚，说话海阔天空，旁若无人。我们不是粪土当年万户侯，而是挥斥当代文学家。记得茅盾的《子夜》出版时，我们几个人在这里碰头，议论此书。当时意见截然分成两派：一派完全肯定，一派基本否定，大家争吵得不亦乐乎。我们这种侃大山，一向没有结论，也不需要有结论。各自把自己的话尽量夸大其词地说完，然后再谈别的问题，觉得其乐无穷。今天我一个人来到这间大厅里，睹物思人，又不禁有点伤感了。

在这期间，我有的是空闲。我曾拜见了几位老师。首先是冯友兰先生，据说同德国方面签订合同，就是由于他的斡旋。其次是蒋廷黻先生，据说他在签订合同中也出了力。他恳切劝我说，德国是法西斯国家，在那里一定要谨言慎行，免得惹起麻烦。我感谢师长的叮嘱。我也拜见了闻一多先生。这是我同他第一次见面，不幸的是，也是最后一次见面。等到十一年后我回国时，他早已被国民党反动派暗杀了。他是一位我异常景仰的诗人和学者。当时谈话的内容我已经完全忘记，但是他的形象却永远留在我心中。

有一个晚上，吃过晚饭，孤身无聊，信步走出工字厅，到朱自清先生的《荷塘月色》中所描写的荷塘边上去散步。于时新月当空，万籁无声。明月倒影荷塘中，比天上那一个似乎更加圆明皎洁。在月光下，荷叶和荷花都失去了色彩，变成了灰蒙蒙的一个颜色。但是缕缕荷香直逼鼻管，使我仿佛能看到翠绿的荷叶和红艳的荷花。荷叶丛中闪熠着点点的火花，是早出的萤火虫。小小的火点动荡不定，忽隐忽现，仿佛要同天上和水中的那个大火点，争光比辉。此时，宇宙间仿佛只剩下了我一个人。前面的鹏程万里，异乡漂泊；后面的亲老子幼的家庭，都离开我远远的，远远的，陷入一层薄雾中，望之如蓬莱仙山了。

但是，我到北平来是办事儿的，不是来做梦的。当时的北平没有外国领馆，办理出国护照的签证，必须到天津去。于是我同乔冠华就联袂乘火车赴天津，到俄、德两个领馆去请求签证。手续决没有现在这样复杂，领馆的俄、德籍的工作人员，只简简单单地问了几句话，含笑握手，并祝我们一路顺风。我们的出国手续就全部办完，只等出发了。

回到北平以后，几个朋友在北海公园为我饯行，记得有林庚、李长之、王锦弟、张露薇等。我们租了两只小船，荡舟于荷花丛中。接天莲叶，映日荷花，在太阳的照射下，红是红，绿是绿，各极其妙。同那天清华园的荷塘月色，完全不同了。我们每个人都兴高采烈，臧否人物，指点时政，意气风发，所向无前，“语不惊人死不休”，我们真仿佛成了主宰沉浮的英雄。玩了整整一天，尽欢而散。

千里搭凉棚，没有不散的筵席。终于到了应该启程的日子。8月31日，朋友们把我们送到火车站，就是现在的前门老车站。当然又有一番祝福，一番叮嘱。在登上火车的一刹那，我脑海里忽然浮现出一句旧诗：“万里投荒第二人。”

满洲车上

当年想从中国到欧洲去，飞机没有，海路太遥远又麻烦，最简便的路程就是苏联西伯利亚大铁路。其中一段通过中国东三省。这几乎是唯一的可行的路；但是有麻烦，有困难，有疑问，有危险。日本军国主义分子在东三省建立了所谓“满洲国”，这里有危险。过了“满洲国”，就是苏联，这里有疑问。我们一心想出国，必须面对这些危险和疑问，义无反顾。明知山有虎，偏向虎山行，我们仿佛成了那样的英雄了。

车到了山海关，要进入“满洲国”了。车停了下来，我们都下车办理入“国”的手续。无非是填几张表格，这对我们并无困难。但是每人必须交手续费三块大洋。这三块大洋是一个人半月的饭费，我们真有点舍不得。既要入境，就必须缴纳，这个“买路钱”是省不得的。我们万般无奈，掏出三块大洋，递了上去，脸上尽量不流露出任何不满的表情，说话更是特别小心谨慎，前去是一个布满了荆棘的火坑，这一点我们比谁都清楚。

幸而没有出麻烦，我们顺利过了“关”，又登上车。我们意识到自己所在的是一个什么地方，个个谨慎小心，说话细声细气。到了夜里，我们没有注意，有一个年轻人进入我们每四个人一间的车厢，穿着长筒马靴，英俊精神，给人一个颇为善良的印象，年纪约摸二十五六岁，比我们略大一点。他向我们点头微笑，我们也报以微笑，以示友好。逢巧他就睡在我的上铺上。我们并没有对他有特别的警惕，觉得他不过是一个平平常常的旅客而已。

我们睡下以后，车厢里寂静下来，只听到火车奔驰的声音。车外是满洲大平原，我们什么也看不到，什么也不想去看，一任“火车擒住轨，在黑夜里直奔，过山，过水，过陈死人的坟”。我正蒙眬欲睡，忽然上铺发出了声音：

“你是干什么的？”

“学生。”

“你从什么地方来的？”

“北平。”

“现在到哪里去？”

“德国。”

“去干嘛？”

“留学。”

一阵沉默。我以为天下大定了。头顶上忽然又响起了声音，而且一个满头黑发的年轻人的头从上铺垂了下来。

“你觉得‘满洲国’怎么样？”

“我初来乍到，说不出什么意见。”

又一阵沉默。

“你看我是哪一国人？”

“看不出来。”

“你听我说话像哪一国人？”

“你中国话说得蛮好，只能是中国人。”

“你没听出我说话中有什么口音吗？”

“听不出来。”

“是否有点朝鲜味？”

“不知道。”

“我的国籍在今天这个地方无法告诉你。”

“那没有关系。”

“你大概已经知道我的国籍了，同时也就知道了我同日本人和‘满洲国’的关系了。”

我立刻警惕起来：

“我不知道。”

“你谈谈对‘满洲国’的印象，好吗？”

“我初来乍到，实在说不出来。”

又是一阵沉默。只听到车下轮声震耳。我听到头顶上一阵窸窣声，年轻人的头缩回去了，微微地叹息了一声，然后真正天下太平，我也真正进入了睡乡。

第二天（9月2日）早晨到了哈尔滨，我们都下了车。那个年轻人也下了车，临行时还对我点头微笑。但是，等我们办完了手续，要离开车站时，我抬头瞥见他穿着笔挺的警服，从警察局里走了出来，仍然是那一双长筒马靴。我不由得一下子出了一身冷汗。回忆夜里车厢里的那一幕，我真不寒而栗，心里充满了后怕。如果我不够警惕顺嘴发表了什么意见，其结果将会是怎样？我不敢想下去了。

啊，“满洲国”！这就是“满洲国”！

在哈尔滨

我们必须在哈尔滨住上几天，置办长途旅行在火车上吃的东西。这在当时几乎是人人都必须照办的。

这是我第一次到哈尔滨来。第一个印象是，这座城市很有趣。楼房高耸，街道宽敞，到处都能看到俄国人，所谓白俄，都是十月革命后从苏联逃出来的。其中有贵族，也有平民；生活有的好，有的坏，差别相当大。我久闻白俄大名，现在才在哈尔滨见到。心里觉得非常有趣。

我们先找了一家小客店住下，让自己紧张的精神松弛一下。在车站时，除了那位穿长筒马靴的“朝鲜人”给我的刺激以外，还有我们同行的一位敦福堂先生。此公是学心理学的，但是他的心理却实在难以理解。就要领取行李离车站，他忽然发现，他托运行李的收据丢了，行李无法领出。我们全体同学六人都心急如焚，于是找管理员，找站长，最后用六个人所有的证件，证明此公确实不是冒领行李，问题才得到解决。到了旅店，我们的余悸未退，精神依然亢奋。然而敦公向口袋里一伸手，行李托运票赫然俱在。我们真是啼笑皆非，敦公却怡然自得。以后在半个多月的长途旅行中，这种局面重复了几次。我因此得出了一个结论：此公凡是能丢的东西一定要丢一次，最后总是化险为夷，逢凶化吉。关于这样的事情，下面就不再谈了。

在客店办理手续时，柜台旁边坐着一个赶马车的白俄小男孩，年纪不超过十五六岁。我对他一下子发生了兴趣，问了他几句话，他翻了翻眼，指着柜台上那位戴着老花眼镜、满嘴山东胶东话的老人说：“我跟他明白，跟你不明白。”我懂得他的意思了，一笑置之。

在哈尔滨，山东人很多，大到百货公司的老板，小到街上的小贩，几乎无一不是山东人。他们大都能讲一点洋泾浜俄语，他们跟白俄能明白。这里因为白俄极多，俄语相当流行，因而产生了一些俄语译音字，比如把面包叫做“列巴”等。中国人嘴里的俄语，一般都不讲究语法完全正确，音调十分地道，只要对方“明白”，目的就算达到了。我忽然想到，人与人之间的交际离不开语言，同外国人之间的交际离不开外国语言。然而语言这玩意儿也真奇怪，一个人要想精通本国语和外国语，必须付出极大的劳动；穷一生之精力，也未必真通。可是要想达到一般交际的目的，又似乎非常简单。洋泾浜姑无论矣。有时只会一两个外国词儿，也能行动自如。一位国民党政府驻意大利的大使，只会意大利文“这个”一个单词，也能指挥意大利仆人。比如窗子开着，他只念“这个”，用手一指窗子，仆人立即把窗子关上。反之，如果窗子是关着的，这位大使阁下一声“这个”，仆人立即把窗子打开。窗子无非是开与关，绝无第三种可能。一声“这个”，圆通无碍，超过佛法百倍矣。

话扯得太远了，还是回来谈哈尔滨。

我们在旅店里休息了以后，走到大街上去置办火车上的食品。这件事办起来一点也不费事。大街上有许多白俄开的铺子，你只要走进去，说明来意，立刻就能买到一大篮子装好的食品。主体是几个重约七八斤的大“列巴”，辅之以一两个几乎同粗大的香肠，再加上几斤干奶酪和黄油，另外再配上几个罐头，共约四五十斤重，足供西伯利亚火车上约摸八九天之用。原来火车上本来是有餐车的，可是据过去的经验，餐车上的食品异常贵，而且只收美元。其指导思想是清楚的，苏联是无产阶级专政的国家，要“念念不忘阶级斗争”。外国人一般被视为资产阶级，是无产阶级的对立面；只要有机会，就必须与之“斗争”。餐费昂贵无非是斗争的方式。可惜我们这些“资产阶级”阮囊羞涩，实在付不出那样多美元。于是哈尔滨的白俄食品店尚矣。

除了食品店以外，大街两旁高楼大厦的地下室里，有许许多多的俄餐馆，主人都是白俄。女主人往往又胖又高大，穿着白大褂，宛如一个白色巨人。然而服务却是热情而又周到，饭菜是精美而又便宜。我在北平久仰俄式大菜的大名，只是无缘品尝。不意今天到了哈尔滨，到处都有俄式大菜，就在简陋的地下室里，以无意中得之，真是不亦乐乎。我们吃过罗宋汤、牛尾、牛舌、猪排、牛排，这些菜不一定很“大”，然而主人是俄国人，厨师也是俄国人，有足够的保证，这是俄式大菜。好像我们在哈尔滨，天天就吃这些东西，不记得在那个小旅店里吃过什么饭。

黄昏时分，我们出来逛马路。马路很多是用小碎石子压成的，很宽，很长，电灯不是很亮，到处人影历乱。白俄小男孩——就是我在上面提到的在旅店里见到的那样的——驾着西式的马车，送客人，载货物，驰骋长街之上。车极高大，马也极高大，小男孩短小的身躯，高踞马车之上，仿佛坐在楼上一般，大小极不协调。然而小车夫却巍然高坐，神气十足，马鞭响处，骏马飞驰，马蹄子敲在碎石子上，迸出火花一列，如群萤乱舞，渐远渐稀，再配上马嘶声和车轮声，汇成声光大合奏，我们外来人实在是闻所未闻，见所未见，不禁顾而乐之了。

哈尔滨就是这样一个地方。

谁来到哈尔滨，大概都不会不到松花江上去游览一番。我们当然也不会自甘落后，我们也去了。当时正值初秋，气温可并不高。我们几个人租了一条船，放舟中流，在混混茫茫的江面上，真是一叶扁舟。远望铁桥一线，跨越江上，宛如一段没有颜色的彩虹。此时，江面平静，浪涛不兴，游人如鲫，喧声四起。我们都异常兴奋，谈笑风生。回头看划船的两个小白俄男孩子，手持双桨主划的竟是一个瞎子，另一个明眼孩子掌舵，决定小船的航向。我们都非常吃惊。松花江一下子好像是不存在了，眼前只有这个白俄盲童。我们很想了解一下真情，但是我们跟他们“不明白”，只好自己猜度。事情是非常清楚的。这个盲童家里穷，没有办法，万般无奈，父母——如果有父母的话——才让自己心爱的儿子冒着性命的危险，干这种划船的营生。江阔水深，危机四伏，明眼人尚需随时警惕，战战兢兢，何况一个盲人！但是，这个盲童，由于什么都看不见的缘故，心中只有手中的双桨，怡然自得，面含笑容。这时候，我心里不知道是什么味道。环顾四周，风光如旧，但我心里却只有这一个盲童，什么游人，什么水波，什么铁桥，什么景物，统统都消失了。我自己思忖：盲童家里的父、母、兄、妹等，可能都在望眼欲穿地等他回家，拿他挣来的几个钱，买上个大“列巴”，一家人好不挨饿。他家是什么时候逃到哈尔滨来的？我不清楚。他说不定还是沙皇时代的贵族，什么侯爵、伯爵。当日的荣华富贵，从年龄上来看，他大概享受不到。他说不定就出生于哈尔滨，他绝不会有什么“故国不堪回首月明中”的感慨……我浮想联翩，越想越多，越想越乱，我自己的念头，理不出一个头绪，索性横一横心，此时只可赏风光。我又抬起头来，看到松花江上，依旧游人如鲫，铁桥横空，好一派夏日的风光。

此时，太阳已经西斜，是我们应该回去的时候了。我们下了船，尽我们所能，多给两个划船的白俄小孩一些酒钱。看到他们满意的笑容，我们也满意了，觉得是做了一件好事。

回到旅店，我一直想着那个白俄小孩。就是在以后一直到今天，我仍然会不时想起那个小孩来。他以后的命运怎样了？经过了几十年的沧海桑田，他活在世上的可能几乎没有了。我还是祝愿白俄们的东正教的上帝会加福给他！

过西伯利亚

我们在哈尔滨住了几天，登上了苏联经营的西伯利亚火车，时间是9月4日。

车上的卧铺，每间四个铺位。我们六个中国学生，住在两间屋内，其中一间有两个铺位，是别人睡的，经常变换旅客，都是苏联人。车上有餐车，听说价钱极贵，而且只收美元。因此，我们一上车，就要完全靠在哈尔滨带上来的那只篮子过日子了。

火车奔驰在松嫩大平原上。车外草原百里，一望无际。黄昏时分，一轮红日即将下落，这里不能讲太阳落山，因为根本没有山，只有草原；这时，在我眼中，草原蓦地变成了大海，火车成了轮船。只是这大海风平浪静，毫无波涛汹涌之状；然而气势却依然宏伟非凡，不亚于真正的大海。

第二天，车到了满洲里，是苏联与“满洲国”接壤的地方。火车停了下来，据说要停很长的时间。我们都下了车，接受苏联海关的检查。我绝没有想到，苏联官员竟检查得这样细致，又这样慢条斯理，这样万分认真。我们所有的行李，不管是大是小，是箱是筐，统统一律打开，一一检查，巨细不遗。我们躬身侍立，随时准备回答垂询。我们准备在火车上提开水用的一把极其平常又极其粗糙的铁壶，也未能幸免，而且受到加倍的垂青。这件东西，一目了然，然而苏联官员却像发现了奇迹，把水壶翻来覆去，推敲研讨，又碰又摸，又敲又打，还要看一看壶里面是否有“夹壁墙”。连那一个薄铁片似的壶盖，也难逃法网，敲了好几遍。这里只缺少一架显微镜，如果真有一架的话，不管是多少高度的，他们也绝不会弃置不用。我怒火填膺，真想发作。旁边一位同车的外国老年朋友，看到我这个情况，拍了拍我的肩膀，用英文说了句：Patience is the great virtue（忍耐是大美德）。我理解他的心意，相对会心一笑，把怒气硬是压了下去，恭候检查如故。大概当时苏联人把外国人都当成"可疑分子"，都有存心颠覆他们政权的嫌疑，所以不得不尔。

检查完毕，我的怒气已消，心里恢复了平静。我们几个人走出车站，到市内去闲逛。满洲里只是一个边城小镇，连个小城都算不上。只有几条街，很难说哪一条是大街。房子基本上都是用木板盖成的，同苏联的西伯利亚差不多，没有砖瓦，而多木材，就形成了这样的建筑特点。我们到一家木板房商店里去，买了几个甜酱菜罐头，是日本生产的，带上车去，可以佐餐。

再回到车上，天下大定，再不会有什么干扰了。车下面是横亘欧亚的万里西伯利亚大铁路，从此我们就要在这车上住上七八天。"人是地里仙，一天不见走一千"，我们现在一天绝不止走一千，我们要在风驰电掣中过日子了。

车上的生活，单调而又丰富多彩。每天吃喝拉撒睡，有条不紊，有简便之处，也有复杂之处。简便是，吃东西不用再去操持，每人两个大篮子，饿了伸手拿出来就吃。复杂是，喝开水极成问题，车上没有开水供应，凉水也不供应。每到一个大一点的车站，我们就轮流手持铁壶，飞奔下车，到车站上的开水供应处，拧开开水龙头，把铁壶灌满，再回到车上，分而喝之。有一位同行的欧洲老太太，白发盈颠，行路龙钟，她显然没有自备铁壶；即使自备了，她也无法使用。我们的开水壶一提上车，她就颤巍巍地走了过来，手里拿着一个杯子，说着中国话："开开水！开开水！"我们心领神会，把她的杯子倒满开水，一笑而别。从此一天三顿饭，顿顿如此。看来她这个"老外"，这个外国"资产阶级"，并不比我们更有钱。她也不到餐车里去吃牛排、罗宋汤，没有大把地挥霍着美金。

说到牛排，我们虽然没有吃到，却是看到了。有一天，吃中饭的时候，忽然从餐车里走出来了一个俄国女餐车服务员，身材高大魁梧，肥胖有加，身穿白色大褂，头戴白布高帽子，至少有一尺高，帽顶几乎触到车厢的天花板；却足蹬高跟鞋，满面春风，而又威风凛凛，嘚嘚地走了过来，宛如一个大将军，八面威风。右手托着一个大盘子，里面摆满新出锅的炸牛排，肉香四溢，透人鼻官，确实有极大的诱惑力，让人馋涎欲滴。但是，一问价钱，却吓人一跳：每块三美元。我们这个车厢里，没有一个人肯出三美元一快朵颐的。这位女“大将军”托着盘子，走了一趟，又原盘托回。她是不是鄙视我们这些外国资产阶级呢？她是不是会在心里想：你们这些人个个赛过莎士比亚《威尼斯商人》中的吝啬鬼夏洛克呢？我不知道。这一阵香风过后，我们的肚子确已饿了，赶快拿出篮子，大啃“列巴”。

我们吃的问题大体上就是这个样子。你想了解俄国人怎样吃饭吗？他们同我们完全不一样，这是可想而知的。他们绝不会从中国的哈尔滨带一篮子食品来，而是就地取材。我在上面提到过，我们中国学生的两间车厢里，有两个铺位不属于我们，而是经常换人。有一天进来了一个红军军官，我们不懂苏联军官的肩章，不知道他是什么爵位。可是他颇为和蔼可亲，一走进车厢，用蓝色的眼睛环视了一下，笑着点了点头。我们也报之以微笑，但是跟他“不明白”，只能打手势来说话。他从怀里拿出来了一个身份证之类的小本子，里面有他的相片，他打着手势告诉我们，如果把这个证丢了，他用右手在自己脖子上作杀头状，那就是要杀头的。这个小本子神通广大。每到一个大站，他就拿着它走下车去，到什么地方领到一份“列巴”，还有奶油、奶酪、香肠之类的东西，走回车厢，大嚼一顿。红军的供给制度大概就是这个样子。

车上的吃喝问题就是这样解决的。谈到拉撒，却成了天大的问题。一节列车供着四五十口子人，却只有两间厕所。经常是人满为患。我每天往往是很早就起来排队。有时候自己觉得已经够早了，但是推门一看，却已有人排成了长龙，赶紧加入队伍中，望眼欲穿地看着前面，你想一个人刷牙洗脸，再加上大小便，会用多少时间呀。如果再碰上一个患便秘的人，情况就会更加严重。自己肚子里的那些东西蠢蠢欲动，前面的队伍却不见缩短，这是什么滋味，一想就可以知道了。

但是，车上的生活也不全是困难，也有愉快的一面。我们六个中国学生一般都是挤坐在一间车厢里。虽然在清华大学时都是同学，但因行当不同，接触并不多。此时却被迫聚在一起，几乎都成了推心置腹的朋友。我们闲坐无聊，便上天下地，胡侃一通。我们都是二十三四岁的大孩子，阅世未深，每个人眼前都是一个未知的世界，堆满了玫瑰花，闪耀着彩虹。我们的眼睛是亮的，心是透明的，说起话来，一无顾忌，二无隔阂，从来没有谈不来的时候，小小的车厢里，其乐融融。一时无话可谈的时候，我们就下象棋。物理学家王竹溪是此道高手。我们五个人，单个儿跟他下，一盘输，二盘输，三盘四盘，甚至更多的盘，反正总是输。后来我们联合起来跟他下，依然是输，输，输。哲学家乔冠华的哲学也帮不了他。在车上的八九天中，我们就没有胜过一局。

侃大山和下象棋，觉得乏味了，我就凭窗向外看。万里长途，车外风光变化不算太大。一般都只有大森林，郁郁葱葱，好像是无边无际。林中的产品大概是非常丰富的。有一次，我在一个森林深处的车站下了车，到站台上去走走。看到一个苏联农民提着一篮子大松果来兜售，松果实在大得令人吃惊，非常可爱。平生从来没有见到过的，我抵抗不住诱惑，拿出了五角美元，买了一个。这是我在西伯利亚唯一的一次买东西，是无法忘记的。除了原始森林以外，还有大草原，不过似乎不多。留给我印象最深的是贝加尔湖。我们的火车绕行了这个湖的一多半，用了将近半天的时间。山洞一个接一个，不知道究竟钻过几个山洞。山上丛林密布，一翠到顶。铁路就修在岸边上，从火车上俯视湖水，了若指掌。湖水碧绿，靠岸处清可见底，渐到湖心，则转成深绿色，或者近乎黑色，下面深不可测。真是天下奇景，直到今天，我一闭眼睛，就能见到。

就这样，我们在车上，既有困难，又有乐趣，一转眼，就过去了八天，于9月14日晚间，到了莫斯科。

在赤都

莫斯科是当时全世界唯一的一个社会主义国家的首都，颇具神秘色彩，是世界上许多人所向往的地方。我也颇感兴趣。

任何行车时间表上，也都没有在这里停车两天的规定。然而据以前的旅行者说，列车到了莫斯科，总用种种借口，停上一天。我想，原因是十分明显的。苏联当局想让我们这些资本主义国家的人，领略一下社会主义的风采，沾一点社会主义的甘露，给我们洗一洗脑筋，让我们在大吃一惊之余，转变一下自己的世界观，在灰色上涂上一点红。

对我们青年来说，赤都不是没有吸引力的。我个人心里却有一点矛盾。我对外蒙古“独立”问题，很不理解。现在我自己到了苏联的首都，由于沿途的经历并没能给我留下什么好印象，如今要我们在赤都留上一天看一看，那就看一看吧。

火车一停，路局就宣布停车一天，修理车辆。接着来了一位女导游员，年轻貌美，白脸长身，穿着非常华贵、时髦，涂着口红，染着指甲，一身珠光宝气。我确实大吃一惊。当时还没有“极左”这个词儿，我的思想却是“极左”的。我想象中的“普罗”小姐完全不是这个样子。我眼前这一位“普罗”，同资产阶级贵族小姐究竟还有什么区别呢？她的灵魂也可能是红色的，但那我看不见。我看见的却让我大惑不解，惘惘然看着这位搔首弄姿的俄国女郎。

我们这一群外国旅客被送上一辆大轿车，到莫斯科市内去观光。导游小姐用英文讲解。车子走到一个什么地方，眼前一片破旧的大楼，导游说：在第几个五年计划，这座楼将被拆掉，盖上新楼。这很好，难道说还不好吗？车子到了另一个地方，导游又冷漠地说：在第几个五年计划，这片房子将被拆掉，盖成新楼。这仍然很好，难道说不好吗？但是，接着到了第三个地方、第四个地方，导游说的仍然是那一套，只是神色更加冷漠，脸含冰霜，毫无表情。我们一座新楼也没有看到，只是学了一下苏联的五年计划。我疑团满腹：哪怕是给我们看一座新楼呢，这样不是会更好吗？难道这就叫社会主义吗？

这一位导游女郎最后把我们带到一幢非常富丽堂皇的大楼里面。据说这是十月革命前一位沙皇大臣的官邸，现在是国家旅游总局的招待所。大理石铺地，大理石砌墙，大理石柱子，五光十色，金碧辉煌，天花板上悬挂的玻璃大吊灯，至少有十米长。我仿佛置身于一个神话世界。这里的工作人员，年轻貌美的女郎居多数，个个唇红齿白，十指纤纤，指尖上闪着红光；个个珠光宝气，气度非凡。我刚从荒寒的西伯利亚来到这里，莽莽苍苍的原始森林的影子，还留在脑海中，一旦置身此地，不但像神话世界，简直像太虚幻境了。

其他旅客，有的留在这里吃午饭，花费美元，毫无可疑。我们几个中国学生，应中国驻莫斯科大使馆一位清华同学的邀请，到一家餐馆里去吃饭。这家饭店也十分豪华，我生平第一次品尝到俄国名贵的鱼子酱。其他菜肴也都精美无比。特别是我们这一群在火车上啃了八天干“列巴”的年轻人，见到这样的好饭，简直像饿鬼扑食一般，开怀畅吃。我们究竟吃了多少，谁也没去注意。反正这是我一生最精美、最难忘的一餐，足可以载入史册了。饭后算账，共付三百卢布，约二百美元。我们都非常感激我们这位老同学谢子敦先生。可惜以后，由于风云屡变，我竟没有同他再联系。他还活在人间吗？时间已经逝去半个多世纪，我现在虔心为他祝福！

晚上，我们又回到火车上。同车的外国旅客又聚会了。那一位在火车上索要“开开水”的老太太，还有那一位在满洲里海关上劝我忍耐的老头，都回来了。我问老头，他们在哪里吃的午饭？老头向我狡猾地挤了一挤眼睛，告诉我，他们吃了一顿非常精美而又非常便宜的饭。他看到我大惑不解的神情，低声对我说：他们在哈尔滨时已经在黑市上，用美元换了卢布，同官价相差十几倍。在莫斯科，他们也有路子，能够用美元在黑市上换卢布。因此他们只需花上八个美元，便可以美美地“撮”上一顿。我恍然大悟：这些人都是旅行的老油子，神通广大，无孔不入。然而，事隔半个多世纪以后，那里依然黑市猖獗，这就不能不发人深省了。

一宿无话，夜里不知是在什么时候，火车又开动了。第二天下午，到了苏联与波兰接界的地方，叫斯托尔扑塞（Stolpe），在这里换乘波兰车。晚上过波京华沙。14日晨四时进入德国境内。

在波兰境内行驶时，上下车的当然都是波兰人。这些人同俄国人有很大的不同，他们衣着比较华丽，态度比较活泼，而且有相当高的外语水平，很多人除了本国话以外，能讲俄语和德语，少数人能讲一点英语。这样一来，我们跟谁都能“明白”了，用不着再像在苏联一样，用手势来说话了。霎时间，车厢里就热闹了起来。波兰人显然对中国人也感兴趣。我们就乱七八糟地用德语和英语交谈起来。不知道是在什么时候，一个年纪很轻的波兰女孩子悄没声地走进了车厢：圆圆的脸庞，两只圆圆的眼睛，晶莹澄澈，天真无邪，环顾了一下四周，找了一个座位，坦然地坐了下来。我们几个中国学生都觉得很有趣，便搭讪着用英语同她交谈，没想到，她竟然会说英语，而且大大方方地回答我们的提问，一点扭捏的态度也没有。我们问她的名字。她说，叫Wala。这有点像中文里面的“哇啦”。同行的谢家泽立刻大笑起来，嘴里“哇啦哇啦”不止。小女孩子显然有点摸不着头脑，圆睁双目，瞪着小谢，脸上惊疑不定。后来我们越谈越热闹，小小的车厢里，充满了笑语声。坐在我身旁的一位中年男子，看了看小女孩子，对我撇了撇嘴，露出一副鄙夷的神情。我大惑不解，我也没有看出，这个小女孩子身上究竟有什么值得鄙夷的地方。这一下子轮到我“丈二和尚，摸不着头脑”了。小女孩子和其他中国学生都根本没有注意到这位中年人的撇嘴，依然谈笑不辍。这时车厢里更加热闹了，颇有点中国古书上所说的“履舄交错”的样子。我不记得，小女孩子什么时候离开了车厢。萍水相聚，转瞬永别。这在人生中时刻都能遇到的情况，不值得大惊小怪。但是同这个波兰小女孩子的萍水相聚，我却怎么也不能忘怀，十年以后，我终于写成了一篇散文*Wala*。

早晨八时，火车到了德国首都柏林。长达十日的长途火车旅行就在这里结束。

初抵柏林

柏林是我这一次万里长途旅行的目的地，是我的留学热的最后归宿，是我旧生命的结束，是我新生命的开始。在我眼中，柏林是一个无比美妙的地方。经过长途劳顿，跋山涉水，我终于来到了。我心里的感觉是异常复杂的，既有兴奋，又有好奇；既有兴会淋漓，又有忐忑不安。从当时不算太发达的中国，一下子来到这里，置身于高耸的楼房之中，漫步于宽敞的长街之上，自己宛如大海中的一滴水。

清华老同学赵九章等，到车站去迎接我们，为我们办理了一切应办的手续，使我们避免了许多麻烦，在离开家乡万里之外，感到故园的温暖。然而也有不太愉快的地方。我在上面提到的敦福堂，在柏林车站上，表演了他最后的一次特技：丢东西。这次丢的东西更是至关重要，丢的是护照。虽然我们同行者都已十分清楚，丢的东西终究会找回来的，但是我们也一时有点担起心来。敦公本人则是双目发直，满脸流汗，翻兜倒衣，搜索枯肠，在车站上的大混乱中，更增添了混乱。等我们办完手续，走出车站，敦公汗已流完，伸手就从裤兜中把那个在国外至关重要的护照掏了出来。他自己莞尔一笑，我们则是啼笑皆非。

老同学把我们先带到康德大街彼得公寓，把行李安顿好，又带我们到中国饭店去吃饭。当时柏林的中国饭馆不是很多，据说只有三家。饭菜还可以，只是价钱太贵。除了大饭店以外，还有一家可以包饭的小馆子。男主人是中国北方人，女主人则是意大利人。两个人的德国话都非常蹩脚。只是服务极为热情周到，能蒸又白又大的中国馒头，菜也炒得很好，价钱又不太贵。所以中国留学生都趋之若鹜，生意非常好。我们初到的几个人却饶有兴趣地探讨另一个问题：店主夫妇二人怎样交流思想呢？都不懂彼此的语言。难道他们都是我上面提到的那一位国民党政府驻意大利大使的信徒，只使用“这个”一个词儿，就能涵盖宇宙、包罗天地吗？

这样的事确实与我们无关，不去管它也罢。我们的当务之急是找到一间房子。德国人是非常务实而又简朴的人民。他们不管是干什么的，一般说来，房子都十分宽敞，有卧室、起居室、客厅、厨房、厕所，有的还有一间客房。在这些房间之外，如果还有余房，则往往出租给外地人或外国的大学生，连待遇优厚的大学教授也不例外。出租的方式非常奇特，不是出租空房间，而是出租房间里的一切东西，桌椅沙发不在话下，连床上的被褥也包括在里面，租赁者不需要带任何行李，面巾、浴巾等，都不需要。房间里的所有的服务工作，铺床叠被，给地板扫除打蜡，都由女主人包办。房客的皮鞋，睡觉前脱下来，放在房门外面，第二天一起床，女主人已经把鞋擦得闪光锃亮了。这些工作，教授夫人都要亲自下手，她们丝毫也没有什么下贱的感觉。德国人之爱清洁，闻名天下。女主人每天一个上午都在忙忙叨叨，擦这擦那，自己屋子里面不必说了，连外面的楼道，都天天打蜡，楼外的人行道，不但打扫，而且打上肥皂来洗刷。室内室外，楼内楼外，任何地方，都是洁无纤尘。

清华老同学汪殿华和他的德国夫人，在夏洛滕堡区的魏玛大街，为我们找到了一间房子，房东名叫罗斯瑙（Rosenau），看长相是一个犹太人。一提到找房子，人们往往会想到老舍早期的几部长篇小说中讲到中国人在英国伦敦找房子的情况。那是非常困难的。如果出租招贴上没有明说可以租给中国人，你就别去问，否则一定会碰钉子。在德国则没有这种情况，在柏林，你可以租到任何房子，只有少数过去中国学生住过的房子是例外。在这里你会受到白眼，遭到闭门羹。个中原因，一想便知，用不着我来啰嗦了。

说到犹太人，我必须讲一讲当时犹太人在德国的处境，顺便讲一讲法西斯统治的情况。法西斯头子希特勒于1933年上台。我是1935年到德国的，我一直看到他恶贯满盈，自杀身亡，几乎与他的政权相始终。对德国法西斯政权，我是目击者，是有点发言权的。我初到的时候，柏林的纳粹味还不算太浓，当然已经有了一点。希特勒的相片到处悬挂，“卐”字旗也随处可见。人们见面时，不像以前那样说一声“早安”、“日安”、“晚安”等，分手时也不说“再见”，而是右手一举，喊一声“希特勒万岁”便能表示一切。我们中国学生，不管在什么地方，到饭馆去吃饭，进商店去买东西，总是一仍旧贯，说我们的“早安”，出门时说“再见”。有的德国人，看我们是外国人，也用旧方式向我们表示敬意。但是，大多数人仍然喊他们的“万岁”。我们各行其是，互不干扰，并没有遇到什么不如意的事情。根据法西斯圣经——希特勒《我的奋斗》，犹太人和中国人都被列为劣等民族，是人类文化的破坏者，而金黄头发的“北方人”，则被法西斯认为是优秀民族，是人类文化的创造者。可惜的是，据个别人偷偷地告诉我，希特勒自己那一副尊容，他那满头的黑红相间的头发，一点也不“北方”，成为极大的讽刺。不管怎样，中国人在法西斯眼中，反正是劣等民族，同犹太人成为难兄难弟。

在这里，需要讲一点欧洲历史。欧洲许多国家仇视犹太人，由来久矣。有莎士比亚的名剧《威尼斯商人》可以为证。在中世纪，欧洲一些国家就发生过大规模屠杀犹太人的惨剧。在这方面，希特勒只是继承过去的衣钵，他并没有什么发明创造。如果有的话，那就是，他对犹太人进行了“科学的”定性分析。在他那一架政治化学天平上，他能够确定犹太人的“犹太性”，计有百分之百的犹太人，也就是祖父母和父母双方都是犹太人；二分之一犹太人，就是父母双方一方为犹太人；四分之一犹太人，就是祖父母或外祖父母一方为犹太人，其余都是德国人；八分之一等依此类推。这就是纳粹“民族政策”的理论根据。百分之百的犹太人必须迫害，决不手软；二分之一的稍逊。至于四分之一的则是处在政策的临界线上，可以暂时不动；八分之一以下则可以纳入人民内部，不以敌我矛盾论处了。我初到柏林的时候，此项政策大概刚进行了第一阶段，迫害还只限于全犹太人和一部分二分之一者，后来就愈演愈烈了。我的房东可能属于二分之一者，所以能暂时平安。希特勒们这一架特制的天平，能准确到什么程度，我是门外人，不敢多说。但是，德国人素以科学技术蜚声天下，天平想必是可靠的了。

至于德国普通老百姓怎样看待这迫害犹太人的事件，我初来乍到，不敢乱说。德国人总的来说是很可爱的，很淳朴老实的，他们毫无油滑之气，有时候看起来甚至有些笨手笨脚，呆头呆脑。比如说，你到商店里去买东西，店员有时候要找钱。你买了七十五芬尼的东西，付了一马克。若在中国，店员过去用算盘，今天用计算器，或者干脆口中念念有词“三五一十五，三六一十八”，一口气说出了应该找的钱数：二十五芬尼。德国店员什么也不用，他先说七十五芬尼，把五芬尼摆在桌子上，说一声：八十芬尼；然后再摆一个十芬尼，说一声：九十芬尼；最后再摆一个十芬尼，说一声：一马克。于是完了，皆大欢喜。

我还遇到过一件小事，更能说明德国人的老实忠厚。根据我的日记，这件事情发生在9月17日。我的表坏了，走到大街上一个钟表店去修理，约定第二天去拿。可是我初到柏林，在高楼大厦的莽丛中，在车水马龙的喧闹中，我仿佛变成了初进大观园的刘姥姥，晕头转向，分不出东西南北。第二天，我出去取表的时候，影影绰绰，隐隐约约，记得是这个表店，迈步走了进去。那个店员老头，胖胖的身子，戴一副老花镜，同昨天见的那一个一模一样。我拿出了发票，递给他，他就到玻璃橱里去找我的表，没有。老头有点急了，额头上冒出了汗珠，从眼镜上面射出了目光，看着我，说：“你明天再来一趟吧！”我回到家，心里直念叨这一件事。第二天又去了，表当然找不到。老头更急了，额头上冒出了更多的汗珠，手都有点发抖了。在玻璃橱里翻腾了半天，忽然灵光一闪，好像上帝佑护，他仔细看了看发票，说：“这不是我的发票！”我于是也恍然大悟，是我找错了门。这一件小事我曾写过一篇散文：《表的喜剧》，收在我的散文集里。

这样的洋相，我还出过不少次。我只说一次。德国人每天只吃一顿热餐，这就是中午。晚饭则只吃面包和香肠、干奶酪等，佐之以热茶。有一天，我到肉食店里去买了点香肠，准备回家去吃晚饭。晚上，我兴致勃勃地泡了一壶红茶，准备美美地吃上一顿。但是，一咬香肠，觉得不是味，原来里面的火腿肉全是生的。我大为气愤，忿忿不平："德国人竟这样戏弄外国人，简直太不像话了，真正岂有此理！"连在梦中，也觉得难咽下这一口气去。第二天一大早，我就到那个肉食店里去，摆出架势，要大兴问罪之师。一位女店员，听了我的申诉，看了看我手中拿的香肠，起初有点大惑不解，继而大笑起来。她告诉我说："在德国，火腿都是生吃的，有时连肉也生吃，而且只有最好最新鲜的肉，才能生吃。"我还有什么话好说呢？自己是一个地道的阿木林。

我到德国来，不是专门来吃香肠的，我是来念书的。要想念好书，必须先学好德语。我在清华学德语，虽然四年得了八个优，其实是张不开嘴的。来到柏林，必须补习德语口语，不再成为哑巴。远东协会的林德（Linde）和罗哈尔（Rochall）博士热心协助，带我到柏林大学的外国学院去，见到校长，他让我念了几句德文，认为满意，就让我参加柏林大学外国留学生德语班的最高班。从此我就成了柏林大学的学生，天天去上课。教授名叫赫姆（Höhm），我从来没有遇到这样好的外语教员。他发音之清晰，讲解之透彻，简直达到了神妙的程度。在9月20日的日记里，我写道："教授名叫Höhm，真讲得太好了，好到不能说。我是第一次听德文讲书，然而没有一句不能懂，并不是我的听的能力大，只是他说得太清楚了。"可见我当时的感受。我上课时，总和乔冠华在一起。我们每天乘城内火车到大学去上课，乐此不疲。

说到乔冠华，我要讲一讲我同他的关系，以及同其他中国留学生中我的熟人的关系，也谈一谈一般中国学生的情况。我同乔是清华同学，他是哲学系，比我高两级。在校时，他经常腋下夹一册又厚又大的德文版《黑格尔全集》，昂首阔步，旁若无人，徜徉于清华园中。因为不是一个行道，我们虽认识，但并不熟。同被录取为交换研究生，才熟了起来。到了柏林以后，更是天天在一起，几乎形影不离。我们共同上课、吃饭、访友、游玩婉湖（Wansee）和动物园。我们都是书呆子，念念不忘逛旧书铺，颇买了几本好书。他颇有些才气，有一些古典文学的修养。我们很谈得来。有时候闲谈到深夜，有几次就睡在他那里。我们同敦福堂已经几乎断绝了往来，我们同他总有点格格不入。我们同一般的中国留学生也不往来，同这些人更是格格不入，毫无共同的语言。

当时在柏林的中国留学生，人数是相当多的。原因并不复杂。我前面谈到“镀金”问题，到德国来镀的金是24K金，在中国社会上声誉卓著，是抢手货。所以有条件的中国青年趋之若鹜。这样的机会，大官儿们和大财主们，是绝不会放过的，他们纷纷把子女派来，反正老子有的是民脂民膏，不愁供不起纨绔子弟们挥霍浪费。蒋介石、宋子文、孔祥熙、冯玉祥、戴传贤、居正，以及许许多多的国民党的大官，无不有子女或亲属在德国，而且几乎都聚集在柏林。因为这里有吃、有喝、有玩、有乐，既不用上学听课，也用不着说德国话。有一部分留德学生，只需要四句简单的德语，就能够供几年之用。早晨起来，见到房东，说一声“早安”就甩手离家，到一个中国饭馆里，洗脸，吃早点，然后打上几圈麻将，就到了吃午饭的时候。午饭后，相约出游。晚饭时回到饭馆。深夜回家，见到房东，说一声“晚安”一天就过去了。再学上一句“谢谢”，加上一句“再见”，语言之功毕矣。我不能说这种人很多，但确实是有，这是事实，无法否认。

我同乔冠华曾到中国饭馆去吃过几次饭。一进门，高声说话的声音，吸溜呼噜喝汤的声音，吃饭呱唧嘴的声音，碗筷碰盘子的声音，汇成了一个大合奏，其势如暴风骤雨，迎面扑来。我仿佛又回到了中国。欧洲人吃饭，都是异常安静的，有时甚至正襟危坐，喝汤绝不许出声，吃饭呱唧嘴更是大忌。我不说，这就是天经地义，但是总能给人以文明的印象，未可厚非。我们的留学生把祖国的这一份国粹，带到了万里之外，无论如何，也让人觉得不舒服。再看一看一些国民党的“衙内”们那种狂傲自大、唯我独尊的神态，听一听他们谈话的内容：吃、喝、玩、乐，甚至玩女人、嫖娼妓等，像我这样的乡下人实在有点受不了。他们眼眶里根本没有像我同乔冠华这样的穷学生，然而我们眼眶里又何尝有这一批卑鄙龌龊的纨绔子弟呢？我们从此再没有进这个中国饭馆的门。

但是，这些“留学生”的故事，却接二连三地向我们耳朵里涌，什么稀奇古怪的事情都有。很多留学生同德国人发生了纠葛，有的要法律解决。既然打官司，就需要律师。德国律师很容易找，但花费太大。于是有识之士应运而生。有一位老留学生，在柏林呆得颇有年头了，对柏林的大街小巷，五行八作，都了如指掌，因此绰号叫“柏林土地”，真名反隐而不扬。此公急公好义，据说学的是法律，他公开扬言，要用自己的专业知识，替中国留学生打官司，分文不取，连车马费都自己掏腰包。我好像是没有见到这一位英雄。对他我心里颇有矛盾，一方面钦佩他的义举，一方面又觉得十分奇怪。这个人难道说头脑是正常的吗？

柏林的中国留学生界，情况就是这个样子。10月17日的日记里，我写道：“在没有出国以前，我虽然也知道留学生的泄气，然而终究对他们存着敬畏的观念，觉得他们终究有神圣的地方，尤其是德国留学生。然而现在自己也成了留学生了。在柏林看到不知道有多少中国学生，每人手里提着照相机，一脸满不在乎的神气。谈话，不是怎样去跳舞，就是国内某某人做了科长了，某某做了司长了。不客气地说，我简直还没有看到一个像样的‘人’。到今天我才真知道了留学生的真面目！”这都是原话，我一个字也没有改。从中可见我当时的真实感情。我曾动念头，写一本《新留西外史》。如果这一本书真能写成的话，我相信，它一定会是一部杰作，洛阳纸贵，不卜可知。可惜我在柏林呆的时间太短，只有一个多月，致使这一部杰作没能写出来，真要为中国文坛惋惜。

我到德国来念书，柏林只是一个临时站，我还要到别的地方去的。但是，到哪里去呢？德国学术交换处的魏娜（Wiehner），最初打算把我派到东普鲁士的哥尼斯堡（Königsberg）大学去。德国最伟大的古典哲学家康德就在这里担任教授。这当然是一个十分令人神往的地方。但是这地方离柏林较远，比较偏僻，我人地生疏，表示不愿意去。最后，几经磋商，改派我到哥廷根（Göttingen）大学去，我同意了。我因此就想到，人的一生实在非常复杂，因果交互影响。我的老师吴宓先生有两句诗："世事纷纭果造因，错疑微似便成真。"这的确是很有见地的话，是参透了人生真谛才能道出的。如果我当年到了哥尼斯堡，那么我的人生道路就会同今天的截然不同。我不但认识不了西克（Sieg）教授和瓦尔德施米特（Waldschmidt）教授，就连梵文和巴利文也不会去学。这样一个季羡林今天会是什么样子呢？那只有天晓得了。

决定到哥廷根去，这算是大局已定，我心头的一块石头落了地。我到处打听哥廷根的情况，幸遇老学长乐森玙先生。他正在哥廷根大学读书，现在来柏林办事。他对我详细谈了哥廷根大学的情况，我心中的疑团尽释，大有耳聪目明之感。又在柏林呆了一段时间，最后在大学开学前终于离开了柏林。我万万没有想到，此番一去就是七年，没有再回来过。我不喜欢柏林，也不喜欢这里那些成群结队的中国留学生。

哥廷根

我于1935年10月31日从柏林到了哥廷根。原来只打算住两年，焉知一住就是十年整，住的时间之长，在我的人生中，仅次于济南和北京，成为我的第二故乡。

哥廷根是一个小城，人口只有十万，而流转迁移的大学生有时会到二三万人，是一个典型的大学城。大学已有几百年的历史，德国学术史和文学史上许多显赫的名字，都与这所大学有关。以他们的名字命名的街道，到处都是。让你一进城，就感到洋溢全城的文化气和学术气，仿佛是一个学术乐园，文化净土。

哥廷根素以风景秀丽闻名全德。东面山林密布。一年四季，绿草如茵。即使冬天下了雪，绿草埋在白雪下，依然翠绿如春。此地，冬天不冷，夏天不热，从来没遇到过大风。既无扇子，也无蚊帐，苍蝇、蚊子成了稀有动物，跳蚤、臭虫更是闻所未闻。街道洁净得邪性，你躺在马路上打滚，绝不会沾上任何一点尘土。家家的老太婆用肥皂刷洗人行道，已成为家常便饭。在城区中心，房子都是中世纪的建筑，至少四五层。人们置身其中，仿佛回到了中世纪去。古代的城墙仍然保留着，上面长满了参天的橡树。我在清华念书时，喜欢读德国短命抒情诗人荷尔德林（Hölderlin）的诗歌，他似乎非常喜欢橡树，诗中经常提到它。可是我始终不知道，橡树是什么样子。今天于无意中遇之，喜不自胜。此后，我常常到古城墙上来散步，在橡树的浓荫里，四面寂无人声，我一个人静坐沉思，成为哥廷根十年生活中最有诗意的一件事，至今忆念难忘。

我初到哥廷根时，人地生疏。老学长乐森玛先生到车站去接我，并且给我安排好了住房。房东姓欧朴尔（Oppel），老夫妇俩，只有一个儿子。儿子大了，到外城去上大学，就把他住的房间租给我。男房东是市政府的一个工程师，一个典型的德国人，老实得连话都不大肯说。女房东大约有五十来岁，是一个典型的德国家庭妇女，受过中等教育，能欣赏德国文学，喜欢德国古典音乐，趣味偏于保守，一提到爵士乐，就满脸鄙夷的神气，冷笑不止。她有德国妇女的一切优点：善良、正直，能体贴人，有同情心。但也有一些小小的不足之处，比如，她有一个最好的朋友，一个寡妇，两个人经常来往。有一回，她这位女友看到她新买的一顶帽子，喜欢得不得了，想照样买上一顶，她就大为不满，对我讲了她对这位女友的许多不满意的话。原来西方妇女——在某些方面，男人也一样——绝对不允许别人戴同样的帽子，穿同样的衣服。这一点我们中国人无论如何也是难以理解的。从这里可以看出，我这位女房东小市民习气颇浓。然而，瑕不掩瑜，她是我生平遇到的最好的妇女之一，善良得像慈母一般。

我就是在这样一个只有一对老夫妇的德国家庭里住了下来，同两位老人晨昏相聚，成为这个家庭的一员，一住就是十年，没有搬过一次家。我在这里先交代这个家庭的一般情况，细节以后还要谈到。

我初到哥廷根时的心情怎样呢？为了真实起见，我抄一段我到哥廷根后第二天的日记：

1935年11月1日

终于又来到哥廷根了。这以后，在不安定的漂泊生活里会有一段比较长一点的安定的生活。我平常是喜欢做梦的，而且我还自己把梦涂上种种的彩色。最初我做到德国来的梦，德国是我的天堂，是我的理想国。我幻想德国有金黄色的阳光，有Wahrheit（真），有Schönheit（美）。我终于把梦捉住了，我到了德国。然而得到的是失望和空虚，我的一切希望都泡影似的幻化了去。然而，立刻又有新的梦浮起来。我梦想，我在哥廷根，在这比较长一点的安定的生活里，我能读一点书，读点古代有过光荣而这光荣将永远不会消灭的文字。现在又终于到了哥廷根了，我不知道我能不能捉住这梦。其实又有谁能知道呢？

从这一段日记里可以看出，我当时眼前仍然是一片迷茫，还没有找到自己要走的道路。

道路终于找到了

在哥廷根，我要走的道路终于找到了，我指的是梵文的学习。这条道路，我已经走了将近六十年，今后还将走下去，直到不能走路的时候。

这条道路同哥廷根大学是分不开的。因此我在这里要讲讲大学。

我在上面已经对大学介绍了几句，因为，要想介绍哥廷根，就必须介绍大学。我们甚至可以说，哥廷根之所以成为哥廷根，就是因为有这一所大学。这所大学创建于中世纪，至今已有几百年的历史，是欧洲较为古老的大学之一。它共有五个学院：哲学院、理学院、法学院、神学院、医学院。一直没有一座统一的建筑，没有一座统一的大楼。各个学院分布在全城各个角落，研究所更是分散得很，许多大街小巷，都有大学的研究所。学生宿舍更没有大规模的，小部分学生住在各自的学生会中，绝大部分分住在老百姓家中。行政中心叫Aula，楼下是教学和行政部门。楼上是哥廷根科学院。文法学科上课的地方有两个：一个叫大讲堂（Auditorium），一个叫研究班大楼（Seminargebäude）。白天，大街上走的人中有一大部分是到各地上课的男女大学生。熙熙攘攘，煞是热闹。

在历史上，大学出过许多名人。德国最伟大的数学家高斯（Gauss），就是这个大学的教授。在高斯以后，这里还出过许多大数学家。从19世纪末起，一直到我去的时候，这里公认是世界数学中心。当时当代最伟大的数学家大卫·希尔伯特（David Hilbert）虽已退休，但还健在。他对中国学生特别友好。我曾在一家书店里遇到过他，他走上前来，跟我打招呼。除了数学以外，理科学科中的物理、化学、天文、气象、地质等，教授阵容都极强大。有几位诺贝尔奖金获得者，在这里任教。蜚声全球的化学家A.温道斯（Windaus）就是其中之一。

文科教授的阵容，同样也是强大的。在德国文学史和学术史上占有重要地位的格林兄弟，都在哥廷根大学待过。他们的童话流行全世界，在中国也可以说是家喻户晓。他们的大字典，一百多年以后才由许多德国专家编纂完成，成为德国语言研究中的一件大事。

哥廷根大学文理科的情况大体就是这样。

在这样一座面积虽不大但对我这样一个异域青年来说仍然像迷宫一样的大学城里，要想找到有关的机构，找到上课的地方，实际上是并不容易的。如果没有人协助、引路，那就会迷失方向。我三生有幸，找到了这样一个引路人，这就是章用。章用的父亲是鼎鼎大名的“老虎总长”章士钊。外祖父是在朝鲜统兵抗日的吴长庆。母亲是吴弱男，曾做过孙中山的秘书，名字见于钱基博的《现代中国文学史》。总之，他出身于世家大族，书香名门。但却同我在柏林见到的那些“衙内”完全不同，一点纨绔习气也没有。他毋宁说是有点孤高自赏，一身书生气。他家学渊源，对中国古典文献有湛深造诣，能写古文，作旧诗，却偏又喜爱数学，于是来到了哥廷根这个世界数学中心，读博士学位。我到的时候，他已经在这里住了五六年，老母吴弱男陪儿子住在这里。哥廷根中国留学生本来只有三四人。章用脾气孤傲，不同他们来往。我因从小喜好杂学，读过不少的中国古典诗词，对文学、艺术、宗教等有自己的一套看法。乐森璕先生介绍我认识了章用，经过几次短暂的谈话，简直可以说是一见如故，情投意合。他也许认为我同那些言语乏味，面目可憎的中国留学生迥乎不同，所以立即垂青，心心相印。他赠过一首诗：

空谷足音一识君，
相期诗伯苦相薰。
体裁新旧同尝试，

胎息中西沐见闻。
胸宿赋才徕物与，
气嘘大笔发清芬。
千金敝帚孰轻重，
后世凭猜定小文。

可见他的心情。我也认为，像章用这样的人，在柏林中国饭馆里面是绝对找不到的，所以也很乐于同他亲近。章伯母有一次对我说："你来了以后，章用简直像变了一个人。他平常是绝对不去拜访人的，现在一到你家，就老是不回来。"我初到哥廷根，陪我奔波全城，到大学教务处，到研究所，到市政府，到医生家里，等等，注册选课，办理手续的，就是章用。他穿着那一身黑色的旧大衣，动摇着瘦削不高的身躯，陪我到处走。此情此景，至今宛然如在眼前。

他带我走熟了哥廷根的路，但我自己要走的道路还没能找到。

我在上面提到，初到哥廷根时，就有意学习古代文字。但这只是一种朦朦胧胧的想法，究竟要学习哪一种古文字，自己并不清楚。在柏林时，汪殿华曾劝我学习希腊文和拉丁文，认为这是当时祖国所需要的。到了哥廷根以后，同章用谈到这个问题，他劝我只读希腊文，如果兼读拉丁文，两年时间来不及。在德国中学里，要读八年拉丁文，六年希腊文。文科中学毕业的学生，个个精通这两种欧洲古典语言，我们中国学生完全无法同他们在这方面竞争。我经过初步考虑，听从了他的意见。第一学期选课，就以希腊文为主。德国大学是绝对自由的。只要中学毕业，就可以愿意入哪个大学，就入哪个，不懂什么叫入学考试。入学以后，愿意入哪个系，就入哪个；愿意改系，随时可改；愿意选多少课，选什么课，悉听尊便；学文科的可以选医学、神学的课，也可以只选一门课，或者选十门、八门。上课时，愿意上就上，不愿意上就走；迟到早退，完全自由。从来没有课堂考试。有的课开课时需要教授签字，这叫开课前的报到（Anmeldung），学生就拿课程登记簿（Studienbuch）请教授签；有的在结束时还需要教授签字，这叫课程结束时的教授签字（Abmeldung）。此时，学生与教授可以说是没有多少关系。有的学生，初入大学时，一学年，或者甚至一学期换一个大学。经过几次转学，二三年以后，选中了自己满意的大学，满意的系科，这时才安定住下，同教授接触，请求参加他的研究班，经过一两个研究班，师生互相了解了，教授认为孺子可教，才给博士论文题目。再经过几年努力写作，教授满意了，就举行论文口试答辩，及格后，就能拿到博士学位。在德国，是教授说了算，什么院长、校长、部长都无权干预教授的决定。如果一个学生不想作论文，绝没有人强迫他。只要自己有钱，他可以十年八年地念下去。这就叫作“永恒的学生”（Ewiger Student），是一种全世界所无的稀有动物。

我就是在这样一种绝对自由的气氛中，在第一学期选了希腊文。另外又杂七杂八地选了许多课，每天上课六小时。我的用意是练习听德文，并不想学习什么东西。

我选课虽然以希腊文为主，但是学习情绪时高时低，始终不坚定。第一堂课印象就不好。1935年12月5日的日记中写道：

> 上了课，Rabbow的声音太低，我简直听不懂。他也不问我，如坐针毡，难过极了。下了课走回家来的时候，痛苦啃着我的心——我在哥廷根做的唯一的美丽的梦，就是学希腊文。然而，照今天的样子看来，学希腊文又成了一种绝大的痛苦。我岂不将要一无所成了吗？

日记中这样动摇的记载还有多处，可见信心之不坚。其间，我还自学了一段时间的拉丁文。最有趣的是，有一次自己居然想学古埃及文。心情之混乱可见一斑。

这都说明，我还没有找到要走的路。

至于梵文，我在国内读书时，就曾动过学习的念头。但当时国内没有人教梵文，所以愿望没有能实现。来到哥廷根，认识了一位学冶金学的中国留学生湖南人龙丕炎（范禹），他主攻科技，不知道为什么却学习过两个学期的梵文。我来到时，他已经不学了，就把自己用的施滕茨勒（Stenzler）著的一本梵文语法送给了我。我同章用也谈过学梵文的问题，他鼓励我学。于是，在我选择道路徘徊踟蹰的混乱中，又增加了一层混乱。幸而这混乱只是暂时的，不久就从混乱的阴霾中流露出来了阳光。12月16日的日记中写道：

> 我又想到我终于非读Sanskrit（梵文）不行。中国文化受印度文化的影响太大了。我要对中印文化关系彻底研究一下，或能有所发明。在德国能把想学的几种文字学好，也就不虚此行了，尤其是Sanskrit，回国后再想学，不但没有那样的机会，也没有那样的人。

第二天的日记中又写道：

> 我又想到Sanskrit，我左想右想，觉得非学不行。

1936年1月2日的日记中写道：

> 仍然决意读Sanskrit。自己兴趣之易变，使自己都有点吃惊了。决意读希腊文的时候，自己发誓而且希望，这次不要再变了，而且自己也坚信不会再变了，但终于又变了。我现在仍然发誓而且希望不要再变了。再变下去，会一无所成的。不知道Schicksal（命运）可能允许我这次坚定我的信念吗？

我这次的发誓和希望没有落空，命运允许我坚定了我的信念。

我毕生要走的道路终于找到了，我沿着这一条道路一走走了半个多世纪，一直走到现在，而且还要走下去。

哥廷根实际上是学习梵文最理想的地方。除了上面说到的城市幽静，风光旖旎之外，哥廷根大学有悠久的研究梵文和比较语言学的传统。19世纪上半叶，研究《五卷书》的一个转译本《卡里来和迪木乃》的大家、比较文学史学的创建者本发伊（T.Benfey）就曾在这里任教。19世纪末，弗朗茨·基尔霍恩（Franz Kielhorn）在此地任梵文教授。接替他的是海尔曼·奥尔登堡（Hermann Oldenberg）教授。奥尔登堡教授的继任人是读通《吐火罗文残卷》的大师西克教授。1935年，西克退休，瓦尔德施米特接掌梵文讲座，这正是我到哥廷根的时候。被印度学者誉为活着的最伟大的梵文家雅可布·瓦克尔纳格尔（Jakob Wackernagel）曾在比较语言学系任教。真可谓梵学天空，群星灿列。再加上大学图书馆，历史极久，规模极大，藏书极富，名声极高，梵文藏书甲德国，据说都是基尔霍恩从印度搜罗到的。这样的条件，在德国当时，是无与伦比的。

我决心既下，1936年春季开始的那一学期，我选了梵文。4月2日，我到高斯-韦伯楼东方研究所去上第一课。这是一座非常古老的建筑。当年大数学家高斯和大物理学家韦伯（Weber）试验他们发明的电报，就在这座房子里，它因此名扬全球。楼下是埃及学研究室，巴比伦、亚述、阿拉伯文研究室。楼上是斯拉夫语研究室，波斯、土耳其语研究室和梵文研究室。梵文课就在研究室里上。这是瓦尔德施米特教授第一次上课，也是我第一次同他会面。他看起来非常年轻。他是柏林大学梵学大师海因里希·吕德斯（Heinrich Lüders）的学生，是研究新疆出土的梵文佛典残卷的专家，虽然年轻，已经在世界梵文学界颇有名声。可是选梵文课的却只有我一个学生，而且还是外国人。虽然只有一个学生，他仍然认真严肃地讲课，一直讲到四点才下课。这就是我梵文学习的开始。研究所有一个小图书馆，册数不到一万，然而对一个初学者来说，却是应有尽有。最珍贵的是奥尔登堡的那一套上百册的德国和世界各国梵文学者寄给他的论文汇集，分门别类，装订成册，大小不等，语言各异。如果自己去搜集，那是无论如何也不会这样齐全的，因为有的杂志非常冷僻，到大图书馆都不一定能查到。在临街的一面墙上，在镜框里贴着德国梵文学家的照片，有三四十人之多。从中可见德国梵学之盛。这是德国学术界十分值得骄傲的地方。

我从此就天天到这个研究所来。

我从此就找到了我真正想走的道路。

怀念母亲

我一生有两个母亲：一个是生我的那个母亲；一个是我的祖国母亲。我对这两个母亲怀着同样崇高的敬意和同样真挚的爱慕。

我六岁离开我的生母，到城里去住。中间曾回故乡两次，都是奔丧，只在母亲身边呆了几天，仍然回到城里。最后一别八年，在我读大学二年级的时候，母亲弃养，只活了四十多岁。我痛哭了几年，食不下咽，寝不安席，我真想随母亲于地下。我的愿望没能实现，从此我就成了没有母亲的孤儿。一个缺少母爱的孩子，是灵魂不全的人。我怀着不全的灵魂，抱终天之恨。一想到母亲，就泪流不止，数十年如一日。如今到了德国，来到哥廷根这一座孤寂的小城，不知道是为什么，母亲频来入梦。

我的祖国母亲，我这是第一次离开她。离开的时间只有短短几个月，不知道是为什么，我这个母亲也频来入梦。

为了保存当时真实的感情，避免用今天的情感篡改当时的感情，我现在不加叙述，不作描绘，只从初到哥廷根的日记中摘抄几段：

1935年11月16日

不久外面就黑起来了。我觉得这黄昏的时候最有意思。我不开灯，只沉默地站在窗前，看暗夜渐渐织上天空，织上对面的屋顶。一切都沉在朦胧的薄暗中。我的心往往在沉静到不能再沉静的氛围里，活动起来。这活动是轻微的，我简直不知道有这样的活动。我想到故乡，故乡里的老朋友，心里有点酸酸的，有点凄凉。然而这凄凉却并不同普通的凄凉一样，是甜蜜的，浓浓的，有说不出的味道，浓浓地糊在心头。

11月18日

从好几天以前，房东太太就向我说，她的儿子今天回家来，从学校回家来，她高兴得不得了……但儿子一直没来，她的神色有点沮丧。她又说，晚上还有一趟车，说不定他会来的。我看了她的神气，想到自己的在故乡地下卧着的母亲，我真想哭！我现在才知道，古今中外的母亲都是一样的！

11月20日

我现在还真是想家，想故国，想故国里的朋友。我有时简直想得不能忍耐。

11月28日

我仰在沙发上，听风声在窗外过路。风里夹着雨。天色阴得如黑夜。心里思潮起伏，又想到故国了。

12月6日

近几天来，心情安定多了。以前我真觉得两年太长，同时，在这里无论衣食住行哪一方面都感到不舒服，所以这两年简直似乎无论如何也忍受不下来了。

从初到哥廷根的日记里，我暂时引用这几段。实际上，类似的地方还有不少，从这几段中也可见一斑了。总之，我不想在国外待。一想到我的母亲和祖国母亲，就心潮腾涌，惶惶不可终日，留在国外的念头连影儿都没有。几个月以后，在1936年7月11日，我写了一篇散文，题目叫

《寻梦》。开头一段是：

> 夜里梦到母亲，我哭着醒来。醒来再想捉住这梦的时候，梦却早不知道飞到什么地方去了。

下面描绘在梦里见到母亲的情景。最后一段是：

> 天哪！连一个清清楚楚的梦都不给我吗？我怅望灰天，在泪光里，幻出母亲的面影。

我在国内的时候，只怀念，也只有可能怀念一个母亲。现在到国外来了，在我的怀念中就增添了一个祖国母亲。这种怀念，在初到哥廷根的时候，异常强烈。以后也没有断过。对这两位母亲的怀念，一直伴随着我度过了在德国的十年，在欧洲的十一年。

二年生活

清华大学与德国学术交换处订的合同，规定学习期限为两年。我原来也只打算在德国住两年。在这期间，我的身份是学生。在德国十年中，这两年的学生生活可以算是一个阶段。

在这两年内，一般说来，生活是比较平静的，没有大风大浪，没有剧烈的震动。希特勒刚上台不几年，德国人崇拜他如疯如狂。我认识一个女孩子，年轻貌美。有一次同她偶尔谈到希特勒，她脱口而出："如果我能同希特勒生一个孩子，是我莫大的光荣！"我真是大吃一惊，做梦也没有想到。我没有见过希特勒本人，只是常常从广播中听到他那疯狗般的狂吠声。在德国人中，反对他的微乎其微。他手下那著名的两支队伍：SA（Sturm-Abteilung，冲锋队）和SS（Schutz-Staffel，党卫军），在街上随时可见。前者穿黄制服，我们称之为"黄狗"；后者着黑制服，我们称之为"黑狗"。这黄黑二狗从来没有跟我们中国学生找过麻烦。进商店，会见朋友，你喊你的"希特勒万岁！"我喊我的"早安""日安""晚安"，各行其是，互不侵犯，井水不犯河水，倒也能和平共处。我们同一般德国人从来不谈政治。

实际上，在当时，无论是在中国，还是在德国，都是处在大风暴的前夕。两年以后，情况就大大地改变了。

这一点我是有所察觉的，不过是无能为力，只好能过一天平静的日子，就过一天，苟全性命于乱世而已。

从表面上来看，市场还很繁荣，食品供应也极充足，限量制度还没有实行，只要有钱，什么都可以买到。我每天早晨在家里吃早点：小面包、牛奶、黄油、干奶酪，佐之以一壶红茶。然后到梵文研究所去，或上课，或学习。中午在外面饭馆里吃。吃完，仍然回到研究所，从来不懂什么睡午觉。下午也是或上课，或学习。晚上六点回家，房东老太太把他们中午吃的热饭菜留一份给我晚上吃。因此我就不必像德国人那样，晚饭只吃面包、香肠和喝茶了。

就这样，日子过得有条有理，蛮惬意的。

一到星期日，当时住在哥廷根的几个中国留学生：龙丕炎、田德望、王子昌、黄席棠、卢寿枬等就不约而同地到城外山下一片叫做“席勒草坪”的绿草地去会面。这片草地终年如茵，周围古木参天，东面靠山，山上也是树木繁茂，大森林长宽各几十里。山中颇有一些名胜，比如俾斯麦塔，高踞山巅，登临一望，全城尽收眼底。此外还有几处咖啡馆和饭店。我们在席勒草坪会面以后，有时也到山中去游逛，午饭就在山中吃。见到中国人，能说中国话，真觉得其乐无穷。往往是在闲谈笑话中忘记了时间的流逝。等到注意到时间时，已是暝色四合，月出于东山之上了。

至于学习，我仍然是全力以赴。我虽然原定只能留两年，但我仍然做参加博士考试的准备。根据德国的规定，考博士必须读三个系：一个主系，两个副系。我的主系是梵文、巴利文等所谓印度学（Indologie），这是大局已定。关键是在两个副系上，然而这件事又是颇伤脑筋的。当年我在国内患“留学热”而留学一事还渺茫如蓬莱三山的时候，我已经立下大誓：绝不写有关中国的博士论文。鲁迅先生说过，有的中国留学生在国外用老子与庄子谋得了博士头衔，令洋人大吃一惊；然而回国后讲的却是康德、黑格尔。我鄙薄这种博士，绝不步他们的后尘。现在到了德国，无论主系和副系绝不同中国学沾边。我听说，有一个学自然科学的留学生，想投机取巧，选了汉学作副系。在口试的时候，汉学教授问的第一个问题是：中国的杜甫与英国的莎士比亚，谁先谁后？中国文学史长达几千年，同屈原等比起来，杜甫是偏后的。而在英国则莎士比亚已算较古的文学家。这位留学生大概就受这种印象的影响，开口便说："杜甫在后。"汉学教授说："你落第了！下面的问题不需要再提了。"

谈到口试，我想在这里补充两个小例子，以见德国口试的情况，以及教授的权威。19世纪末，德国医学泰斗微耳和（Virchow）有一次口试学生，他把一盘子猪肝摆在桌子上，问学生道："这是什么？"学生瞠目结舌，半天说不出话来。哪里会想到教授会拿猪肝来呢。结果是口试落第。微耳和对他说："一个医学工作者一定要实事求是，眼前看到什么，就说是什么。连这点本领和勇气都没有，怎能当医生呢？"又一次，也是这位微耳和在口试，他指了指自己的衣服，问："这是什么颜色？"学生端详了一会，郑重答道："枢密顾问（德国成就卓著的教授的一种荣誉称号）先生！您的衣服曾经是褐色的。"微耳和大笑，立刻说："你及格了！"因为他不大注意穿着，一身衣服穿了十几年，原来的褐色变成黑色了。这两个例子虽小，但是意义却极大。它告诉我们，德国教授是怎样处心积虑地培养学生实事求是不受任何外来影响干扰的观察问题的能力。

回头来谈我的副系问题。我坚决不选汉学，这已是定不可移的了。那么选什么呢？我考虑过英国语言学和德国语言学。后来，又考虑过阿拉伯文。我还真下工夫学了一年阿拉伯文。后来，又觉得不妥，决定放弃。最后选定了英国语言学与斯拉夫语言学。但斯拉夫语言学，不能只学一门俄文。我又加学了南斯拉夫文。从此天下大定。

斯拉夫语研究所也在高斯-韦伯楼里面。从那以后，我每天到研究所来，学习一整天。主要精力当然是用到学习梵文和巴利文上。梵文班原先只有我一个学生。大概从第三学期开始，来了两个德国学生：一个是历史系学生，一个是乡村牧师。前者在我来哥廷根以前已经跟西克教授学习过几个学期。等到我第二学年开始时，他来参加，没有另外开班，就在一个班上。我最初对他真是肃然起敬，他是老学生了。然而，过了不久，我就发现，他学习颇为吃力。尽管他在中学时学过希腊文和拉丁文，又懂英文和法文，但是对付这个语法规则烦琐到匪夷所思的程度的梵文，他却束手无策。在课堂上，只要老师一问，他就眼睛发直、口发呆，嗫嗫嚅嚅，说不出话来。一直到第二次世界大战爆发，他被征从军，他始终没能征服梵文，用我的话来说，就是，他没有跳过龙门。

我自己学习梵文，也并非一帆风顺。这一种在现在世界上已知的语言中语法最复杂的古代语言，形态变化之丰富，同汉语截然相反。我当然会感到困难。但是，既然已经下定决心要学习，就必然要把它征服。在这两年内，我曾多次暗表决心：一定要跳过这个龙门。

章用一家

我上面屡次提到章用，对他的家世也做了一点简要的介绍，现在集中谈他的一家。

章士钊下台以后，夫妇俩带着三个儿子，到欧洲来留学，就定居在哥廷根。后来章士钊先回国，大儿子章可转赴意大利去就学，三儿子章因到英国去念书。只有二儿子章用留在哥廷根，陪伴母亲。我到哥廷根的时候，情况就是这样，母子二人在这里已经住了几年了。

他们租了一层楼，是在一座小洋楼的顶层，下面两层德国房东自己住。男房东一脸横肉，从来不见笑容，是一个令人见而生厌的人。他有一个退休的老母亲，看样子有七八十岁了，老态龙钟，路都走不全，孤身一人，住在二楼的一间小房子里。母子不在一起吃饭。我拜访章用时，有时候看到她的卧室门外地上摆着一份极其粗粝的饭菜，一点热气都没有。用中国话说就是“连狗都不吃的”。男房东确实养着一条大狼狗，他这条狗不但不吃这样的饭，据说非吃牛肉不行。牛肉吃多了，患了胃病，还要请狗大夫会诊。有一次，老太太病了，我到章家去，一连几天，看到同一份饭摆在房门口，清冷，寂寞，在等候着老太太享用。可惜这时候她大概连床都起不来了。

这是顺便提到的闲话，还是谈主题吧。

章老太太（我同龙丕炎管她叫“章伯母”）是英国留学生，英文蛮好的。她当过孙中山的秘书，据说就是管英文的。她崇拜英国，到了五体投地的程度。英国人的傲慢与偏见，她样样俱全。对英文的崇拜，也绝不下于英国人。英国人常以英文自傲。他们认为，口叼雪茄烟而能运用自如的语言，大千世界中只有英文。因此，在西方国家中，最不肯学外国语言的人，就是英国人。而其他国家的人则必须以学习英文为神圣职责。在这方面，章伯母是一个地地道道的英国人。她来德国几年，连一句“早安”“晚安”都不会说。她每天必须出去买东西。无论有多大本领，多少偏见，她反正无法让德国店员都履行自己的神圣职责。无已，她就手持一本英德文小字典，想买什么东西，先找出英文，下面跟着就是德文，只需用手指头一指，店员就明白了。要买三个或者三斤，再伸出三个手指头。于是这一个买卖活动立即完成，不费吹灰之力，皆大欢喜。

她不肯说德国话，当然更不肯认德国字，德国的花体字母更成了她的眼中钉，这种字母与英法德等国通用的拉丁字母不同，认起来比较麻烦。法西斯锐意提倡花体字，以表示自己德意志超于一切的爱国主义。街名牌子多半改用了这种字母。因此，章伯母就遇到了更大的麻烦。再加上，她识别方向记忆街名的能力低到惊人的水平。在哥廷根住了几年，依然不辨东西南北。有几次出门，走路比较远了一点，结果是找不回家来。

章伯母就是这样一个人。她虽然已年逾花甲，但是却幼稚而单纯，似乎有点不失其赤子之心。在别的方面也有同样的表现，她出身名门大族，自己是留英学生，做过孙中山的秘书，嫁的丈夫又是北洋政府的总长，很自然地养成一种恶性发展的门第优越感。别人也许有这种优越感，但总是想方设法来掩蔽起来，也许还做出一点谦恭下士的伪装。章伯母不懂这一套，她认为自己是“官家”，我们都是“民家”，官民悬隔，有如天壤，泾渭分明，不容混淆。她一开口就是：我们官家如何如何，你们民家又如何如何。态度坦率泰然，毫不忸怩。我们听了，最初是吃一大惊，继之是觉得可笑。有时候也来点恶作剧，故意提高了声音说：“你们官家也是用筷子吃饭，用茶杯喝茶吗？”她丝毫也觉察不出我们的用心，继续“官家”“民家”嚷嚷不休。在这方面，她已修炼得超凡入圣，我辈凡人实在是束手无策。

她儿子章用是很聪明的人，对自己母亲这种举动当然是看不惯的。他是一个沉默寡言的人，又是一个很孝顺的人。他从不打断母亲的话。但是从他那紧蹙的眉头来看，他是很不愉快的。他经常好像是在考虑什么问题，也许是数学问题，也许是什么别的东西。平日家居，大概不大同母亲闲聊。老太太独处危楼，举目无亲，没有任何德国朋友，没有人可以说话，一定是寂寞得难以忍耐。所以一见我们这些“民家”，便喜笑颜开，嘴里连连说着：“我告诉你一件大事！”连气都喘不上来。她所说“大事”，都是屁大的小事。她剌剌不休，话总说不完。但是她一不读书，二不看报，可谈的话题实在有限。往往是三句话过后，就谈章士钊。谈章士钊同她结婚时的情景。章士钊当了大官，但是对待妻子，总以西方礼节为准。上汽车给她开车门，走路挽着她的胳臂，而且满嘴喊Darling（亲爱的）不止。她自己如坐云端，认为自己是普天之下最幸福的妇女。但是，天有不测风云，有一天，她忽然发现真实情况完全不是这个样子。于是立刻从九天之上的云端坠了下来。适逢章士钊也下了台，于是夫妇俩同儿子们来到了哥廷根。

她谈的有关章士钊的情况，远远不止这一点。为了为贤者讳，我在这里就讲这一些。在将近两年的时间内，她讲丈夫的故事，不知讲了多少遍，有时候绘形绘声，讲得琐细生动之至。这对章用当然更是刺激。他虽然照常是沉默不语，然而眉头却蹙得更加厉害了。

就这样，章伯母欢迎我们到她家去，我自己也愿意去看一看这一位简单天真的老人。我的目的主要是去找章用，听他谈一些问题。他母亲说，我一去，章用就好像变了一个人，脸上有了笑容，话也多了起来。这时，老太太显然也高兴了起来，立刻拿点心，沏龙井茶，还多半要留我吃饭，嘴里一方面讲章士钊，一方面忙前忙后，忙得不可开交。我同章用谈论什么问题，也谈得兴致正浓。有几次，在这样谈话的间隙中，忽然听到楼外雷声如擂鼓。从楼顶上的小玻璃窗子里看出去，天空阴云翻滚，东面山上的丛林被乱云封住，迷蒙成一片，颇感到大自然的威力。

但是，我们谈兴不减，稍一注意，就听到大雨敲窗的声音。

这样美好的时光并不很长，可能只有1936年一个夏天。一转到1937年，章家的国内经济来源出了问题，无力供给在德、英、意三个国家的孩子读书和生活。他们决定，章用先回国去探听探听。章用走了以后，老太太孤身一人留在哥廷根，等候儿子的消息。此时，我同龙丕炎就承担了照看老太太的责任。我们三个人每天在饭馆里一起吃午饭。每天见面时，老太太照例气喘吁吁地说："我告诉你一件大事！"我们知道，没有什么大事。吃过午饭，送老太太回家，天天如此。后来，章用从国内来了信：经济问题无法解决，章用不能回来了，要老太太也立即回国。我们于是又帮她退房子，收拾东西，办护照，买车船票，忙成一团。就在这样的非常时期，老太太还并没有忘记了自己的"官家"身份。她照了相，要我们帮她挑选"标准像"，回国后好送给新闻记者。

老太太终于走了，章用一家在哥廷根长达六七年的生活也终于结束了。章用在德国苦读了六七年，最终也没有能再回德国来，没有能取得博士学位。从此以后，我同他们母子都没有能再见面。章用先在浙江大学教书，抗战军兴，到处播迁，在颠沛流离之中，他没有忘记我，也没有忘记写诗。时常有信给我，有时附上自己的诗。我现在还能记住一些他的诗，比如"常歌建德非吾土，岂意祁门来看山"等。不记得是在哪一年了，他把自己生平写的不算太多的诗全部寄给了我。我不知道，他是怎样考虑的。难道他已经预感到自己肺病缠身，将不久于人世，因而尽早把自己的心血的结晶寄给可靠的朋友，传之其人吗？他的预感是正确的，不久他就在流离播迁中离开人世，只剩下我这个受他重托的人还活在人间。综观章用一生，他是一个寂寞的人，一个孤傲的人，一个落落寡合的人，一个短命的才人。他是把我这个同他仅仅有一年多交谊的人，看作自己唯一的知己的。此境可悲，此情可感！现在茫茫人世，芸芸众生，知道章用，想到章用的人，恐怕只有我一个了。我愈来愈感到，我也失去了一位难得的知己。然而人天悬隔，欲哭无泪，"上穷碧落下黄泉，两处茫茫皆不见"，恐怕我要抱恨终天了。悲夫！

汉学研究所

章用一家走了，1937年到了，我的交换期满了，是我应该回国的时候了。然而，国内七七事变爆发，不久我的家乡山东济南就被日军占领，我断了退路，就同汉学研究所发生了关系。

这个所的历史，我不清楚，我从来也没有想去研究过。汉学虽然也属于东方学的范畴，但并不在高斯-韦伯楼东方研究所内，而是在另外一个地方，在一座大楼里面。楼前有一个大草坪，盖满绿草，有许多株参天的古橡树。整个建筑显得古穆堂皇，颇有一点气派。一进楼门，有极其宽敞高大的过厅，楼梯也是极宽极高，是用木头建成的。这里不见什么人，但是打扫得也是油光锃亮。研究所在二楼，有七八间大房子，一间所长办公室，一间课堂，其余全是藏书室和阅览室。这里藏书之富颇令我吃惊。在这几间大房子里，书架从地板一直高达天花板，全整整齐齐地排满了书，中国书和日本出版的汉籍，占绝大多数，也有几架西文书。里面颇有一些珍贵的古本，我记得有几种明版的小说，即使放在国内图书馆中，也得算作善本书。其中是否有海内孤本，因为我对此道并非行家里手，不敢乱说。这些书是怎样到哥廷根来的，我也没有打听。可能有一些是在中国的传教士带回去的。

所长是古斯塔夫·哈隆（Gustav Haloun）教授，是苏台德人，在感情上与其说他是德国人，毋宁说他是捷克人。他反对法西斯，自是意内事。我到哥廷根后不久，章用就带我来看过哈隆。在过去两年内，我们有一些来往，但不很密切。我交换期满的消息传到了他的耳朵里，他主动跟我谈这个问题，问我愿意不愿意留下。我已是有家归不得，正愁没有办法，他的建议自然使我喜出望外，于是交换期一满，我立即受命为汉文讲师。原来我到汉学研究所来是做客，现在我也算是这里的主人了。

哈隆教授为人亲切和蔼，比我约长二十多岁。我到研究所后，我仍然是梵文研究所的博士生，我仍然天天到高斯-韦伯楼去学习，我的据点仍然在梵文研究所。但是，既然当了讲师，就有授课的任务，授课地点就在汉学研究所内，我到这里来的机会就多了起来，同哈隆和他夫人见面的机会也就多了起来。我们终于成了无话不谈的知心朋友，也可以说是忘年交吧。哈隆虽然不会说中国话，但汉学的基础是十分雄厚的。他对中国古代文献，比如《老子》《庄子》之类，是有很高的造诣的。甲骨文尤其是他的拿手好戏，讲起来头头是道，颇有一些极其精辟的见解。他对古代西域史地钻研很深，他的名作《月氏考》，蜚声国际士林。他非常关心图书室的建设。闻名欧洲的哥廷根大学图书馆不收藏汉文典籍，所有的汉文书都集中在汉学研究所内。购买汉文书籍的钱好像也由他来支配。我曾经替他写过不少的信，给中国北平琉璃厂和隆福寺的许多旧书店，订购中国古籍。中国古籍也确实源源不断地越过千山万水，寄到研究所内。我曾特别从国内订购虎皮宣，给这些线装书写好书签，贴在上面。结果是整架的蓝封套上都贴上了黄色小条，黄蓝相映，闪出了异样的光芒，给这个研究所增添了无量光彩。

因为哈隆教授在国际汉学界广有名声，他同许多国家的权威汉学家都有来往。又由于哥廷根大学汉学研究所藏书丰富，所以招徕了不少外国汉学家来这里看书。我个人在汉学研究所藏书室里就见到了一些世界知名的汉学家。留给我印象最深的是英国汉学家阿瑟·韦利（Arthur Waley），他以翻译中国古典诗歌蜚声世界。他翻译的唐诗竟然被收入著名的《牛津英国诗选》。这一部《诗选》有点像中国的《唐诗三百首》之类的选本，被选入的诗都是久有定评的不朽名作。韦利翻译的中国唐诗，居然能置身其间，其价值概可想见了，韦利在英国文学界的地位也一清二楚了。

我在这里还见到了德国汉学家奥托·冯·梅兴-黑尔芬（Ottovon Mänchen-Helfen）。他正在研究明朝的制漆工艺。有一天，他拿着一部本所的藏书，让我帮他翻译几段。我忘记了书名，只记得纸张印刷都异常古老，白色的宣纸已经变成了淡黄色，说不定就是明版书。我对制漆工艺毫无通解，勉强帮他翻译了一点，自己也不甚了了。但他却连连点头。他因为钻研已久，精于此道，所以一看就明白了。从那一次见面后，再没有见到他过。后来我在一本英国杂志上见到他的名字。此公大概久已移居新大陆，成了美籍德人了。

可能就在七七事变后一两年内，哈隆有一天突然告诉我，他要离开德国到英国剑桥大学，去任汉学教授了。他在德国多年郁郁不得志，大学显然也不重视他，我从没有见到他同什么人来往过。他每天一大早同夫人从家中来到研究所。夫人做点针线活，或看点闲书。他则伏案苦读，就这样一直到深夜才携手回家。在寂寞凄清中，夫妇俩相濡以沫，过的几乎是形单影只的生活。看到这情景，我心里充满了同情。临行前，我同田德望在市政府地下餐厅为他饯行。他以极其低沉的声调告诉我们，他在哥廷根这么多年，真正的朋友只有我们两个中国人！泪光在他眼里闪动。我此时似乎非常能理解他的心情。他被迫去英国，丢下他惨淡经营的图书室，心里是什么滋味，难道还不值得我一洒同情之泪吗？后来，他从英国来信，约我到英国剑桥大学去任教。我回信应允。可是等到我于1946年回国后，亲老、家贫、子幼。我不忍心再离开他们了。我回信说明了情况，哈隆回信，表示理解。我再没有能见到他。他在好多年以前已经去世，岁数也不会太大。一直到现在，我每想到我这位真正的朋友，心内就悲痛不已。

第二次世界大战爆发

一转眼，时间已经到了1939年。

在这以前的两年内，德国的邻国，每年春天一次，秋天一次，患一种奇特的病，称之为“侵略狂”或者“迫害狂”都是可以的，我没有学过医，不敢乱说。到了此时，德国报纸和广播电台就连篇累牍地报道，德国的东西南北四邻中有一个邻居迫害德国人了，挑起争端了，进行挑衅了，说得声泪俱下，气贯长虹。德国人心激动起来了，全国沸腾了。但是接着来的是德国出兵镇压别人，占领了邻居的领土，他们把这种行动叫做“抵抗”，到邻居家里去“抵抗”。德国法西斯有一句名言：“谎言说上一千遍，就变成了真理。”这就是他们新闻政策的灵魂。连我最初都有点相信，德国人不必说了。但是到了下半年，或者第二年的上半年，德国的某一个邻居又患病了，而且患的是同一种病，不由得我不起疑心。德国人聪明绝世，在政治上却幼稚天真如儿童。他们照例又激动起来了，全国又沸腾起来了。结果又有一个邻国倒了霉。

我预感到情况不妙，大有“山雨欲来风满楼”之势了。

事实证明，我的预感是正确的。

1939年9月1日，德国的东邻波兰犯了上面说的那种怪“病”，德国“被迫”出兵“抵抗”，没有用很多的时间，波兰的“病”就完全治好了，全国被德军占领。如此接二连三，许多邻国的“病”都被德国治好，国土被他们占领。等到法国的马其诺防线被突破，德军进占巴黎以后，德国的四邻的“病”都已完全被法西斯治好了，我预感，德国又要寻找新的病人了。这个病人不是别的国家，只能是苏联。

事实证明，我的预感又不幸而言中了。

1941年6月22日，我早晨一起来，女房东就告诉我，德国同苏联已经开了火。我的日记上写道：“这一招早就料到，却没想到这样快。”这本来应该说是一件天大的事，但是德国人谁也不紧张。原因大概是，最近几年来，几乎每年两次出现这样的事，“司空见惯浑无事”了。我当然更不会紧张。前两天约好同德国朋友苹可斯（Pinks）和格洛斯（Gross）去郊游，照行不误。整整一天，我们乘车坐船，几次渡过小河，在旷野绿林中，步行了几十公里，唱歌，拉手风琴，野餐，玩了个不亦乐乎，尽欢而归。在灯火管制、街灯尽熄的情况下，在黑暗中摸索着走回了家。无论是对我，还是对德国朋友来说，今天早晨德苏宣战的消息，给我们没有留下任何印象。

第一次世界大战爆发时，我刚三岁，什么事情都不知道。后来读了一些关于这方面的书，看到战火蔓延之广，双方搏斗之激烈，伤亡人数之多，财产损失之重，我总想象，这样大的大事开始时一定是惊天地，泣鬼神，上至三十三天，下达十八层地狱，无不震动，无不惊恐，才合乎情理。现在，我竟有幸亲身经历了规模比第一次世界大战要大得多、时间要长得多、伤亡要重得多的第二次世界大战的开端。可是万万没有想到，这一出人类历史上罕见的大戏，开端竟是这样平淡无奇。事后追思，真颇有点失望不过瘾的感觉了。

然而怪事还在后面。

战争既已打响，不管人们多么淡漠，总希望听到进一步的消息：是前进了呢，是后退了呢，是相持不下呢？然而任何消息都没有。23日没有，24日没有，25日没有，26日没有，27日仍然没有。到了28日，我在日记中写道：“东战线的消息，一点都不肯定。我猜想，大概德军不十分得手。”隐含幸灾乐祸之意。然而，在整整沉默了一个礼拜之后，到了又一个礼拜日29日，广播却突如其来地活泼，一个早晨就播送了八个“特别广播”：德军已在苏联境内长驱直入，势如破竹，一个“特别广播”报告一个重大胜利。一直表现淡漠的德国人震动起来了，他们如疯似的，山呼“万岁”。而我则气得内心暴跳如雷。一听“特别广播”，神经就极度紧张，浑身发抖，没有办法，就用双手堵住耳朵，心里数着一、二、三、四等，数到一定的程度，心想广播恐已结束；然而一松手，广播喇叭怪叫如故。此时我心中热血沸腾，直冲脑海。晚上需要吃加倍的安眠药，才能勉强入睡。30日的日记里写道：“住下去，恐怕不久就会进疯人院。”

我的失眠症从此进入严重的阶段了。

完成学业尝试回国

精神是苦闷的，形势是严峻的，但是我的学业仍然照常进行。

在我选定的三个系里，学习都算是顺利。主系梵文和巴利文，第一学期，瓦尔德施米特教授讲梵文语法，第二学期就念梵文原著《那罗传》，接着读迦梨陀娑的《云使》等。从第五学期起，就进入真正的Seminar（讨论班），读中国新疆吐鲁番出土的梵文佛经残卷，这是瓦尔德施米特教授的拿手好戏，他的老师H. 吕德斯（H. Lüders）和他自己都是这方面的权威。第六学期开始，他同我商量博士论文的题目，最后定为研究《大事》（Mahāvastu）偈陀部分的动词变化。我从此就在上课教课之余，利用一切可利用的时间，啃那厚厚的三大册《大事》。第二次世界大战爆发后不久，我的教授被征从军。已经退休的西克教授，以垂暮之年，出来代替他上课。西克教授真正是诲人不倦，第一次上课他就对我郑重宣布：他要把自己毕生最专长的学问，统统地毫无保留地全部传授给我，一个是《梨俱吠陀》，一个是印度古典语法《大疏》，一个是《十王子传》，最后是吐火罗文，他是读通了吐火罗文的世界大师。就这样，在瓦尔德施米特教授从军期间，我就一方面写论文，一方面跟西克教授上课。学习是顺利的。

一个副系是英国语言学，另一个副系是斯拉夫语言学，我也照常上课，这些课也都是顺利的。

专就博士论文而论，这是学位考试至关重要的一项工作。教授看学生的能力，也主要是通过论文。德国大学对论文要求十分严格，题目一般都不大，但必须有新东西，才能通过。有的中国留学生在德国已经呆了六七年，学位始终拿不到，关键就在于论文。章用就是一个例子，一个姓叶的留学生也碰到了相同的命运。我的论文，题目定下来以后，我积极写作，到了1940年，已经基本写好。瓦尔德施米特从军期间，西克也对我加以指导。瓦尔德施米特回家休假，我就把论文送给他看。我自己不会打字，帮我打字的是迈耶（Meyer）家的大女儿伊姆加德（Irmgard），一位非常美丽的女孩子。这一年的秋天，我天天晚上到她家去。因为梵文字母拉丁文转写，符号很多，穿靴戴帽，我必须坐在旁边，才不致出错。9月13日，论文打完。事前已经得到瓦尔德施米特的同意。10月9日，把论文交给文学院长戴希格雷贝尔（Deichgräber）教授。德国规矩，院长安排口试的日期，而院长则由最年轻的正教授来担任。戴希格雷贝尔是希腊文、拉丁文教授，是刚被提升为正教授的。按规矩本应该三个系同时口试。但是瓦尔德施米特正值休假回家，不能久等，英文教授勒德尔（Roeder）却有病住院，在1940年12月23日口试时，只有梵文和斯拉夫语言学，英文以后再补。我这一天的日记是这样写的：

早晨五点就醒来。心里只是想到口试，再也睡不着。七点起来，吃过早点，又胡乱看了一阵书，心里极慌。

九点半到大学办公处去。走在路上，像待决的囚徒。十点多开始口试。Prof. Waldsctmidt（瓦尔德施米特教授）先问，只有Prof. Deichgräber（戴希格雷贝尔教授）坐在旁边。Prof. Braun（布劳恩教授）随后才去。主科进行得异常顺利。但当Prof. Braun开始问的时候，他让我预备的全没问到。我心里大慌。他的问题极简单，简直都是常识。但我还不能思维，颇呈慌张之像。

十二点下来，心里极难过。此时，及格不及格倒不成问题了。

我考试考了一辈子，没想到在这最后一次考试时，自己竟会这样慌张。第二天的日记：

心绪极乱。自己的论文不但Prof. Sieg和Prof. Waldschmidt认为极好，就连Prof. Krause也认为难得，满以为可以做一个很好的考试；但昨天俄文口试实在不佳。我所知道的他全不问，问的全非我所预备的。到现在想起来，心里还极难过。

这可以说是昨天情绪的余波。但是当天晚上：

七点前到Prof. Waldschmidt家去，他请我过节（羡林按：指圣诞节）。飘着雪花，但不冷。走在路上，心里只是想到昨天考试的结果，我一定要问他一问。一进门，他就向我恭喜，说我的论文是sehr gut（优），印度学（Indologie）sehr gut，斯拉夫语言也是sehr gut。这实在出我意料，心里对Prof. Braun有了无穷的感激。

他的儿子先拉提琴，随后吃饭。吃完把圣诞树上的蜡烛都点上，喝酒，吃点心，胡乱谈一气。十点半回家，心里仍然想到考试的事情。

到了第二年1941年2月19日，勒德尔教授病愈出院，补英文口试，瓦尔德施米特教授也参加了，我又得了一个sehr gut。连论文加口试，共得了四个sehr gut。我没有给中国人丢脸，可以告慰我亲爱的祖国，也可以告慰母亲在天之灵了。博士考试一幕就此结束。

至于我的博士论文，当时颇引起了一点轰动。轰动主要来自Prof. Krause（克劳泽教授）。他是一位蜚声世界的比较语言学家，是一位非凡的人物，自幼双目失明，但有惊人的记忆力，过耳不忘，像照相机那样准确无误。他掌握了几十种古今的语言，北欧几种语言，他都能说。上课前，只需别人给他念一遍讲稿，他就能几乎是一字不差地讲上两个小时。他也跟西克教授学过吐火罗语，他的大著《西吐火罗语语法》，被公认为能够跟西克、西格灵（Siegling）、舒尔策（Schulze）的吐火罗语语法媲美。他对我的博士论文中关于语尾-mathe的一段附录，给予了极高的评价，因为据说在古希腊文中有类似的语尾，这种偶合对研究印欧语系比较语言学有突破性的意义。1941年1月14日，我的日记中有下列一段话：

> Hartmann（哈特曼）去了。他先祝贺我的考试，又说，Prof. Krause对我的论文赞不绝口，关于Endung matha（动词语尾matha）简直可以说是一个重要的发现。他立刻抄了出来，说不定从这里还可以得到有趣的发明。这些话伯恩克（Boehncke）小姐已经告诉过我。我虽然也觉得自己的论文并不坏，但并不以为有什么不得了。这样一来，自己也有点飘飘然起来了。

关于口试和论文，就写这样多。因为这是我留德十年中比较重要的问题，所以写多了。

我为什么非要取得一个博士学位不行呢？其中原因有的同一般人一样，有的则可能迥乎不同。中国近代许多大学者，比如王国维、梁启超、陈寅恪、郭沫若、鲁迅等，都没有什么博士头衔，但都在学术史上有地位。这一点我是知道的。可这些人都是不平凡的天才，博士头衔对他们毫无用处。但我扪心自问，自己并不是这种人，我从不把自己估计过高，我甘愿当一个平凡的人，而一个平凡的人，如果没有金光闪闪的博士头衔，则在抢夺饭碗的搏斗中必然是个失败者。这可以说是动机之一，但是还有之二。我在国内时对某一些趾高气扬不可一世的留学生看不顺眼，窃以为他们也不过在外国炖了几年牛肉，一旦回国，在非留学生面前就摆起谱来了。但自己如果不也是留学生，则一表示不平，就会有人把自己看成一个吃不到葡萄而说葡萄酸的狐狸。我为了不当狐狸，必须出国，而且必须取得博士学位。这个动机，说起来十分可笑，然而却是真实的。多少年来，博士头衔就像一个幻影，飞翔在我的眼前，或近或远，或隐或显。有时候近在眼前，似乎一伸手就可以抓到。有时候又远在天边，可望而不可即。有时候熠熠闪光，有时候又晦暗不明。这使得我时而兴会淋漓，时而又垂头丧气。一个平凡人的心情，就是如此。

现在多年的夙愿终于实现了，我立即又想到自己的国和家。山川信美非吾土，漂泊天涯胡不归。适逢1942年德国政府承认了南京汉奸汪记政府，国民党政府的公使馆被迫撤离，撤到瑞士去。我经过仔细考虑，决定离开德国，先到瑞士去，从那里再设法回国。我的初中同班同学张天麟那时住在柏林，我想去找他，看看有没有办法可想。决心既下，就到我认识的师友家去辞行。大家当然都觉得很惋惜，我心里也充满了离情别绪。最难过的一关是我的女房东。此时男房东已经故去，儿子结了婚，住在另外一个城市里。我是她身边唯一的一个亲人，她是拿我当儿子来看待的。回忆起来她丈夫逝世的那一个深夜，是我跑到大街上去叩门找医生，回家后又伴她守尸的。如今我一旦离开，五间房子里只剩下她孤身一人，冷冷清清，戚戚惨惨，她如何能忍受得了！她一听到我要走的消息，立刻放声痛哭。我一想到相处七年，风雨同舟，一旦诀别，何日再见？也不禁热泪盈眶了。

到了柏林以后，才知道，到瑞士去并不那么容易。即便到了那里，也难以立即回国。看来只能留在德国了。此时战争已经持续了三年。虽然小的轰炸已经有了一些；但真正大规模的猛烈的轰炸；还没有开始。在柏林，除了食品短缺外，生活看上去还平平静静，大街上仍然是车水马龙，行人熙攘，脸上看不出什么惊慌的神色。我抽空去拜访了大教育心理学家施普兰格尔（E.Spranger）。又到普鲁士科学院去访问西克灵教授，他同西克教授共同读通了吐火罗文。我读他的书已经有些年头了，只是从未晤面。他看上去非常淳朴老实，木讷寡言。在战争声中仍然伏案苦读，是一个典型的德国学者。就这样，我在柏林住了几天，仍然回到了哥廷根，时间是1942年10月30日。

我一回到家，女房东仿佛凭空捡了一只金凤凰，喜出望外。我也仿佛有游子还家的感觉。回国既已无望，我只好随遇而安，丢掉一切不切实际的幻想，同德国共存亡，同女房东共休戚了。

我又恢复了七年来的刻板单调的生活。每天在家里吃过早点，就到高斯-韦伯楼梵文研究所去，在那里一直工作到中午。午饭照例在外面饭馆子里吃。吃完仍然回到研究所。我现在已经不再是学生，办完了退学手续，专任教员了。我不需要再到处跑着去上课，只是有时到汉学研究所去给德国学生上课。主要精力用在自己读书和写作上。我继续钻研佛教混合梵语，沿着我的博士论文所开辟的道路前进。除了肚子饿和空袭外，生活极有规律，极为平静。研究所对面就是大学图书馆，我需要的大量的有时甚至极为稀奇古怪的参考书，这里几乎都有，真是一个理想的学习和写作的环境。因此，我的写作成果是极为可观的。在博士后的五年内，我写了几篇相当长的论文，刊登在哥廷根科学院院刊上，自谓每一篇都有新的创见，直到今天，已经过了将近半个世纪，还不断有人引用。这是我毕生学术生活的黄金时期，从那以后再没有过了。

日子虽然过得顺利，平静。但也不能说一点波折都没有。德国法西斯政府承认了汪伪政府，这就影响到我们中国留学生的居留问题：护照到了期，到哪里去请求延长呢？这个护照算是哪一个国家的使馆签发的呢？这是一个事关重大又亟待解决的问题。我同张维等几个还留在哥廷根的中国留学生，严肃地商议了一下，决意到警察局去宣布自己为无国籍者。这在国际法上是可以允许的。所谓“无国籍者”就是对任何国家都没有任何义务，但同时也不受任何国家的保护。其中是有一点风险的，然而事已至此，只好走这一步了。从此我们就变成了像天空中的飞鸟一样的人，看上去非常自由自在，然而任何人都能伤害它。

事实上，并没有任何人伤害我们。在轰炸和饥饿的交相压迫下，我的日子过得还算是平静的。我每天又机械地走过那些我已经走了七年的街道，我熟悉每一座房子，熟悉每一棵树。即使闭上眼睛，我也绝不会走错了路。但是，一到礼拜天，就来了我难过的日子。我仍然习惯于一大清早就到席勒草坪去，脚步不由自主地向那个方向转。席勒草坪风光如故，面貌未改，仍然是绿树四合，芳草含翠。但是，此时我却是形单影只，当年那几个每周必碰头的中国朋友，都已是天各一方，世事两茫茫了。

我感到凄清与孤独。

大轰炸

然而来了大轰炸。

战争已经持续了三四年。最初一两年，英美苏的飞机也曾飞临柏林上空，投掷炸弹。但那时技术水平还相当低，炸弹只能炸坏高层楼房的最上一二层，下面炸不透。因此每一座高楼都有的地下室就成了全楼的防空洞，固若金汤，人们待在里面，不必担忧。即使上面中了弹，地下室也只是摇晃一下而已。德国法西斯头子都是说谎专家、牛皮大王，这一件事他们也不放过。他们在广播里报纸上，嘲弄又加吹嘘，说盟军的飞机是纸糊的，炸弹是木制的，德国的空防系统则是铜墙铁壁。政治上比较天真的德国人民，哗然和唱，全国一片欢腾。

然而曾几何时，盟军的轰炸能力陡然增强。飞来的次数越来越多，每一次飞机的数目也越增越多。不但白天来，夜里也能来。炸弹穿透力量日益提高，由穿透一两层提高到穿透七八层，最后十几层楼也抵挡不住。炸弹由楼顶穿透到地下室，然后爆炸。此时的地下室就再无安全可言了。我离开柏林不久，英国飞机白天从西向东飞，美国飞机晚上从东向西飞，在柏林"铺起了地毯"。所谓"铺地毯"是此时新兴的一个名词，意思是，飞机排成了行列，每隔若干米丢一颗炸弹，前后左右，不留空隙，就像客厅里铺地毯一样。到了此时，法西斯头子王顾左右而言他，以前的牛皮仿佛根本没有吹过，而老实的德国人民也奉陪健忘，再也不提什么纸糊木制了。

哥廷根是个小城，最初盟国飞机没有光临。到了后来，大城市已经炸遍，有的是接二连三地炸，小城市于是也蒙垂青。哥廷根总共被炸过两次，都是极小规模的，铺地毯的光荣没有享受到。这里的人民普遍大意，全城没有修筑一个像样的防空洞。一有警报，就往地下室里钻。灯光管制还是相当严的。每天晚上，在全城一片黑暗中，不时有“Licht aus”（灭灯）的呼声喊起，回荡在夜空中，还颇有点诗意哩。有一夜，英国飞机光临了，我根本无动于衷，拥被高卧。后来听到炸弹声就在不远处，楼顶上的窗子已被震碎。我一看不妙，连忙狼狈下楼，钻入地下室里。心里自己念叨着：以后要多加小心了。

第二天早起进城，听到大街小巷都是清扫碎玻璃的哗啦哗啦声。原来是英国飞机开了一个不大不小的玩笑：他们投下的是气爆弹，目的不在伤人，而在震碎全城的玻璃。他们只在东西城门处各投一颗这样的炸弹，全城的玻璃大部分都被气流摧毁了。

万没有想到，我在此时竟碰到一件怪事。我正在哗啦声中沿街前进，走到兵营操场附近，从远处看到一个老头，弯腰曲背，仔细看什么。他手里没有拿着笤帚之类的东西，不像是扫玻璃的。走到跟前，我才认清，原来是德国飞机制造之父、蜚声世界的流体力学权威普兰特尔（Prandtl）教授。我赶忙喊一声：“早安，教授先生！”他抬头看到我，也说了声：“早安！”他告诉我，他正在看操场周围的一段短墙，看炸弹爆炸引起的气流是怎样摧毁这一段短墙的。他嘴里自言自语：“这真是难得的机会！我的流体力学试验室里是无论如何也装配不起来的。”我陡然一惊，立刻又肃然起敬。面对这样一位抵死忠于科学研究的老教授，我还能说些什么呢？

无独有偶。我听说，在南德慕尼黑城，在一天夜里，盟军大批飞机飞临城市上空，来“铺地毯”。正在轰炸高峰时，全城到处起火。人们都纷纷从楼上往楼下地下室或防空洞里逃窜，急急如漏网之鱼。然而独有一个老头却反其道而行之，他是从楼下往楼顶上跑，也是健步如飞，急不可待。他是一位地球物理学教授。他认为，这是极其难得的做实验的机会，在实验室里无论如何也不会有这样的现场：全城震声冲天，地动山摇。头上飞机仍在盘旋，随时可能有炸弹掉在他的头上。然而他全然不顾，宁愿为科学而舍命。对于这样的学者，我又有什么话好说呢？

大轰炸就这样在全国展开。德国人民怎样反应呢？法西斯头子又怎样办呢？每次大轰炸之后，德国人在地下室或防空洞里蹲上半夜，饥寒交迫，担惊受怕，情绪当然不会高。他们天性不会说怪话，至于有否腹诽，我不敢说。此时，法西斯头子立即宣布，被炸城市的居民每人增加“特别分配”一份，咖啡豆若干粒，还有一点别的什么。外国人不在此列。不了解当时德国情况的人，无法想象德国人对咖啡偏爱之深。有一本杂志上有一幅漫画：一只白金戒指，上面镶的不是宝石，不是金刚钻，而是一颗咖啡豆。可见咖啡身价之高。挨过一次炸，正当接近闹情绪的节骨眼上，忽然皇恩浩荡，几粒咖啡豆从天而降，一杯下肚，精神焕发，又大唱德国必胜的滥调了。

在哥廷根第一次被轰炸之后，我再也不敢麻痹大意了。只要警笛一响，我立即躲避。到了后来，英国飞机几乎天天来。用不着再在家里恭候防空警报了。我吃完早点，就带着一个装满稿子的皮包，走上山去，躲避空袭。另外还有几个中国留学生加入了这个队伍，各自携带着认为有价值的东西，走向山中。最奇特的是刘先志和滕莞君两夫妇携带的东西，他们只提着一只篮子，里面装的一非稿子，二非食品，而是一只乌龟。提起此龟，大有来历，还必须解释几句。原来德国由于粮食奇缺，不知道从哪一个被占领的国家运来了一大批乌龟，供人食用。但是德国人吃东西是颇为保守的，对于这一批敢同兔子赛跑的勇士，有点见而生畏，哪里还敢往肚子里填！于是德国政府又大肆宣扬乌龟营养价值之高，引经据典，还不缺少统计图表，证明乌龟肉简直赛过仙丹醍醐。刘氏夫妇在柏林时买了这只乌龟。但看到它笨拙的躯体，灵活的小眼睛，一时慈上心头，不忍下刀，便把它养了起来。又从柏林带到哥廷根，陪我们天天上山，躲避炸弹。我们仰卧在绿草上，看空中英国飞机编队飞过哥廷根上空，一躺往往就是几个小时。在我们身旁绿草丛中，这一只乌龟瞪着小眼睛，迈着缓慢的步子，仿佛想同天空中飞驰的大东西，赛一个你输我赢一般。我们此时顾而乐之，仿佛现在不是乱世，而是乐园净土，天空中带着死亡威胁的飞机的嗡嗡声，霎时间变成了阆苑仙宫的音乐，我们忘掉了周围的一切，有点忘乎所以了。

在饥饿地狱中

同轰炸并驾齐驱的是饥饿。

我初到德国的时候，供应十足充裕，要什么有什么，根本不知饥饿为何物。但是，法西斯头子侵略成性，其实法西斯的本质就是侵略，他们早就扬言：要大炮，不要奶油。在最初，德国人桌子上还摆着奶油，肚子里填满了火腿，根本不了解这句口号的真正意义。于是，全国翕然响应，仿佛他们真不想要奶油了。大概从1937年开始，逐渐实行了食品配给制度。最初限量的就是奶油，以后接着是肉类，最后是面包和土豆。到了1939年，希特勒悍然发动第二次世界大战，德国人的腰带就一紧再紧了。这一句口号得到了完满的实现。

我虽生也不辰，在国内时还没有真正挨过饿。小时候家里穷，一年至多只能吃两三次白面，但是吃糠咽菜，肚子还是能勉强填饱的。现在到了德国，才真受了“洋罪”。这种“洋罪”是慢慢地感觉到的。我们中国人本来吃肉不多，我们所谓“主食”实际上是西方人的“副食”。黄油从前我们根本不吃。所以在德国人开始沉不住气的时候，我还优哉游哉，处之泰然。但是，到了我的“主食”面包和土豆限量供应的时候，我才感到有点不妙了。黄油失踪以后，取代它的是人造油。这玩意儿放在汤里面，还能呈现出几个油珠儿。但一用来煎东西，则在锅里嗞嗞几声，一缕轻烟，油就烟消云散了。在饭馆里吃饭时，要经过几次思想斗争，从战略观点和全局观点反复考虑之后，才请餐馆服务员（Herr Ober）“煎”掉一两肉票。倘在汤碗里能发现几滴油珠，则必大声唤起同桌者的注意，大家都乐不可支了。

最困难的问题是面包。少且不说，实质更可怕，完全不知道里面掺了什么东西。有人说是鱼粉，无从否认或证实。反正是只要放上一天，第二天便有腥臭味。而且吃了，能在肚子里制造气体。在公共场合出虚恭，俗话就是放屁，在德国被认为是极不礼貌，有失体统的。然而肚子里带着这样的面包去看电影，则在影院里实在难以保持体统。我就曾在看电影时亲耳听到虚恭之声，此伏彼起，东西应和。我不敢耻笑别人。我自己也正在同肚子里过量的气体做殊死斗争，为了保持体面，想把它镇压下去，而终于还以失败告终。

但是也不缺少令人兴奋的事：我打破了记录，是自己吃饭的记录。有一天，我同一位德国女士骑自行车下乡，去帮助农民摘苹果。在当时，城里人谁要是同农民有一些联系，别人会垂涎三尺的，其重要意义绝不亚于今天的走后门。这一位女士同一户农民挂上了钩，我们就应邀下乡了。苹果树都不高，只要有一个短梯子，就能照顾全树了。德国苹果品种极多，是本国的主要果品。我们摘了半天，工作结束时，农民送了我一篮子苹果，其中包括几个最优品种的；另外还有五六斤土豆。我大喜过望，跨上了自行车，有如列子御风而行，一路青山绿水看不尽，轻车已过数重山。到了家，把土豆全部煮上，蘸着积存下的白糖，一鼓作气，全吞进肚子，但仍然还没有饱意。

“挨饿”这个词儿，人们说起来，比较轻松。但这些人都是没有真正挨过饿的。我是真正经过饥饿炼狱的人，其中滋味实不足为外人道也。我非常佩服东西方的宗教家们，他们对人情世事真是了解到令人吃惊的程度，在他们的地狱里，饥饿是被列为最折磨人的项目之一。中国也是有地狱的，但却是舶来品，其来源是印度。谈到印度的地狱学，那真是博大精深，蔑以加矣。“死鬼”在梵文中叫Preta，意思是“逝去的人”。到了中国译经和尚的笔下，就译成了“饿鬼”，可见“饥饿”在他们心目中占多么重要的地位。汉译佛典中，关于地狱的描绘，比比皆是。《长阿含经》卷十九《地狱品》的描绘可能是有些代表性的。这里面说，共有八大地狱：第一大地狱名想，其中有十六小地狱：第一小地狱名曰黑沙，二名沸屎，三名五百钉，四名饥，五名渴，六名一铜釜，七名多铜釜，八名石磨，九名脓血，十名量火，十一名灰河，十二名铁丸，十三名钺斧，十四名豺狼，十五名剑树，十六名寒冰。地狱的内容，一看名称就能知道。饥饿在里面占了一个地位。这个饥饿地狱里是什么情况呢？《长阿含经》说：

> （饿鬼）到饥饿地狱。狱卒来问："汝等来此，欲何所求？"报言："我饿！"狱卒即捉扑热铁上，舒展其身，以铁钩钩口使开，以热铁丸着其口中，焦其唇舌，从咽至腹，通彻下过，无不焦烂。

这当然是印度宗教家的幻想。西方宗教家也有地狱幻想。在但丁的《神曲》里面也有地狱。第六篇，但丁在地狱中看到一个怪物，张开血盆大口，露出长牙，但丁的引导人俯下身子，在地上抓了一把泥土，对准怪物的嘴，投了过去。怪物像狗一样狺狺狂吠，无非是想得到食物。现在嘴里有了东西，就默然无声了。西方的地狱内容实在太单薄，比起东方地狱来，大有小巫见大巫之势了。

为什么东西方宗教家都幻想地狱，而在地狱中又必须忍受饥饿的折磨呢？他们大概都认为饥饿最难忍受，恶人在地狱中必须尝一尝饥饿的滋味。这个问题我且置而不论。不管怎样，我当时实在是正处在饥饿地狱中，如果有人向我嘴里投掷热铁丸或者泥土，为了抑制住难忍的饥饿，我一定会毫不迟疑地不顾一切地把它们吞了下去，至于肚子烧焦不烧焦，就管不了那样多了。

我当时正在读俄文原文的果戈理的《钦差大臣》。在第二幕第一场里，我读到了奥西普躺在主人的床上独白的一段话：

> 现在旅馆老板说啦，前账没有付清就不开饭，可我们要是付不出钱呢？（叹口气）唉，我的天，哪怕有点菜汤喝喝也好呀。我现在

恨不得要把整个世界都吞下肚子里去。

这写得何等好呀！果戈理一定挨过饿，不然的话，他无论如何也写不出要把整个世界都吞下去的话来。

长期挨饿的结果是，人们都逐渐瘦了下来。现在有人害怕肥胖，提倡什么减肥，往往费上极大的力量，却不见效果。于是有人说："我就是喝白水，身体还是照样胖起来的。"这话现在也许是对的，但在当时却完全不是这样。我的男房东在战争激烈时因心脏病死去。他原本是一个大胖子，到死的时候，体重已经减轻了二三十公斤，成了一个瘦子了。我自己原来不胖，没有减肥的物质基础。但是饥饿在我身上也留下了伤痕：我失掉了饱的感觉，大概有八年之久。后来到了瑞士，才慢慢恢复过来。此是后话，这里不提了。

山中逸趣

置身饥饿地狱中，上面又有建造地狱时还不可能有的飞机的轰炸，我的日子比地狱中的饿鬼还要苦上十倍。

然而，打一个比喻说，在英雄交响乐的激昂慷慨的乐声中，也不缺少像莫扎特的小夜曲似的情景。

哥廷根的山林就是小夜曲。

哥廷根的山不是怪石嶙峋的高山，这里土多于石，但是确又有山的气势。山顶上的俾斯麦塔高踞群山之巅，在云雾升腾时，在乱云中露出的塔顶，望之也颇有蓬莱仙山之概。

最引人入胜的不是山，而是林。这一片丛林究竟有多大，我住了十年也没能弄清楚，反正走几个小时也走不到尽头。林中主要是白杨和橡树，在中国常见的柳树、榆树、槐树等，似乎没有见过。更引人入胜的是林中的草地。德国冬天不冷，草几乎是全年碧绿。冬天雪很多，在白雪覆盖下，青草也没有睡觉，只要把上面的雪一扒拉，青翠欲滴的草立即显露出来。每到冬春之交时，有白色的小花，德国人管它叫“雪钟儿”，破雪而出，成为报春的象征。再过不久，春天就真的来到了大地上，林中到处开满了繁花，一片锦绣世界了。

到了夏天，雨季来临，哥廷根的雨非常多，从来没听说有什么旱情。本来已经碧绿的草和树木，现在被雨水一浇，更显得浓翠逼人。整个山林，连同其中的草地，都绿成一片，绿色仿佛塞满了寰中，涂满了天地，到处是绿、绿、绿，其他的颜色仿佛一下子都消逝了。雨中的山林，更别有一番风味。连绵不断的雨丝，同浓绿织在一起，形成一张神奇、迷茫的大网。我就常常孤身一人，不带什么伞，也不穿什么雨衣，在这一张覆盖天地的大网中，踽踽独行。除了周围的树木和脚底下的青草以外，仿佛什么东西都没有，我颇有佛祖释迦牟尼的感觉，“天上天下，唯我独尊”了。

一转入秋天，就到了哥廷根山林最美的季节。我曾在《忆章用》一文中描绘过哥城的秋色，受到了朋友的称赞，我索性抄在这里：

> 哥廷根的秋天是美的，美到神秘的境地，令人说不出，也根本想不到去说。有谁见过未来派的画没有？这小城东面的一片山林在秋天就是一幅未来派的画。你抬眼就看到一片耀眼的绚烂。只说黄色，就数不清有多少等级，从淡黄一直到接近棕色的深黄，参差地抹在一片秋林的梢上，里面杂了冬青树的浓绿，这里那里还点缀上一星星鲜红，给这惨淡的秋色涂上一片凄艳。

我想，看到上面这一段描绘，哥城的秋山景色就历历如在眼前了。

一到冬天，山林经常为大雪所覆盖。由于温度不低，所以覆盖不会太久就融化了；又由于经常下雪，所以总是有雪覆盖着。上面的山林，一部分依然是绿的；雪下面的小草也仍旧碧绿，上下都有生命在运行着。哥廷根城的生命活力似乎从来没有停息过，即使是在冬天，情况也依然如此。等到冬天一转入春天，生命活力没有什么覆盖了，于是就彰明昭著地腾跃于天地之间了。

哥廷根的四时的情景就是这个样子。

从我来到哥城的第一天起，我就爱上了这山林。等到我堕入饥饿地狱，等到天上的飞机时时刻刻在散布死亡时，只要我一进入这山林，立刻在心中涌起一种安全感。山林确实不能把我的肚皮填饱，但是在饥饿时安全感又特别可贵。山林本身不懂什么饥饿，更用不着什么安全感。当全城人民饥肠辘辘，在英国飞机下心里忐忑不安的时候，山林却依旧郁郁葱葱,“依旧烟笼十里堤”。我真爱这样的山林，这里真成了我的世外桃源了。

我不知道有多少次，一个人到山林里来，也不知道有多少次，同中国留学生或德国朋友一起到山林里来。在我记忆中最难忘记的一次畅游，是同张维和陆士嘉在一起的。这一天，我们的兴致都特别高。我们边走、边谈、边玩，真正是忘路之远近。我们走呀，走呀，已经走到了我们往常走到的最远的界限，但在不知不觉之间就走远了，仍然一往直前。越走林越深，根本不见任何游人。路上的青苔越来越厚，是人迹少到的地方。周围一片寂静，只有我们的谈笑声在林中回荡，悠扬，遥远。远处在林深处听到柏叶上有窸窣的声音，抬眼一看，是几只受了惊的梅花鹿，瞪大了两只眼睛，看了我们一会，立即一溜烟似的逃到林子的更深处去了。我们最后走到了一个悬崖上，下临深谷，深谷的那一边仍然是无边无际的树林。我们无法走下去，也不想走下去，这里就是我们的天涯海角了。回头走的路上，遇到了雨。躲在大树下，避了一会雨。然而雨越下越大，我们只好再往前跑。出我们意料之外，竟然找到了一座木头凉亭，真是避雨的好地方。里面已经先坐着一个德国人。打了一声招呼，我们也就坐下，同是深林躲雨人，相逢何必曾相识。我们没有通名报姓，就上天下地胡谈一通，宛如故友相逢了。

这一次畅游始终留在我的记忆里，至今难忘。山中逸趣，当然不止这一桩。大大小小、琐琐碎碎的事情，还可以写出一大堆来。我现在一律免掉。我写这些东西的目的，是想说明，就是在那种极其困难的环境中，人生乐趣仍然是有的。在任何情况下，人生也绝不会只有痛苦，这就是我悟出的禅机。

烽火连八岁　家书抵亿金

逸趣虽然有，但环境日益险恶，也是不可否认的事实。

随着形势的日益险恶，我的怀乡之情也日益腾涌。这比刚到哥廷根时的怀念母亲之情，其剧烈的程度不可同日而语了。

这种怀乡之情并不是由于受了德国方面的什么刺激而产生的。正相反，看了德国人的沉着冷静的神态，使我颇感到安慰。他们该干什么，就干什么，看不出什么紧张。比如说，就拿轰炸来说吧。我原以为，轰炸到了铺地毯的程度，已经是蔑以复加矣。然而不然。原来还有更高的层次。最初，敌机飞临德国上空时，总要拉响警笛的。警笛也有不同的层次，以敌机距离本城的远近来划分。敌机一飞走，警报立即解除。我们都绝对要听从警笛的指挥，不敢稍有违反。在这里也表现出德国人遵守纪律、热爱秩序的特点。但是，到了后来，东线战争毫无进展，德国从四面受到包围。防空能力一度吹嘘得像神话一般，现在则完全垮了台。敌机随时可以飞临上空，也不论白天和夜晚，愿意投弹则投弹，不愿意投弹，则以机关枪向地面扫射。警笛无法拉响，警报无法发出。因为一天二十四小时，时时刻刻都在警报中，警笛已经是英雄无用武之地了。到了此时，我们出门，先抬头看一看天空，天上有飞机，则到街道旁边的房檐下躲一躲。飞机一过，立即出来，该干什么干什么。常常听到人说，什么地方的村庄和牛被敌机上的机关枪扫射了，子弹比平常的枪弹要大得多。听到这些消息，再加上空中的飞机声，人们却丝毫不紧张，而有点处之泰然了。

再拿食品来说吧。日益短缺，这自在意料之中，不足为怪。奇怪的倒是德国人，他们也是处之泰然的，不但没有怪话，而且有时还颇有些幽默感。我曾在一张报纸上看到一幅漫画，画的是一家在吃饭。舅舅用叉子叉着一块兔子肉，嘴里连声称赞："真好吃呀！"而坐在对面的小外甥，则低头垂泪。这兔子显然是小孩豢养大的。从城里来的舅舅只知道肉好吃，全然不理解小孩的心情。德国人给人的印象是严肃、认真、淳朴，他们的彻底性是有口皆碑的。他们似乎不像英国人那样欣赏幽默。然而在食品缺乏到可怕的程度的时候，他们居然并不缺少幽默。我提到的这一幅漫画不是一个绝好的证明吗？

德国人这种对待轰炸和饥饿的超然泰然的态度，当然感染了我。但是我身处异域，离开自己的祖国和亲人有千山万水之遥。比起德国人来，祖国和亲人就在眼前，当然感受完全不同。我是一个"老外"，是在异域受"洋罪"。自己的一些牢骚、一些想法，平常日子无法宣泄，自然而然地就在梦中表现出来。我不是庄子所谓的"至人无梦"的"至人"，我的梦非常多。我的一些希望在梦中肆无忌惮地得到了满足。我梦的最多的是祖国的食品。我这个人素无大志，在食品方面亦然。我从来没有梦到过什么燕窝、鱼翅、猴头、熊掌，这些东西本来就与我缘分不大。我做梦梦到最多的是吃炒花生米和锅饼（北京人叫"锅盔"）。这都是我小时候常吃而直到今天耄耋之年仍然经常吃的东西。每天平旦醒来，想到梦中吃的东西，怀乡之情如大海怒涛，奔腾汹涌，无论如何也抑制不住。

此时，大学的情况，也真让人触目伤心。大战爆发以后，有几年的时间，男生几乎都被征从军，只剩下了女生，奔走于全城各研究所之间，哥廷根大学变成一个女子大学。无论走进哪一间教室或实验室，都是粉白黛绿，群雌粥粥，仿佛到了女儿国一般。等到战争越过了最高峰逐渐走向结束的时候，从东部俄国前线上送回来了大量的德国伤兵，一部分就来到了哥廷根。这时候，在大街上奔走于全城各研究所之间的，除了女生以外，就是缺胳膊断腿的拄着双拐或单拐，甚至乘坐轮椅的伤残大学生。在上课的大楼中，在洁净明亮的走廊上，拐杖触地的清脆声处处可闻。这种声音回荡在粉白黛绿之间，让人听了，不知应当作何感想。德国的大音乐家还没有哪一个谱过拐声交响乐。我这个外乡人听了，真是欲哭无泪。

同德国伤兵差不多同时涌进哥廷根城的是苏联、波兰、法国等国的俘虏，人数也是很多的。既然是俘虏，最初当然有德国人看管。后来大概是由于俘虏太多，而派来看管的德国男人则又太少了，我看到好多俘虏自由自在地在大街上闲逛。我也曾在郊外农田里碰到过俄国俘虏，没有看管人员，他们就带了锅，在农田挖掘收割剩下的土豆，挖出来，就地解决，找一些树枝，在锅里一煮，就狼吞虎咽地吃开了。他们显然是饿得够呛的。俘虏中是有等级的，苏联和法国俘虏级别似乎高一点，而波兰的战俘和平民，在法西斯眼中是亡国之民，受到严重的侮辱性的歧视，每个人衣襟上必须缝上一个写着P字的布条，有如印度的不可接触者，让人一看就能够分别。法显《佛国记》中说是“击木以自异”，在现代德国是“挂条以自异”。有一天，我忽然在一个我每天必须走过的菜园子里，看到一个襟缝P字的波兰少女在那里干活，圆圆的面孔，大大的眼睛，非常像八九年前我在波兰火车上碰到的Wala。难道真会是她吗？我不敢贸然搭话。从此我每天必然看到她在菜地里忙活。“同是天涯沦落人”，我首先想到的就是这一句话。我心里痛苦万端，又是欲哭无泪。经过长期酝酿，我写成了那一篇*Wala*，表达了我的沉痛心情。

我当时的心情就是这个样子。

此时，我同家里早已断了书信。祖国抗日战争的情况也几乎完全不清楚。偶尔从德国方面听到一点消息，由于日本是德国盟国，也是全部谎言。杜甫的诗说：“烽火连三月，家书抵万金。”我想把它改为“烽火连八岁，家书抵亿金”，这样才真能符合我的情况。日日夜夜，不知道有多少事情揪住了我的心。祖国是什么样子了？家里又怎样了？叔父年事已高，家里的经济来源何在？婶母操持这样一个家，也真够她受的。德华带着两个孩子，日子不知是怎样过的？“可怜小儿女，未解忆长安。”我想，他们是能够忆长安的。他们大概知道，自己有一个爸爸在很远很远的地方。家里还有一条名叫“憨子”的小狗，在国内时，我每次从北京回家，一进门就听到汪汪的吠声；但一看到是我，立即摇起了尾巴，憨态可掬。这一切都是我时刻想念的。连院子里那两棵海棠花也时来入梦。这些东西都使我难以摆脱。真正是抑制不住的离愁别恨，数不尽的不眠之夜！

我特别经常想到母亲。初到哥廷根时思念母亲的情景，上面已经谈过了。当我同祖国和家庭完全断掉联系的时候，我思母之情日益剧烈。母亲入梦，司空见惯。但可恨的是，即使在梦中看到母亲的面影，也总是模模糊糊的。原因很简单，我的家乡是穷乡僻壤，母亲一生没照过一张相片。我脑海里那一点母亲的影子，是我在十几岁时离开她用眼睛摄取的，是极其不可靠的。可怜我这个失母的孤儿，连在梦中也难以见到母亲的真面目，老天爷不是对我太残酷了吗？

我的老师们

在深切怀念我的两个不在眼前的母亲的同时，在我眼前的那些德国老师们，就越发显得亲切可爱了。

在德国老师中同我关系最密切的当然是我的Doktor-Vater（博士父亲）瓦尔德施米特教授。我同他初次会面的情景，我在上面已经讲了一点。他给我的第一个印象是，他非常年轻。他的年龄确实不算太大，同我见面时，大概还不到四十岁吧。他穿一身厚厚的西装，面孔是孩子似的面孔。我个人认为，他待人还是彬彬有礼的。德国教授多半都有点教授架子，这是他们的社会地位和经济地位所决定的，是不以人的意志为转移的。后来听说，在我以后的他的学生们都认为他很严厉。据说有一位女士把自己的博士论文递给他，他翻看了一会儿，一下子把论文摔到地下，愤怒地说道："Das ist aber alles mist！"（"这全是垃圾，全是胡说八道！"）这位小姐从此耿耿于怀，最终离开了哥廷根。

我跟他学了十年，应该说，他从来没有对我发过脾气。他教学很有耐心，梵文语法抠得很细。不这样是不行的，一个字多一个字母或少一个字母，意义方面往往差别很大。我以后自己教学生，也学他的榜样，死抠语法。他的教学法是典型的德国式的。记得是德国19世纪的伟大东方语言学家埃瓦尔德（Ewald）说过一句话："教语言比如教游泳，把学生带到游泳池旁，把他往水里一推，不是学会游泳，就是淹死，后者的可能是微乎其微的。"瓦尔德施米特采用的就是这种教学法。第一、二两堂，念一念字母。从第三堂起，就读练习，语法要自己去钻。我最初非常不习惯，准备一堂课，往往要用一天的时间。但是，一个学期四十多堂课，就读完了德国梵文学家施滕茨勒的教科书，学习了全部异常复杂的梵文文法，还念了大量的从梵文原典中选出来的练习。这个方法是十分成功的。

瓦尔德施米特教授的家庭，最初应该说是十分美满的。夫妇二人，一个上中学的十几岁的儿子。有一段时间，我帮助他翻译汉文佛典，常常到他家去，同他全家一同吃晚饭，然后工作到深夜。餐桌上没有什么人多讲话，安安静静。有一次他笑着对儿子说道："家里来了一个中国客人，你明天大概要在学校里吹嘘一番吧？"看来他家里的气氛是严肃有余，活泼不足。他夫人也是一个不大爱说话的人。

后来，大战一爆发，他自己被征从军，是一个什么军官。不久，他儿子也应征入伍。过了不太久，从1941年冬天起，东部战线胶着不进，相持不下，但战斗是异常激烈的。他们的儿子在北欧一个国家阵亡了。我现在已经忘记了，夫妇俩听到这个噩耗时反应如何。按理说，一个独生子幼年战死，他们的伤心可以想见。但是瓦尔德施米特教授是一个十分刚强的人，他在我面前从未表现出伤心的样子，他们夫妇也从未同我谈到此事。活泼不足的家庭气氛，从此更增添了寂寞冷清的成分，这是完全可以想象的了。

在瓦尔德施米特被征从军后的第一个冬天，他预订的大剧院的冬季演出票，没有退掉。他自己不能观看演出，于是就派我陪伴他夫人观看，每周一次。我吃过晚饭，就去接师母，陪她到剧院。演出有歌剧，有音乐会，有钢琴独奏，有小提琴独奏，等等，演员都是外地或国外来的，都是赫赫有名的人物。剧场里灯火辉煌，灿如白昼；男士们服装笔挺，女士们珠光宝气，一片升平祥和气象。我不记得在演出时遇到空袭，因此不知道敌机飞临上空时场内的情况。但是散场后一走出大门，外面是完完全全的另一个世界，顶天立地的黑暗，由于灯火管制，不见一缕光线。我要在这任何东西都看不到的黑暗中，送师母摸索着走很长的路到山下她的家中。一个人在深夜回家时，万籁俱寂，走在宁静的长街上，只听到自己脚步的声音，跫然而喜。但此时正是乡愁最浓时。

我想到的第二位老师是西克教授。

他的家世，我并不清楚。到他家里，只见到老伴一人，是一个又瘦又小的慈祥的老人。子女或什么亲眷，从来没有见过。看来是一个非常孤寂清冷的家庭，尽管老夫妇情好极笃，相依为命。我见到他时，他已经早越过了古稀之年。他是我平生所遇到的中外各国的老师中对我最爱护、感情最深、期望最大的老师。一直到今天，只要一想到他，我的心立即剧烈地跳动，老泪立刻就流满全脸。他对我传授知识的情况，前面已经讲了一点，后面还要讲到。在这里我只讲我们师徒二人相互间感情深厚的一些情况。为了存真起见，我仍然把我当时的一些日记，一字不改地抄在下面：

1940年10月13日

昨天买了一张Prof. Sieg的相片，放在桌子上，对着自己。这位老先生我真不知道应该怎样感激他，他简直有父亲或者祖父一般的慈祥。我一看到他的相片，心里就生出无穷的勇气，觉得自己对梵文应该拼命研究下去，不然简直对不住他。

1941年2月1日

五点半出来，到Prof. Sieg家里去。他要替我交涉增薪，院长已答应。这真是意外的事。我真不知道应该怎样感谢这位老人家，他对我好得真是无微不至，我永远不会忘记！

原来他发现我生活太清苦，亲自找文学院长，要求增加我的薪水。其实我的薪水是足够用的，只因我枵腹买书，所以就显得清苦了。

1941年，我一度想设法离开德国回国。我在10月29日的日记里写道：

十一点半，Prof. Sieg去上课。下了课后，我同他谈到我要离开德国，他立刻兴奋起来，脸也红了，说话也有点震颤了。他说，他预备将来替我找一个固定的位置，好让我继续在德国住下去，万没想到我居然想走。他劝我无论如何不要走，他要替我设法同Rektor（大学校长）说，让我得到津贴，好出去休养一下。他简直要流泪的样子。我本来心里还有点迟疑，现在又动摇起来了。一离开德国，谁知道哪一年再能回来，能不能回来？这位像自己父亲一般替自己操心的老人十有八九是不能再见了。我本来容易动感情，现在更制不住自己，很想哭上一场。

像这样的情况，日记里还有一些，我不再抄录了。仅仅这三则，我觉得，已经完全能显示出我们之间的关系了。还有一些情况，我在下面谈吐火罗文的学习时再谈，这里暂且打住。

我想到的第三位老师是斯拉夫语言学教授布劳恩（Braun）。他父亲生前在莱比锡大学担任斯拉夫语言学教授，他可以说是家学渊源，能流利地说许多斯拉夫语。我见他时，他年纪还轻，还不是讲座教授。由于年龄关系，他也被征从军。但根本没有上过前线，只是担任翻译，是最高级的翻译。苏联一些高级将领被德军俘虏，希特勒等法西斯头子要亲自审讯，想从中挖取超级秘密。担任翻译的就是布劳恩教授，其任务之重要可想而知。他每逢休假回家的时候，总高兴同我闲聊他当翻译时的一些花絮，很多是德军和苏军内部最高领导层的真实情况。他几次对我说，苏军的大炮特别厉害，德国难望其项背。这是德国方面从来没有透露过的极端机密，给我留下了深刻的印象。

他的家庭十分和美。他有一位年轻的夫人，两个男孩子，大的叫安德烈亚斯，约有五六岁，小的叫斯蒂芬，只有两三岁。斯蒂芬对我特别友好，我一到他家，他就从远处飞跑过来，扑到我的怀里。他母亲教导我说："此时你应该抱住孩子，身子转上两三圈，小孩子最喜欢这玩意！"教授夫人很和气，好像有点愣头愣脑，说话直爽，但有时候没有谱儿。

布劳恩教授的家离我住的地方很近，走两三分钟就能走到。因此，我常到他家里去玩。他有一幅中国古代的刺绣，上面绣着五个大字：时有溪山兴。他要我翻译出来。从此他对汉文产生了兴趣，自己买了一本汉德字典，念唐诗。他把每一个字都查出来，居然也能讲出一些意思。我给他改正，并讲一些语法常识。对汉语的语法结构，他觉得既极怪而又极有理，同他所熟悉的印欧语系语言迥乎不同。他认为，汉语没有形态变化，也可能是优点，它能给读者以极大的联想自由，不像印欧语言那样被形态变化死死地捆住。

他是一个多才多艺的人，擅长油画。有一天，他忽然建议要给我画像。我自然应允了，于是有比较长的一段时间，我天天到他家里去，端端正正地坐在那里，当模特儿。画完了以后，他问我的意见。我对画不是内行，但是觉得画得很像我，因此就很满意了。在科学研究方面，他也表现了他的才艺。他的文章和专著都不算太多，他也不搞德国学派的拿手好戏：语言考据之学。用中国的术语来说，他擅长义理。他有一本讲19世纪沙俄文学的书，就是专从义理方面着眼，把列夫·托尔斯泰和陀斯妥耶夫斯基列为两座高峰，而展开论述，极有独特的见解，思想深刻，观察细致，是一部不可多得的著作。可惜似乎没有引起多少注意。我都觉得有寂寞冷落之感。

总之，布劳恩教授在哥廷根大学是颇为不得志的。正教授没有份儿，哥廷根科学院院士更不沾边儿。有一度，他告诉我，斯特拉斯堡大学有一个正教授缺了人，他想去，而且把我也带了去。后来不知为什么，没有实现。一直到四十多年以后我重新访问联邦德国时，我去看他，他才告诉我，他在哥廷根大学终于得到了一个正教授的讲座，他认为可以满意了。然而他已经老了，无复年轻时的潇洒英俊。我一进门他第一句话说是：“你晚来了一点，她已经在月前去世了！”我知道他指的是谁，我感到非常悲痛。安德烈亚斯和斯蒂芬都长大了，不在身边。老人看来也是冷清寂寞的。在西方社会中，失掉了实用价值的老人，大多如此。我欲无言了。去年听德国来人说，他已经去世。我谨以心香一瓣，祝愿他永远安息！

我想到的第四位德国老师是冯·格林博士（Dr.von Grimm）。据说他是来自俄国的德国人，俄文等于是他的母语。在大学里，他是俄文讲师。大概是因为他从来没有发表过什么学术论文，所以连副教授的头衔都没有。在德国，不管你外语多么到家，只要没有学术著作，就不能成为教授。工龄长了，工资可能很高，名位却不能改变。这一点同中国是很不一样的。中国教授贬值，教授膨胀，由来久矣。这也算是中国的“特色”吧。反正冯·格林始终只是讲师。他教我俄文时已经白发苍苍，心里总好像是有一肚子气，终日郁郁寡欢。他只有一个老伴，他们就住在高斯-韦伯楼的三楼上。屋子极为简陋。老太太好像终年有病，不大下楼。但心眼极好，听说我患了神经衰弱症，夜里盗汗，特意送给我一个鸡蛋，补养身体。要知道，当时一个鸡蛋抵得上一个元宝，在饿急了的时候，鸡蛋能吃，而元宝则不能。这一番情意，我异常感激。冯·格林博士还亲自找到大学医院的内科主任沃尔夫（Wolf）教授，请他给我检查。我到了医院，沃尔夫教授仔仔细细地检查过以后，告诉我，这只是神经衰弱，与肺病毫不相干。这一下子排除了我的一块心病，如获重生。这更增加了我对这两位孤苦伶仃的老人的感激。离开德国以后，没有能再见到他们，想他们早已离开人世了，却永远活在我的心中。

我回想起来的老师当然不限于以上四位，比如阿拉伯文教授冯·素顿（Von Soden），英文教授勒德（Roeder）和怀尔德（Wilde），哲学教授海泽（Heyse），艺术史教授菲茨图姆（Vitzthum）侯爵，德文教授麦伊（May），伊朗语教授欣茨（Hinz），等等，我都听过课或有过来往，他们待我亲切和蔼，我都永远不会忘记。我在这里就不一一叙述了。

学习吐火罗文

我在前面曾讲到偶然性，我也经常想到偶然性。一个人一生中不能没有偶然性，偶然性能给人招灾，也能给人造福。

我学习吐火罗文，就与偶然性有关。

说句老实话，我到哥廷根以前，没有听说过什么吐火罗文。到了哥廷根以后，读通了吐火罗文的大师西克就在眼前，我也还没有想到学习吐火罗文。原因其实是很简单的。我要学三个系，已经选了那么多课程，学了那么多语言，已经是超负荷了。我是有自知之明的（有时候我觉得过了头），我学外语的才能不能说一点都没有，但是决非语言天才。我不敢在超负荷上再超负荷。而且我还想到，我是中国人，到了外国，我就代表中国。我学习砸了锅，丢个人的脸是小事，丢国家的脸却是大事，决不能掉以轻心。因此，我随时警告自己：自己的摊子已经铺得够大了，绝不能再扩大了。这就是我当时的想法。

但是，正如我在前面已经讲到的，第二次世界大战一爆发，瓦尔德施米特被征从军，西克出来代理他。老人家一定要把自己的拿手好戏统统传给我。他早已越过古稀之年。难道他不知道教书的辛苦吗？难道他不知道在家里颐养天年会更舒服吗？但又为什么这样自找苦吃呢？我猜想，除了个人感情因素之外，他是以学术为天下之公器，想把自己的绝学传授给我这个异域的青年，让印度学和吐火罗学在中国生根开花。难道这里面还有某一些极左的先生所说的什么侵略的险恶用心吗？中国佛教史上有不少传法、传授衣钵的佳话，什么半夜里秘密传授，什么有其他弟子嫉妒，等等，我当时都没有碰到，大概是因为时移事迁今非昔比了吧。倒是最近我碰到了一件类似这样的事情。说来话长，不讲也罢。

总之，西克教授提出了要教我吐火罗文，丝毫没有征询意见的意味，他也不留给我任何考虑的余地。他提出了意见，立刻安排时间，马上就要上课。我真是深深地被感动了，除了感激之外，还能有什么话说呢？我下定决心，扩大自己的摊子，“舍命陪君子”了。

能够到哥廷根来跟这一位世界权威学习吐火罗文，是世界上许多学者的共同愿望。多少人因为得不到这样的机会而自怨自艾。我现在是近水楼台，是为许多人所艳羡的。这一点我是非常清楚的。我要是不学，实在是难以理解的。正在西克给我开课的时候，比利时的一位治赫梯文的专家沃尔特·古勿勒（Walter Couvreur）来到哥廷根，想从西克教授治吐火罗文。时机正好，于是一个吐火罗文特别班就开办起来了。大学的课程表上并没有这样一门课，而且只有两个学生，还都是外国人，真是一个特别班。可是西克并不马虎。以他那耄耋之年，每周有几次从城东的家中穿过全城，走到高斯-韦伯楼来上课，精神矍铄，腰板挺直，不拿手杖，不戴眼镜，他本身简直就是一个奇迹。走这样远的路，却从来没有人陪他。他无儿无女，家里没有人陪，学校里当然更不管这些事。尊老的概念，在西方国家几乎没有。西方社会是实用主义的社会，一个人对社会有用，他就有价值；一旦没用，价值立消。没有人认为其中有什么不妥之处。因此西克教授对自己的处境也就安之若素，处之泰然了。

吐火罗文残卷只有中国新疆才有。原来世界上没有人懂这种语言，是西克和西克灵在比较语言学家W.舒尔策（W. Schulze）帮助下读通了的。他们三人合著的《吐火罗语语法》，蜚声全球士林，是这门新学问的经典著作。但是，这一部长达五百一十八页的皇皇巨著，却绝非一般的入门之书，而是异常难读的。它就像是一片原始森林，艰险复杂，歧路极多，没有人引导，自己想钻进去，是极为困难的。读通这一种语言的大师，当然就是最理想的引路人。西克教吐火罗文，用的也是德国的传统方法，这一点我在上面已经谈到过。他根本不讲解语法，而是从直接读原文开始。我们一起头就读他同他的伙伴西克灵共同转写成拉丁字母、连同原卷影印本一起出版的吐火罗文残卷——西克经常称之为“精制品”（Prachtstück）的《福力太子因缘经》。我们自己在下面翻读文法，查索引，译生词；到了课堂上，我同古勿勒轮流译成德文，西克加以纠正。这工作是异常艰苦的。原文残卷残缺不全，没有一页是完整的，连一行完整的都没有，虽然是“精制品”，也只是相对而言，这里缺几个字，那里缺几个音节。不补足就抠不出意思，而补足也只能是以意为之，不一定有很大的把握。结果是西克先生讲的多，我们讲的少。读贝叶残卷，补足所缺的单词儿或者音节，一整套做法，我就是在吐火罗文课堂上学到的。我学习的兴趣日益浓烈，每周两次上课，我不但不以为苦，有时候甚至有望穿秋水之感了。

不知道什么原因，我回忆当时的情景，总是同积雪载途的漫长的冬天联系起来。有一天，下课以后，黄昏已经提前降临到人间，因为天阴，又由于灯火管制，大街上已经完全陷入一团黑暗中。我扶着老人走下楼梯，走出大门。十里长街积雪已深，阒无一人。周围静得令人发怵，脚下响起了我们踏雪的声音，眼中闪耀着积雪的银光。好像宇宙间就只剩下我们师徒二人。我怕老师摔倒，紧紧地扶住了他，就这样一直把他送到家。我生平可以回忆值得回忆的事情，多如牛毛。但是这一件小事却牢牢地印在我的记忆里。每一回忆就感到一阵凄清中的温暖，成为我回忆的“保留节目”。然而至今已时移境迁，当时认为是细微小事，今生今世却绝无可能重演了。

同这一件小事相连的，还有一件小事。哥廷根大学的教授们有一个颇为古老的传统：星期六下午，约上两三同好，到山上林中去散步，边走边谈，谈的也多半是学术问题；有时候也有争论，甚至争得面红耳赤。此时大自然的旖旎风光，在这些教授心目中早已不复存在了，他们关心的还是自己的学问。不管怎样，这些教授在林中漫游倦了，也许找一个咖啡馆，坐下喝点什么，吃点什么。然后兴尽回城。有一个星期六的下午，我在山下散步，逢巧遇到西克先生和其他几位教授正要上山。我连忙向他们致敬。西克先生立刻把我叫到眼前，向其他几位介绍说："他刚通过博士论文答辩，是最优等。"言下颇有点得意之色。我真是既感且愧。我自己那一点学习成绩，实在是微不足道，然而老人竟这样赞誉，真使我不安了。中国唐诗中杨敬之诗："平生不解藏人善，到处逢人说项斯。""说项"传为美谈，不意于万里之外的异域见之。除了砥砺之外，我还有什么好说呢？

有一次，我发下宏愿大誓，要给老人增加点营养，给老人一点欢悦。要想做到这一点，只有从自己的少得可怜的食品分配中硬挤。我大概有一两个月没有吃奶油，忘记了是从哪里弄到的面粉和贵似金蛋的鸡蛋，以及一斤白糖，到一个最有名的糕点店里，请他们烤一个蛋糕。这无疑是一件极其贵重的礼物，我像捧着一个宝盒一样把蛋糕捧到老教授家里。这显然有点出他意料，他的双手有点颤抖，叫来了老伴，共同接了过去，连"谢谢"二字都说不出来了。这当然会在我腹中饥饿之火上又加上了一把火。然而我心里是愉快的，成为我一生最愉快的回忆之一。

等到美国兵攻入哥廷根以后，炮声一停，我就到西克先生家去看他。他的住房附近落了一颗炮弹，是美军从城西向城东放的。他的夫人告诉我，炮弹爆炸时，他正伏案读有关吐火罗文的书籍，窗子上的玻璃全被炸碎，玻璃片落满了一桌子，他奇迹般地竟然没有受任何一点伤。我听了以后，真不禁后怕起来了。然而对这一位把研读吐火罗文置于性命之上的老人，我的崇敬之情在内心里像大海波涛一样汹涌澎湃起来。西克先生的个人成就，德国学者的辉煌成就，难道是没有原因的吗？从这一件小事中我们可以学习多少东西呢？同其他一些有关西克先生的小事一样，这一件也使我毕生难忘。

我拉拉杂杂地回忆了一些我学习吐火罗文的情况。我把这归之于偶然性。这是对的，但还有点不够全面。偶然性往往与必然性相结合。在这里有没有必然性呢？不管怎样，我总是学了这一种语言，而且把学到的知识带回到中国。尽管我始终没有把吐火罗文当作主业，它只是我的副业，中间还由于种种原因我几乎有三十年没有搞，只是由于另外一个偶然性我才又重理旧业；但是，这一种语言的研究在中国毕竟算生了根，开花结果是必然的结果。一想到这一点，我对我这一位像祖父般的老师的怀念之情和感激之情，便油然而生。

现在西克教授早已离开人世，我自己也年届耄耋，能工作的日子有限了。但是，一想到我的老师西克先生，我的干劲就无限腾涌。中国的吐火罗学，再扩大一点说，中国的印度学，现在可以说是已经奠了基。我们有一批朝气蓬勃的中青年梵文学者，是金克木先生和我的学生和学生的学生，当然也可以说是西克教授和瓦尔德施米特教授学生的学生的学生。他们将肩负起繁荣这一门学问的重任，我深信不疑。一想到这一点，我虽老迈昏庸，又不禁有一股清新的朝气涌上心头。

我的女房东

我在前面已经多次谈到我的女房东欧朴尔太太。

我在这里还要再集中来谈。

我不能不谈她。

我们共同生活了整整十年，共过安乐，也共过患难。在这漫长的时间内，她为我操了不知多少心，她确实像我的母亲一样。回忆起她来，就像回忆一个甜美的梦。

她是一个平平常常的德国妇女。我初到的时候，她大概已有五十岁了，比我大二十五六岁。她没有多少惹人注意的特点，相貌平平常常，衣着平平常常，谈吐平平常常，爱好平平常常，总之是一个非常平常的人。

然而，同她相处的时间越久，便越觉得她在平常中有不平常的地方：她老实，她诚恳，她善良，她和蔼，她不会吹嘘，她不会撒谎。她也有一些小小的偏见与固执，但这些也都是平平常常的，没有什么越轨的地方；这只能增加她的人情味，而绝不能相反。同她相处，不必费心机，设提防，一切都自自然然，使人如处和暖的春风中。

她的生活是十分单调的，平凡的。她的天地实际上就只有她的家庭。中国有一句话说：妇女围着锅台转。德国没有什么锅台，只有煤气灶或电气灶。我的女房东也就是围着这样的灶转。每天一起床，先做早点，给她丈夫一份，给我一份。然后就是无尽无休地擦地板，擦楼道，擦大门外面马路旁边的人行道。地板和楼道天天打蜡，打磨得油光锃亮。楼门外的人行道，不光是扫，而且是用肥皂水洗。人坐在地上，绝不会沾上半点尘土。德国人爱清洁，闻名全球。德文里面有一个词儿Putzteufel，指打扫房间的洁癖，或有这样洁癖的女人。Teufel的意思是“魔鬼”，Putz的意思是“打扫”。别的语言中好像没有完全相当的字。我看，我的女房东，同许多德国妇女一样，就是一个不折不扣“清扫魔鬼”。

我在生活方面所有的需要，她一手包下来了。德国人生活习惯同中国人不同。早晨起床后，吃早点，然后去上班；十一点左右，吃自己带去的一片黄油夹香肠或奶酪的面包；下午一点左右吃午饭。这是一天的主餐，吃的都是热汤热菜，主食是土豆。下午四点左右，喝一次茶，吃点饼干之类的东西。晚上七时左右吃晚饭，泡一壶茶或者咖啡，吃凉面包、香肠、火腿、干奶酪，等等。我是一个年轻的穷学生，一无时间，二无钱来摆这个谱儿。我还是中国老习惯，一日三餐。早点在家里吃，一壶茶，两片面包。午饭在外面馆子里或学生食堂里吃，都是热东西。晚上回家，女房东把她们中午吃的热餐给我留下一份。因此，我的晚餐也都是热汤热菜，同德国人不一样，这基本上是中国办法。这都是女房东在了解了中国人的吃饭习惯之后精心安排的。我每天在研究所里工作了一整天之后，回到家来，能够吃上一顿热乎乎的晚饭，心里当然是美滋滋的。对女房东这番情意，我是由衷地感激的。

晚饭以后，我就在家里工作。到了晚上十点左右，女房东进屋来，把我的被子铺好，把被罩拿下来，放到沙发上。这工作其实是非常简单的，我自己尽可以做。但是，女房东却非做不可，当年她儿子住这一间屋子时，她就是天天这样做的。铺好床以后，她就站在那里，同我闲聊。她把一天的经历，原原本本，详详细细，都向我“汇报”。她见了什么人，买了什么东西，碰到了什么事情，到过什么地方，一一细说，有时还绘声绘形，说得眉飞色舞。我无话可答，只能洗耳恭听。她的一些婆婆妈妈的事情，我并不感兴趣。但是，我初到德国时，听说德语的能力都不强。每天晚上上半小时的“听力课”，对我大有帮助。我的女房东实际上成了我的不收费的义务教员。这一点我从来没有对她说，她也永远不会懂的。“汇报”完了以后，照例说一句：“夜安！祝你愉快地安眠！”我也说同样的话，然后她退出，回到自己的房间里。我把皮鞋放在门外，明天早晨，她把鞋擦亮。我这一天的活动就算结束了，上床睡觉。

其余许多杂活，比如说洗衣服、洗床单、准备洗澡水，等等，无不由女房东去干。德国被子是鸭绒的，鸭绒没有被固定起来，在被套里面享有绝对的自由活动的权利。我初到德国时，很不习惯，睡下以后，在梦中翻两次身，鸭绒就都活动到被套的一边去，这里绒毛堆积如山，而另一边则只剩下两层薄布，当然就不能御寒，我往往被冻醒。我向女房东一讲，她笑得眼睛里直流泪。她于是细心教我使用鸭绒被的方法。我就像一个小孩子一样，在她的照顾下愉快地生活。

她的家庭看来是非常和睦的，丈夫忠厚老实，一个独生子不在家，老夫妇俩对儿子爱如掌上明珠。我记得，有一段时间，老头月月购买哥廷根的面包和香肠，打起包裹，送到邮局，寄给在达姆施塔特（Darmstadt）高工念书的儿子。老头腿有点毛病，走路一瘸一拐，很不灵便；虽然拿着手杖，仍然非常吃力。可他不辞辛劳，月月如此。后来老夫妇俩出去度假，顺便去看儿子。到儿子的住处大学生宿舍里去，一瞥间，他们看到老头千辛万苦寄来的面包和香肠，却发了霉，干瘪瘪地躺在桌子下面。老头怎样想，不得而知。老太太回家后，在晚上向我“汇报”时，絮絮叨叨地讲到这件事，说她大为吃惊。但是，奇怪的是，老头还是照样拖着两条沉重的腿，把面包和香肠寄走。我不禁想到，“可怜天下父母心”，古今中外之所同。然而儿女对待父母的态度，东西方却不大相同了。章太太的男房东可以为证。我并不提倡愚忠愚孝，但是，即使把父母与子女之间的关系，化为一般人与人之间的关系，像房东儿子的做法不也是有点过分了吗？

女房东心里也是有不平的。

儿子结了婚，住在外城，生了一个小孙女。有一次，全家回家来探望父母。儿媳长得非常漂亮，衣着也十分摩登。但是，女房东对她好像并不热情，对小孙女也并不宠爱。儿媳是年轻人，对好多事情有点马大哈，从中也可以看出德国两代人之间的“代沟”。有一天，儿媳使用手纸过多，把马桶给堵塞了。老太太非常不满意，拉着我到卫生间指给我看。脸上露出了许多怪物相，有愤怒，有轻蔑，有不满，有憎怨。此事她当然不能对儿子讲，连丈夫大概也没有敢讲，茫茫宇宙间她只有对我一个人诉说不平了。

女房东也是有偏见的。

关于戴帽子的偏见，我在前面已经谈过了，这里不再重复。她的偏见不只限于这一点，而且最突出的也不是这一件事。最突出的是宗教偏见。她自己信奉的是耶稣教，对天主教怀有莫名其妙的刻骨的仇恨。世界各地区各民族都毫无例外地有宗教偏见。这种偏见比任何其他偏见都更偏见。欧洲耶稣基督教新旧两派之间的偏见，也是异常突出的。我的女房东没有很高的文化，她的偏见也因而更固执。但她偏偏碰到一个天主教的好人。女房东每个月要雇人洗一次衣服、床单等，承担这项工作的是一个天主教的老处女，年纪比女房东还要大，总有六十多岁了。她没有财产，没有职业，就靠帮人洗衣服为生。人非常老实，一天说不了几句话。却是一个十分虔诚的信徒，每月的收入，除了维持极其简朴的生活以外，全都交给教堂。她大概希望百年之后能够在虚无缥缈的天堂里占一个角落吧。女房东经常对我说：“特雷莎（Therese）忠诚得像黄金一样。”特雷莎是她的名字。但是，忠诚归忠诚，一提到宗教，女房东就愤愤不平。晚上向我“汇报”时，对她也时有微词，具体的例子却从来没有听说过。

我的女房东就是这样一个有不平、有偏见、有自己的与宇宙大局世界大局和国家大局无关的小忧愁、小烦恼，有这样那样的特点的平平常常的人，但却是一个心地善良、厚道，不会玩弄任何花招的平常人。

她的一生也是颇为坎坷的，走的并非都是阳关大道。据她自己说，第一次世界大战前，德国人家里普遍都有金子，她家里也一样。大战一结束，德国发了疯似的通货膨胀，把她的一点点黄金都膨胀光了，成了无金阶级。到了第二次世界大战，她只是靠工资过日子。她对政治不感兴趣，她从来不赞扬希特勒，当然更不懂去反对他。由于种族偏见，犹太人她是反对的，但也说不上是“积极分子”，只是随大流而已。她在乡下没有关系户，食品同我一样短缺。在大战中间，她丈夫饿得从一个大胖子变成一个瘦子，终于离开了人世。老两口一生和睦相处，我从来没有听到他们俩拌过嘴，吵过架。老头一死，只剩下她孤零一人。儿子极少回来，屋子里空荡荡的。她心里是什么滋味，我不知道。从表面上来看，她只能同我这一个异邦的青年相依为命了。

战争到了接近尾声的时候，日子越来越难过。不但食品短缺，连燃料也无法弄到。哥廷根市政府俯顺民情，决定让居民到山上去砍伐树木。在这里也可以看到德国人办事之细致、之有条不紊、之遵守法纪。政府工作人员在茫茫的林海中划出了一个可以砍伐的地区，把区内的树逐一检查，可以砍伐者画上红圈。砍伐没有红圈的树，要受到处罚。女房东家里没有劳动力，我当然当仁不让，陪她上山，砍了一天树，运下山来，运到一个木匠家里，用机器截成短段，然后运回家来，贮存在地下室里，供取暖之用。由于那个木匠态度非常坏，我看不下去，同他吵了一架。他过后到我家来，表示歉意。我觉得，这不过是小事一端，一笑置之而已。

我的女房东是一个平常人，当然不能免俗。当年德国社会中非常重视学衔，说话必须称呼对方的头衔。对方是教授，必须呼之为“教授先生”；对方是博士，必须呼之为“博士先生”。不这样，就显得有点不礼貌。女房东当然不会是例外。我通过了博士口试以后，当天晚上“汇报”时，她突然笑着问我：“我从今以后是不是要叫你‘博士先生’?”我真是大吃一惊，是我万万没有想到的。我连忙说：“完全没有必要!”她也不再坚持，仍然照旧叫我“季先生!”我称她为“欧朴尔太太!”相安无事。

一想到我的母亲般的女房东，我就回忆联翩。在漫长的十年中，我们晨夕相处，从来没有任何矛盾。值得回忆的事情实在太多太多了，即使回忆困难时期的情景，这回忆也仍然是甜蜜的。这些回忆一时是写不完的，因此我也就不再写下去了。

离开德国以后，在瑞士停留期间，我曾给女房东写过几次信。回国以后，在北平，我费了千辛万苦，弄到了一罐美国咖啡，大喜若狂。我知道，她同许多德国人一样，嗜咖啡若命。我连忙跑到邮局，把邮包寄走，期望它能越过千山万水，送到老太太手中，让她在孤苦伶仃的生活中获得一点喜悦。我不记得收到了她的回信。到了50年代，“海外关系”成了十分危险的东西。我再也不敢写信给她，从此便云天渺茫，互不相闻。正如杜甫所说的“明日隔山岳，世事两茫茫”了。

1983年，在离开哥廷根将近四十年之后，我又回到了我的第二故乡。我特意挤出时间，到我的故居去看了看。房子整洁如故，四十年漫长岁月的痕迹一点也看不出来。我走上三楼，我的住房门外的铜牌上已经换了名字。我也无从打听女房东的下落，她恐怕早已离开了人世，同她丈夫一起，静卧在公墓的一个角落里。我回首前尘，百感交集。人生本来就是这样，我有什么办法呢？我只有虔心祷祝她那在天之灵——如果有的话——永远安息。

反希特勒的人们

出国前夕，清华的一位老师告诫我说，德国是法西斯专政的国家，一定要谨言慎行。对政治不要随便发表意见。

这些语重心长的话，我忆念不忘。

到了德国以后，排犹高潮已经接近尾声。老百姓绝大多数拥护希特勒，至少表面上是这样。我看不出压迫老百姓的情况。舆论当然是统一的，“万众一心”。这不一定就是钳制的结果，老百姓有的是清清楚楚地拥护这一套，有的是糊里糊涂地拥护这一套，总之是拥护的。我前面曾经说到，我认识一个德国女孩子，她甚至想同希特勒生一个孩子。这是一个极端的例子，这话恐怕是出自内心的。但是不见得人人都是如此。至于德国人心里究竟是怎么想的，我这局外人就无从说起了。

希特勒的内政外交，我们可以存而不论；但是他那一套诬蔑中国人的理论，我们却不应该置之不理。他说，世界上只有他们所谓的“北方人”是文明的创造者，而中国人等则是文明的破坏者。这种胡说八道的谬论，引起了中国留学生的极大的愤怒。但是，我们是寄人篱下，只是敢怒而不敢言了。

在我认识的德国人中间，确实也有激烈地反对希特勒的人。不过人数极少极少，而且为了自己的安全起见，都隐忍不露。我同德国人在一起，不管是多么要好的朋友，我都严守“莫谈国事”的座右铭。日子一久，他们也都看出了这一点。有的就主动跟我谈希特勒，先是谈，后是骂，最后是破口大骂。给我印象最深的是一个退休的法官，岁数比我大一倍还要多。我原来并不认识他，是一个中国学生先认识的。这位中国学生来历诡秘，看来像是蓝衣社之类，我们都不大乐意同他往来。但他却认识了这样一个反希特勒的法官。他的主子是崇拜希特勒的，从这一点来看，他实在是一个“不肖”之徒。不管怎样，我们也就认识了这一位退休法官。希特勒的所作所为，他无不激烈反对。我没到他家里去过，他好像是一个孤苦伶仃的老汉。只有同我们在一起时，才敢讲几句心里话，发泄一下满腹的牢骚。我看，这就成了这一位表情严肃的老人的最大乐趣了。

另外一个反希特勒的德国朋友，是一位大学医科的学生。我原来也并不认识他，是龙丕炎先认识的。他年纪还轻，不过二十来岁，同我自己差不多。同那位法官正相反，他热情洋溢，精力充沛，黑头发，黑眉毛，透露出机警聪明。他的家世我也不清楚，我也不清楚他反对希特勒的背景。“反对希魔同路人，相逢何必曾相识”。有了这一条，我们就走到一起来了。

在德国人民中，在大学的圈子里，反对希特勒的人，一定还有，但是绝不会太多。一般说起来，德国人在政治上并不敏感，而且有点迟钝。能认识这两个人，也就很不错了，我也很满意了。我们几个常在一起的中国学生，不常同他们往来。有时候，在星期天，我们相约到山上林中去散步。我们是醉翁之意不在酒，他们大概也一样。记得有几次在春天，风和日丽，林泛新绿，鸟语花香，寂静无人。我们坐在长椅上，在骀荡的春风中，大骂希特勒，也确实是人生一乐。林深人稀，不怕有人偷听，每个人都敢于放言高论，胸中郁垒，一朝涤尽。此时，虽然身边眼前美景如画，我们都视而不见了。

现在，法官恐怕早已逝世。从年龄上来看，医科学生还应活着。但是，哥城一别，从未通过音问，他的情况我完全茫然。可是我有时还会想到这一位异邦的朋友。人世变幻，盛会难再，不禁惘然了。

伯恩克（Boehncke）一家

讲到反对希特勒的人，我不禁想到伯恩克一家。

所谓一家，只有母女二人。我先认识伯恩克小姐。原来我们可以算是同学，她年龄比我大几岁，是学习斯拉夫语言学的。我前面已经说过，斯拉夫语研究所也在高斯-韦伯楼里面，同梵文研究所共占一层楼。一走进二楼大房间的门，中间是伊朗语研究所，向左转是梵文研究所，向右转是斯拉夫语研究所。我天天到研究所来，伯恩克小姐虽然不是天天来，但也常来。我们共同跟冯·林博士学俄文，因此就认识了。她有时请我到她家里去吃茶。我也介绍了张维和陆士嘉同她认识。她家里只有一个老母亲。父亲已经去世，据说生前是一个什么学的教授，在德国属于高薪阶层。因此经济情况是相当好的，自己住一层楼，家里摆设既富丽堂皇，又古色古香。风闻伯恩克小姐的父亲是四分之一或六分之一犹太人，已经越过了被屠杀被迫害的临界线，所以才能安然住下去。但是，既然有这样一层瓜葛，她们对希特勒抱有强烈的反感，这也就成了我们能谈得来的基础。

伯恩克小姐是高才生，会的语言很多。专就斯拉夫语而言，她就会俄文、捷克文、南斯拉夫文等。这是她的主系，并不令人吃惊。至于她的两个副系是什么，我忘记了，也许当时就不知道，总之是说不出来了。她比我高几年，学习又非常优秀；因为是女孩子，没有被征从军。对她来说，才能和时间都是绰绰有余的。但是到了我通过博士口试时，她依然是一个大学生。以她的才华和勤奋，似乎不应该这样子。然而竟是这样子，个中隐秘我不清楚。

这位小姐长得不是太美，脾气大概有点孤高。因此，同她来往的人非常少。她早过了及笄之年，从来不见她有过男朋友，她自己也似乎不以为意。母女二人，形影相依，感情极其深厚诚挚。有一次，我在山上林中，看到她母女二人散步，使我顿悟了一层道理。“散步”这两个字似乎只适用于中国人，对德国人则完全不适用。只见她们母女二人并肩站定，母右女左，挽起胳膊，然后同出左脚，好像是在演兵场上，有无形的人喊着口令，步伐整齐，不容紊乱，目光直视，刷刷刷地走上前去，速度是竞走的速度，只听得脚下鞋声击地，转瞬就消逝在密林深处了。这同中国人的悠闲自在、慢慢腾腾，简直是风马牛不相及。其中乐趣我百思不解，只能怪我自己缘分太浅了。

这个问题先存而不论。我们认识了以后，除了在研究所见面外，伯恩克小姐也间或约我同张维夫妇到她家去吃茶吃饭。她母亲个儿不高，满面慈祥，谈吐风雅，雍容大方，看来她是有很高的文化素养的。欧洲古典文化，无论是音乐、绘画，还是文学、艺术，老太太样样精通，谈起来头头是道，娓娓动听，令人怡情增兴，乐此不疲。下厨房做饭，老太太也是行家里手。小姐只能在旁边端端盘子，打打下手。当时正是食品极端缺少的时期，有人请客都自带粮票。即使是这样，“巧妇难为无米之炊”，请一次客，自己也得节省几天，让本来已经饥饿的肚子再加码忍受更难忍的饥饿。这一位老太太就是在这样的情况下，亲手烹制出一桌颇为像样子的饭菜的。她简直像是玩魔术，变戏法。我们简直都成了神话中人，坐在桌旁，一恍惚，热气腾腾的美味佳肴已经整整齐齐地摆在桌子上。大家可以想象，我们这几个沦入饥饿地狱里的饿鬼，是如何地狼吞虎咽了。这一餐饭就成了我毕生难忘的一餐。

但是，我认为，最让我兴奋狂喜的还不是精美的饭菜，而是开怀畅谈，共同痛骂希特勒等法西斯头子。她们母女二人对法西斯的一切倒行逆施，无不痛恨。正如我在前面讲到的那样，有这种想法的德国人，只能忍气吞声，把自己的想法深埋在心里，绝不敢随意暴露。但是，一旦同我们在一起，她们就能够畅所欲言，一吐为快了。当时的日子，确实是非常难过的。张维、陆士嘉和我，我们几个中国人，除了忍受德国人普遍必须忍受的一切灾难之外，还有更多的灾难，我们还有家国之思。我们远处异域，生命朝不保夕。英美的飞机说不定什么时候一高兴下蛋，落在我们头上，则必将去见上帝或者阎王爷。肚子里饥肠辘辘，生命又没有安全感。我们虽然还不至于“此中日夕只以眼泪洗面”，但是精神绝不会愉快，是可想而知的。在这样的情况下，只有到了伯恩克家里，我才能暂时忘忧，仿佛找到了一个沙漠绿洲，一个安全岛，一个桃花源，一个避秦乡。因此，我们往往不顾外面响起的空袭警报，尽兴畅谈，忘记了时间的流逝，一直谈到深夜，才蓦地想起：应该回家了。一走出大门，外面漆黑一团，寂静无声，抬眼四望，不见半缕灯光，宇宙间仿佛只剩下我一个人，我一个人仿佛变成了我佛如来，承担人世间所有的灾难。

我离开德国以后，在瑞士时，曾给她母女二人写过一封信。回国以后，没有再联系。前些日子，见到张维，他告诉我说，他同她们经常有联系。后来伯恩克小姐嫁了一个瑞典人，母女搬到北欧去住。母亲九十多岁于前年去世，女儿仍在瑞典。今生还能见到她吗？希望可以说是微乎其微了。悲夫！

迈耶（Meyer）一家

迈耶一家同我住在一条街上，相距不远。我现在已经记不清楚，我是怎样认识他们的。可能是由于田德望住在那里，我去看田，从而就认识了。田走后，又有中国留学生住在那里，三来两往，就成了熟人。

他们家有老夫妇俩和两个如花似玉的女儿。老头同我的男房东欧朴尔先生非常相像，两个人原来都是大胖子，后来饿瘦了。脾气简直是一模一样，老实巴交，不会说话，也很少说话。在人多的时候，呆坐在旁边，一言不发，脸上却总是挂着憨厚的微笑。这样的人，一看就知道，他绝不会撒谎、骗人。他也是一个小职员，天天忙着上班、干活。后来退休了，整天呆在家里，不大出来活动。家庭中执掌大权的是他的太太。她同我的女房东年龄差不多，但是言谈举动，两人却不大一样。迈耶太太似乎更活泼，更能说会道，更善于应对进退，更擅长交际。据我所知，她待中国学生也是非常友好的。住在她家里的中国学生同她关系都处得非常好。她也是一个典型的德国妇女，家庭中一切杂活她都包了下来。她给中国学生做的事情，同我的女房东一模一样。我每次到她家去，总看到她忙忙碌碌，里里外外连轴转。但她总是喜笑颜开，我从来没有看到她愁眉苦脸过。她们家是一个非常愉快美满的家庭。

我同她们家来往比较多，还有另外一个原因。在我写作博士论文的那几年中，我用德文写成稿子，在送给教授看之前，必须用打字机打成清稿；而我自己既没有打字机，也不会打字。因为屡次反复修改，打字量是非常大的。适逢迈耶家的大小姐伊姆加德（Irmgard）能打字，自己又有打字机，而且她还愿意帮我打。于是，有很长的一段时间，我几乎天天晚上到她家去。因为原稿改得太乱，而且论文内容稀奇古怪，对伊姆加德来说，简直像天书一般。因此，她打字时，我必须坐在旁边，以备咨询。这样往往工作到深夜，我才摸黑回家。

我考试完结以后，打论文的任务完全结束了。但是，在我仍然留在德国的四五年间，我自己又写了几篇论文，所以一直到我于1945年离开德国时，还经常到伊姆加德家里去打字。她家里有什么喜庆日子，招待客人吃点心，吃茶，我必被邀请参加。特别是在她生日的那一天，我一定去祝贺。她母亲安排座位时，总让我坐在她旁边。此时，留在哥廷根的中国学生越来越少。以前星期日总在席勒草坪会面的几个好友都已走了。我一个人形单影只，寂寞之感，时来袭人。我也乐得到迈耶家去享受一点友情之乐，在战争喧闹声中，寻得一点清静。这在当时是非常难能可贵的。至今记忆犹新，恍如昨日。

在这样的情况下，我离开迈耶一家，离开伊姆加德，心里是什么滋味，完全可以想象。1945年9月24日，我在日记里写道：

> 吃过晚饭，七点半到Meyer家去，同Irmgard打字。她劝我不要离开德国。她今天晚上特别活泼可爱。我真有点舍不得离开她。但又有什么办法？像我这样一个人不配爱她这样一个美丽的女孩子。

同年10月2日，在我离开哥廷根的前四天，我在日记里写道：

> 回到家来，吃过午饭，校阅稿子。三点到Meyer家，把稿子打完。Irmgard只是依依不舍，令我不知怎样好。

日记是当时的真实记录，不是我今天的回想；是代表我当时的感情，不是今天的感情。我就是怀着这样的感情离开迈耶一家，离开伊姆加德的。到了瑞士，我同她通过几次信，回国以后，就断了音问。说我不想她，那不是真话。1983年，我回到哥廷根时，曾打听过她，当然是杳如黄鹤。如果她还留在人间的话，恐怕也将近古稀之年了。而今我已垂垂老矣。世界上还能想到她的人恐怕不会太多。等到我不能想到她的时候，世界上能想到她的人，恐怕就没有了。

纳粹的末日

——美国兵入城

我在前面多次讲到1945年美国兵占领哥廷根以后的事情，好像与时间顺序有违；但是为了把一件事情叙述完整，不得不尔。按顺序来说，现在是叙述美国兵进城的情况了。

时间到了1945年春末，战局急转直下。此时，德国方面已经谈不到什么抵抗，只有招架之功，没有还手之力，甚至连还手之力也没有了。一天二十四小时，都是警报期。老百姓盛传，英美飞机不带炸弹了。他们愿意什么时候飞来，就什么时候飞来，从飞机上用机枪扫射。有什么地方一辆牛车被扫中，牛被打得流出了肠子。如此等等，不一而足。但是，从表面上看起来，老百姓并没有惊慌失措，他们还是相当沉着的，只是显然有点麻木。

德国民族是异常勤奋智慧的民族，办事治学一丝不苟的彻底性，名扬世界。他们在短短的一两百年内所创造的文化业绩，彪炳寰中。但是，在政治上，他们的水平却不高。我初到德国的时候，他们受法西斯头子的蛊惑，有点忘乎所以的样子，把自己的前途看成是一条阳关大道，只有玫瑰，没有荆棘。后来来了战争，对他们的想法，似乎没有任何影响。在长期的战争中，他们的情绪有时候昂扬奋发，有时候又低沉抑郁。到了英美和苏联的大军从东西两方面压境的时候，他们似乎感觉到，情况有点不妙了。但是，总体来看，他们的情绪还是平静的。前几年听了所谓“特别报道”而手舞足蹈的情景，现在完完全全看不到了。

在无言中，他们似乎在等待着什么。

他们等待的事情果然到了。这是一个天翻地覆的改变。为了保存当时的真实情况，为了反映我当时真实的思想感情，我干脆抄几天当时的日记，一字不改。这比我现在根据回忆去写，要真实得多、可靠得多了。我个人三天的经历，只能算是极小的一个点；但是一滴水中可以见大海，一颗砂粒中可以见宇宙，一个点中可以见全面，一切都由读者去意会了。

1945年4月6日

昨晚到了那Keller（指种鲜菌的山洞——羡林注）里，坐下。他们（指到这里来避难的德国人）都睡起来。我无论如何也睡不着，里面又冷，坐着又无依靠。好久以后，来了Entwarnung（解除空袭警报）。但他们都不走，所以我也只好陪着，腿冻得像冰，思绪万端，啼笑皆非。外面警笛又作怪，有几次只短短的响一声。于是人们就胡猜起来。有的说是Alarm（警报），有的说不是。仔细倾耳一听，外面真有飞机。这样一直等到四点多，我们三个人才回到家来。一头躺倒，醒来已经快九点了。刚在吃早点，听到外面飞机声，而且是大的轰炸机。但立刻也就来了Voralarm（前警报），紧跟着是Alarm。我们又慌成一团，提了东西就飞跑出去。飞机声震得满山颤动。在那Keller外面站了会，又听到机声，人们都抢着往里挤。刚进门，哥廷根城就是一片炸弹声。心里想：今天终于轮到了。Keller里仿佛打雷似的，连木头椅子都震动。有的人跪在地上，有的竟哭了起来。幸而只响了两阵就静了下来。十一点，我惦记着厨房里煮上的热水，就一个人出来回家来。不久也就来了Vorentwarnung（前解除警报）。吃过早点，生好炉子。以纲（张维）来，立刻就走了。吃过午饭，躺下，没能睡着。又有一次Voralarm。五点，刚要听消息，又听到飞机声，立刻就来了Alarm。赶快出去到那Deckungsgraben（掩体防空壕）外面站了会儿。警报解除，又回来。吃过晚饭，十点来了Voralarm。自己不想出去，但天空里隔一会儿一架飞机飞过，隔一会儿又一架，一直延续了三个钟头。自己的神经仿佛要爆炸似的。这简直是万剐凌迟的罪。快到两点警报才解除。

1945年4月7日

早晨起来，吃过早点，进城去，想买一个面包。走了几家面包店，都没有。后来终于在拥挤之余在一家买到了。出来到伤兵医院去看Storck，谈了会儿就回家来。天空里盘旋着英美的侦察机。吃过午饭，又来了Alarm，就出去向那Pilzkeller（培植蘑菇的山洞）跑。幸而并不严重，不久也就来了Vorentwarnung。我在太阳地里坐了会儿，只是不敢回家来。一直等到五点多，觉得不会再有什么事情了，才慢慢回家来。刚坐下不久，就听到飞机声，赶快向楼下跑。外面已经响起了炸弹，然后才听到警笛。走到街上，抬头看到天空里成排的飞机。丢过一次炸弹，我就趁空向前跑一段。到了一个Keller，去避了一次，又往上跑，终于跑到那Pilzkeller。仍然是一批批炸弹向城里丢。我们所怕的Grossangriff（大攻击）终于来了。好久以后，外面静下来。我们出来，看到西城车站一带大火，浓烟直升入天空。装弹药的车被击中，汽油车也被击中。大火里子弹声响成一片，真可以说是伟观。八点前回到家来。吃过晚饭，在黑暗里坐了半天，心里极度不安，像热锅上的蚂蚁，终于还是带了东西，上山到那Pilzkeller去。

1945年4月8日

Keller里非常冷，围了毯子，坐在那里，只是睡不着。我心里很奇怪，为什么有这样许多人在里面，而且接二连三地往里挤。后来听说，党部已经布告，妇孺都要离开哥廷根。我心里一惊，当然更不会再睡着了。好歹盼到天明，仓促回家吃了点东西，往Keller里搬了一批书，又回去。远处炮声响得厉害。Keller里已经乱成一团。有的说，德国军队要守哥城；有的说，哥城预备投降。蓦地城里响起了五分钟长的警笛，表示敌人已经快进城来。我心里又一惊，自己的命运同哥城的命运，就要在短期内决定了。炮声也觉得挨近了。Keller前面仓皇跑着德国打散的军队。隔了好久，外面忽然静下来。有的人出去看，已经看到美国坦克车。里面更乱了，谁都不敢出来，怕美国兵开枪。结果我同一位德国太太出来，找到一个美国兵，告诉他这情形。回去通知大家，才陆续出来。我心里很高兴，自己不能制止自己了，跑到一个坦克车前面，同美国兵聊起来。我忘记了这还是战争状态，炮口对着我。回到家已经三点了。忽然想到士心夫妇，以为他们给炸弹炸坏了，因为他们那一带炸得很厉害，又始终没有得到他们的消息。所以饭也吃不下去。不久以纲带了太太同小孩子来。他们的房子被美国兵占据了。同他们谈了谈，心里乱成一团，又快乐，又兴奋，说不出应该怎样好。吃过晚饭，同以纲谈到夜深才睡。

哥廷根就这样被解放了。

上面就是我一个人在关键的三天内写的日记，是一幅简单而朴素的素描。

哥廷根城只是德国的一个点，而这个种植鲜蘑菇的山洞又只是哥廷根城的一个点，我在这个点中更是一个小小的点。这个小点中的众生相，放大了来看，就能代表整个德国的情况。难道不是这样吗？

无论如何，这是一个极大的转折点。从此以后，哥廷根——我相信，德国其他地方也一样——在历史上揭开了新的一页。法西斯彻底完蛋了。他们横行霸道，倒行逆施，气焰万丈，不可一世，而今安在哉！德国普通老百姓对此反应不像我想得那样剧烈。他们很少谈论这个问题。他们好像是当头挨了一棒，似乎清楚，又似乎糊涂；似乎有所反思，又似乎没有；似乎有点在乎，又似乎根本不在乎。给我的总印象是茫然，木然，懵然，默然。一个极端有天才的民族，就这样在一夜之间糊里糊涂地，莫名其妙地沦为战败国，成了任人宰割的民族。不管德国人自己怎样想，我作为一个在德国住了十年对德国人民怀有深厚感情的外国人，真有点欲哭无泪了。

对我个人来说，人类历史上迄今最残酷的战争，就这样结束了，似乎有点不够意思。我在前面谈到第二次世界大战爆发时，曾经这样说过："可是万万没有想到，这一出人类历史上罕见的大戏，开端竟是这样平平淡淡。"今天大战结束了，结束得竟也是这样平平淡淡。难道历史上许多后代认为是惊天地泣鬼神的大战之类的事件，当时开始与结束都是这样的平平淡淡吗？

但是，对哥廷根的德国人来说，不管他们的反应如何麻木，却绝非平平淡淡，对一部分人还有切肤之痛。在人类历史上，有许多战胜国进入战败国"屠城"的记载，中国就有不少。但是，美国军队进城以后没有"屠城"，而且从表面上看起来还似乎非常文明。我从来没有看到"山姆大叔"在大街上污辱德国人的事情。战胜国与战败国之间的关系，似乎颇为融洽。我也没有看到德国人敌视美国兵，搞什么破坏活动。我看到的倒是一些德国女孩子围着美国大兵转的情景，似乎有一些祥和之气了。

实际上并非完全如此。美国大兵也是有一本账的，他们不知从哪里弄到了一个"斥名单"，哥城的各类纳粹头子都是榜上有名。美国兵就按图索骥，有一天就索到了我住房对门的施米特先生家里。他有一个女儿是纳粹女青年组织的一个Gau（大区）的头子。先生不在家，他的胖太太慌了神，吓得浑身发抖，来敲门求援。我只好走过去，美国兵大概很出意外，问我是干什么的。我说是中国人，是"盟国"，来帮他当翻译的。美国兵没有再说话，我就当起翻译来。他没有问多少话，态度中正平和，一点没有凶狠的样子。反正胖太太的女儿已经躲了起来，当母亲的只说不知道。讯问也就结束了，从此美国大兵没有再来。

此外，美国兵还占用了一些民房。他们漂洋过海，不远万里而来。进了城，没有适当的营房，就占用德国居民的房子。凡是单独成楼、花园优美的房子，很多都被选中。我的老师瓦尔德施米特教授在城外山下新盖的一幢小楼，也没能逃过美国大兵的“优选”，他们夫妇俩被赶到不知什么地方去暂住，美国一群大兵则昂然住了进去。虽然只不过住了几天，就换防搬走，然而富丽堂皇、古色古香的陈设已经受到了一些破坏。有几把古典式的椅子，平常他们夫妇俩爱如珍宝，轻搬轻放，此时有的竟折断了腿。美国兵搬走后，我到他家里去看。教授先生指给我看，一脸苦笑，没有讲什么话，心中滋味，只能意会。教授夫人则不那么冷静，她告诉我，美国大兵夜里酗酒跳舞，通宵达旦，把楼板跺得震天价响。玲珑苗条的椅子腿焉得不断！老夫妇都没有口出恶言，说明他们很有涵养。然而亡国奴的滋味他们却深深地尝到了，恐怕大出他们的臆断吧。

被占的房子当然不止这一家。在比较紧张的那些日子里，我走在大街上，看街道两旁的比较漂亮的房子，临街的房间，只要开着窗子，就往往看到室内的窗台上，密密麻麻地整整齐齐地排满了大皮靴的鞋底，不是平卧着，而是直立着。当然不是晒靴子，那样靴底不会是直立着。仔细一推究，靴底的后面会有靴子；靴子的后面会有脚丫子；脚丫子后面会有大小腿；大小腿后面会有躯体；到了最后，在躯体后面还会有脑袋，脑袋大概就枕在什么地方。然而此时，“删繁就简三秋树”，把从靴子到脑袋统统删掉了（只有表象如此，当然不会实际删掉），接触我的视线的就只有皮靴底。乍看之下，就先是一愣，忽然顿悟，看了这样洋洋大观的情景，我只有大笑了。

这是美国大兵在那里躺着休息，把脚放到了窗台上。美国兵个个年轻，有的长身玉立，十分英俊。但是总给人以吊儿郎当的印象。他们向军官敬礼，也不像德国兵那样认真严肃，总让人感到嬉皮笑脸，嘻嘻哈哈。据说，他们敬礼也并不十分严格，尉官只给校官以上的敬礼，同级不敬；兵对兵也不敬礼，不管是哪一等。这些都同德国不同。此外，美国兵的大少爷作风和浪费习气，也十分令人吃惊。他们吃饭，罐头食品居多。一罐鸡鱼鸭肉，往往吃了不到一半，就任意往旁边一丢，成了垃圾。给汽车加油，一桶油往往灌不到一半，便不耐烦起来，大皮靴一踢，滚到旁边，桶里的油还汩汩地向外流着，闪出了一丝丝白色的光。更令人吃惊的是他们剪断通信电缆的豪举。美军进城以后，为了通信方便，需要架设电缆。又为了省事起见，自己不竖立电线杆，而是就把电缆挂在或搭在大街两旁的树枝上。最初只有屈指可数的几条，后来大概是由于机关增多，需要量随之大增，电缆的数目也日益增多，有的树枝上竟搭上了十几条几十条，压在一起，黑黑的一大堆。过了不久，美军有的撤走，不再需要电缆通信。按照我的想法，他们似乎应该把厚厚的一大摞电缆，从树枝上一一取下，卷起，运走，到别的地方再用。然而，确实让我大吃一惊，美国大兵不愿意费这个事，又不肯留给德国人使用。他们干脆把电缆在每一棵树上就地剪断。结果是街旁绿树又添奇景：每一棵树的枝头都累累垂垂悬挂着剪断的电缆。电缆，以及我上面谈到的罐头食品和汽油，都是从遥远的美国用飞机或轮船运来的。然而美国这个暴发户大国和它的大少爷士兵们，好像对这一点连想都没有想，他们似乎从来不讲什么节约，大手大脚，挥霍浪费。这同我们中国的传统教育大相径庭，我有什么话好说呢？

在上面我拉拉杂杂地写了美国兵进城和纳粹分子垮台的一些情况。这只是我个人，而且是一个外国人眼中看到、心中想到的。我对德国这样一个伟大的民族素所崇奉，同时又痛恨纳粹分子的倒行逆施。我一方面万万没有想到，我在德国住了十年之后，能够亲眼看到纳粹的崩溃。这真是三生有幸，去无遗憾了；在另一方面，对德国普通老百姓所受的屈辱又感到伤心。当年德法交恶，德国一时占了上风。法国大文豪阿·都德写了有名的小说《最后一课》，成为世界文学中宣扬爱国主义的名篇。到了今天，物换星移，德国处于下风。沧海桑田，世事变幻之迅速、之不定，令人吃惊。但是，德国竟没有哪一位文豪写出第二篇《最后一课》，是时间来不及呢，还是另有原因呢？又不禁令人感到遗憾了。

盟　国

专就我个人以及其他中国留学生而论，我们是应该大大地庆祝一番的。我们从一些没有国籍的“流浪汉”一变而为胜利者盟国的一分子，地位真有天壤之别了。中国古人常以“阶下囚”和“座上客”来比喻这种情况。德国人从来没有把我当作阶下囚来对待，但是座上客现在我却真正变成了。

美国人进城以后不久，我就同张维找到了美国驻军的一个头头，大概是一个校官。我们亮出了我们的身份，立即受到了很好的招待。他同我们素昧平生，一无档案，二无线索。但是他异常和气，只简单地问了几句话，马上拿过来一张纸，刷、刷、刷，大笔一挥，说明我们是DP（Displaced Person，即由于战争、政治迫害等被迫离开本国的人）。这当然不是事实，我们一进门就告诉他，我们是留学生，这一点他是清楚的。但是在他的笔下，我们却一变而成为DP。他的用意何在，我们不清楚，我们也没有进行争辩。他叫我们拿着这一张条子去找一个法国战俘的头。我们最初根本不知道这葫芦里卖的是什么药，我们遵命去了。原来是一个法国战俘聚居的地方。说老实话，我过去在哥廷根还从来没有注意到有法国战俘。我曾在大街上看到很多走来走去的俄国和波兰俘虏。这些人因为无衣可换，都仍然穿着各自的已经又脏又破的制服，所以一看便知。现在忽然出现了这样多的法国兵，实出我意外。要去探讨研究，我没有那个兴趣和时间，看来也无此必要。反正那个法国俘虏兵的头头连说加比画，用法语告诉我们，以后每天可以到那里去领牛肉。这一举动又出我意外，但是心里是高兴的。当年孔子在齐闻韶，三月不知肉味。我现在在德国只闻机声，大概有三年不知肉味了。如今竟然从天上掉下来了新鲜牛肉，可以大快朵颐，焉得不喜！

但是，就是每天去领牛肉这样一个极其简单的活动，有时候也出点小的“花絮”。有一天我去领肉，领完要走，那一个头头样子的法国兵忽然对我说：

Demain deux jours.（明日，两天）

我好久没有听说法语了，一时如丈二和尚，摸不着头脑，瞪大了眼睛，不了解他的意思。那个法国兵又重复说这三个字，口讲指画，显得有点着急。不知道从哪里来的灵感，我一下子明白过来了：明天来领两天的牛肉。我于是也用法语重复他的话，说了三个字：

Demain deux jours.

法国兵大笑不止，我拿着牛肉离开时，他还对我说了声Au revoir（再见），皆大欢喜。

对当时的德国老百姓来说，鲜牛肉简直如宝贝一般。我的女房东也不例外。我一生没有独自吃喝不管别人的习惯。何况是对我那母亲一般的女房东。眼前夫丧子离，只有她孤身一人。我每天领来了牛肉，都由她来烹调。烹调完了，我们就共同享受。就这样过了一段颇为美好的日子。我同张维还拿着那张条子，到哥廷根市政府一个什么机构，领了一张照顾中国人饮食习惯特批大米的条子。从此以后，有吃又有喝，真正成为座上客了。

优胜记略

日子过得还不就这样平淡。借用鲁迅《阿Q正传》中的一个提法，我们也还有“优胜记略”。“我们”指的仍然是张维和我。

有一天，不知从哪里传来了消息说，车站附近有一个美军进城时幸逃轰炸的德军罐头食品存贮仓库，里面堆满了牛肉和白糖罐头。现在被打开了，法国俘虏兵在里面忙活着，不知道要干什么。为了满足好奇心，我同张维就赶到那里，想看个究竟。从远处就看到仓库大门外挤满了德国人，男女老幼都有。大门敞开着，有法国兵把守，没有哪个德国人敢向前走一步，只是站在那里围观，好像赶集一样。

我们俩走了走，瞅了瞅，前门实在是无隙可乘，便绕到了后门来。这里冷冷清清，一个人都没有。围墙非常低，还有缺口。我们一点也没犹豫，立即翻身过墙，走到院子里。里面库房林立，大都是平房，看样子像是临时修筑的简易房子，不准备长期使用的。院子里到处都撒满了大米、白糖。据说，在美国兵进城时，俄国和波兰的俘虏兵在这里曾抢掠过一次，米和糖就是他们撒的。现在是美国当局派法国兵来整顿秩序，制止俄波大兵的抢劫。我们在院子里遇到了一个法国人，他领我们上楼去，楼梯上也是白花花一片，不知是盐是糖。他领我们到一间存放牛肉罐头的屋子里，里面罐头堆得像山一般。我们大喜过望。进去以后我正准备往带来的皮包里面装的时候，忽然来了一个穿着破烂军服的法国兵。他问我是干什么的，我连忙拿出随身携带的护照，递给他看。他翻看了一下护照，翻到有法文的那一页，忽然发现没有我的签字，好像捞到了稻草，瞪大了眼睛质问我。我翻到有英文的那一页，我的签名赫然具在，指给他看。他大概只懂法文，可是看到了我的签名，也就无话可说，把护照退还给我，示意我愿意拿什么，就拿什么；愿意拿多少，就拿多少，望望然而去之。我如释重负，把皮包塞满，怀里又抱满，跳出栅栏，走回家去。天热，路远，皮包又重，怀里抱着那些罐头，又不听调度，左滚右动。到家以后，已经汗流浃背了。

只是到了此时，我在喘息之余，才有余裕来检阅自己的战利品。我发现，抱回来的十几二十个罐头中，牛肉罐头居多数，也有一些白糖罐头。牛肉当然极佳，白糖亦殊不劣，在饥饿地狱里待久了的人，对他们来说，这一些无疑都是仙药醍醐，而且都是于无意中得之，其快乐概可想见了。我把这些东西分了分，女房东当然有一份，这不在话下。我的老师们和熟人都送去一份。在当时条件下，这简直比雪中送炭还要得人心，真是皆大欢喜了。

但是，我自己事后回想起来，却有一股抑制不住的后怕。在当时兵慌马乱、哥廷根根本没有政权的情况下，一切法律俱缺，一切道德准绳全无，我们贸然闯进令人羡煞的牛肉林中，法国兵手里是有枪的，我们懵然、木然，而他们却是清醒的。说不定哪一个兵一时心血来潮，一扳枪机，开上一枪，则后果如何不是一清二楚吗？我又焉得不后怕呢？

我的“优胜记略”就是如此。但愿这是我一生中唯一的一次，也是最后的一次。

留在德国的中国人

战争结束了，“座上客”当上了，苦难到头了，回国有望了，好像阴暗的天空里突然露出来了几缕阳光。

我们在哥廷根的中国留学生，商议了一下，决定到瑞士去，然后从那里回国。当时这是唯一的一条通向祖国的道路。

哥廷根是一座小城，中国留学生人数从来没有多过。有一段时间，好像只有我一个人，置身日耳曼人中间，连自己的黄皮肤都忘记了。战争爆发以后，那些大城被轰炸得很厉害，陆续有几个中国学生来到这里，实际上是来避难的。各人学的科目不同，兴趣爱好不同，合得来的就来往，不然就各扫门前雪，间或一聚而已。在这些人中，我同张维、陆士嘉夫妇，以及刘先志、滕莞君夫妇，最合得来，来往最多。商议一同到瑞士去的也就是我们几个人。

留下的几位中国学生，我同他们都不是很熟。有姓黄的学物理的两兄弟，是江西老表。还有姓程的也是学自然科学的两兄弟，好像是四川人。此外还有我在前面提到过的那一个姓张的神秘人物。此人从来也不是什么念书的人，我们都没有到他家里去过，不知道每天他的日子是怎样打发的。这几个人为什么还留下不走，我们从来也没有打听过。反正各有各的主意，各有各的想法，局外人是无需过问的。我们总之是要走了。我把我汉文讲师的位置让给了姓黄的哥哥。从此以后，同留在哥廷根的中国人再没有任何联系，“明日隔山岳，世事两茫茫”了。

我在这里又想到了哥廷根城以外的那一些中国人，不是留学生，而是一些小商贩，统称之为“青田商人”。顾名思义，他们是浙江青田人。浙江青田人怎样来到德国、来到欧洲的呢？我没有研究过他们的历史，只听说他们背后有一段苦难的历程。他们是刘伯温的老乡，可惜这一位上知天文下知地理神机妙算的半仙之人，没有想到青田这地方的风水竟是如此不佳。在旧社会的水深火热中土地所出养不活这里的人，人们被迫外出逃荒，背上一袋青田石雕刻的什么东西，沿途叫卖，有的竟横穿中国大地，经过中亚，走到西亚，然后转入欧洲。行程数万里，历经无数国家。当年这样来的华人，是要靠“重译”的。我们的青田老乡走这一条路，不知要吃多少苦头，经多少磨难。我实在说不出，甚至也想象不出。有的走海路，为了节省船费，让商人把自己锁在货箱里，再买通点关节，在大海中航行时，夜里偷偷打开，送点水和干粮，解解大小便，然后再锁起来。到了欧洲的马赛或什么地方登岸时，打开箱子，有的已经变成一具尸体。这是多么可怕可悲的情景！这一些幸存者到了目的地，就沿街叫卖，卖一些小东西，如领带之类，诡称是中国丝绸制成的。他们靠我们祖先能织绸的威名，糊口度日，虽然领带上明明写着欧洲厂家的名字。他们一无护照，二无人保护，转徙欧洲各国，弄到什么护照，就叫护照上写的名字。所以他们往往是今天姓张，明天姓王；居无定处，行无定名。这护照是世袭的，一个人走了或者死了，另一个人就继承。在欧洲穿越国境时，也不走海关，随便找一条小路穿过，据说也有被边防兵开枪打死的。这样辛辛苦苦，积攒下一点钱，想方设法，带回青田老家。这些人誓死不忘故国，在欧洲同吉卜赛人并驾齐驱。

我原来并不认识青田商人，只是常常听人谈到而已。可是有一天，我忽然接到附近一座较大的城市卡塞尔地方法院的一个通知，命令我于某月某日某时，到法院里出庭当翻译。不去，则课以罚款一百马克；去，则奖以翻译费五十马克。我啼笑皆非。然而我知道，德国人是很认真守法的，只好遵命前往。到了才知道，被告就是青田商人。在法庭上，也须“重译”才行。被告不但不会说德国话，连中国普通话也不会说。于是又从他们中选出了一位能说普通话的，形成了一个翻译班子，审问才得以顺利进行。其实也没有什么了不起的事。这一位被告沿街叫卖，违反了德国规定。在货色和价钱方面又做了些手脚，一些爱管闲事的德国太太向法院告了状。有几个原告出了庭，指明了时间和地点，并且一致认为是那个人干的。那个人矢口否认，振振有词，说在德国人眼里，中国人长得都一样，有什么证据说一定是他呢？几个法官大眼瞪小眼，无词以对，扯了几句淡，就宣布退庭。一位警察告诉我说："你们这些老乡真让我们伤脑筋，我们真拿他们没有办法。我们是睁一只眼闭一只眼，没有人来告，我们就听之任之了，反正没有什么了不起的事。"我同他开玩笑，劝他两只眼都闭上。他听了大笑，同我握手而别。

我口袋里揣上了五十马克，被一群青田商人簇拥着到了他们的住处。这是一间大房子，七八个人住在里面，基本都是地铺，谈不上什么设备，卫生条件更说不上，生活是非常简陋的。中国留学生一般都瞧不起他们，他们更视大使馆为一个衙门，除非万不得已，绝不沾边。今天竟然有我这样一个留学生，而且还是大学里的讲师，忽然光临。他们简直像捧到一个金凤凰，热情招待我吃饭。我推辞了几次，想走，但是为他们的热情感动，只好留下。他们拿出了面包和酒，还有不知从哪里弄来的猪蹄子，用中国办法煨得稀烂，香气四溢。我已经几个月不知肉味了，开怀饱餐了一顿。他们绝口不谈法庭上的事。我偶一问到，他们说，这都是家常便饭，小事一桩。同他们德国人还能说实话吗？我听了，心里不知是什么滋味。这一批青田商人背井离乡，在异域奔波，不知道有多少危险，有多少困难，辛辛苦苦弄点钱寄回家去。不少人客死异乡，即使幸存下来，也是十年八年甚至几十年回不了家。他们基本上都不识字，我没有办法同他们交流感情。看了他们木然又欣然的情景，我直想流泪。

这样见过一次面，真如萍水相逢，他们却把我当成了朋友。我回到哥廷根以后，常常接到他们寄来的东西。有一年，大概是在圣诞节前，他们从汉堡给我寄来了五十条高级领带。这玩意儿容易处理：分送师友。又有一年，仍然是在圣诞节前，他们给我寄来了一大桶豆腐。在德国，只有汉堡有华人做豆腐。对欧洲人来说，豆腐是极为新奇的东西。嗜之者以为天下之绝，陌生者以为稀奇古怪。这一大桶豆腐落在我手里，真让我犯了难。一个人吃不了，而且我基本上不会烹调；送给别人，还需先做长篇大论的宣传鼓动工作，否则他们硬是不敢吃。处理的细节，我现在已经忘记了。总之，我对我这些淳朴温良又有点天真幼稚的青田朋友是非常感激的。

我前面已经说过，这些人的姓名是糊里糊涂的。我认识的几个人，我都不知道他们的真实姓名。姓名的更改完全以手中的那一份颇有问题的护照为转移。如今我要离开德国了，要离开他们了，不知道有多少老师好友需要我去回忆，我的记忆里塞得满满的，简直无法再容下什么人。然而我偏偏想到了这些流落异域受苦受难的炎黄子孙，我的一群不知姓名的朋友。第二次世界大战我不知道他们是怎样度过的。他们现在还到处漂泊吗？今生今世，我恐怕再也无法听到他们的消息了。我遥望西天，内心在剧烈地颤抖。

别哥廷根

是我要走的时候了。

是我离开德国的时候了。

是我离开哥廷根的时候了。

我在这座小城里已经住了整整十年了。

中国古代俗语说：千里搭凉棚，没有不散的筵席。人的一生就是这个样子。当年佛祖规定，浮屠不三宿桑下。害怕和尚在一棵桑树下连住三宿，就会产生留恋之情。这对和尚的修行不利。我在哥廷根住了不是三宿，而是三宿的一千二百倍。留恋之情，焉能免掉？好在我是一个俗人，从来也没有想当和尚，不想修仙学道，不想涅槃，西天无份，东土有根。留恋就让它留恋吧！但是留恋毕竟是有限期的。我是一个有国有家有父母有妻子的人，是我要走的时候了。

回忆十年前我初来时，如果有人告诉我：你必须在这里住上五年。我一定会跳起来的：五年还了得呀！五年是一千八百多天呀！然而现在，不但过了五年，而且是五年的两倍。我一点也没有感觉到有什么了不得。正如我在本书开头时说的那样，宛如一场缥缈的春梦，十年就飞去了。现在，如果有人告诉我：你必须在这里再住上十年。我不但不会跳起来，而且会愉快地接受下来的。

然而我必须走了。

是我要走的时候了。

当时要想从德国回国，实际上只有一条路，就是通过瑞士，那里有国民党政府的公使馆。张维和我于是就到处打听到瑞士去的办法。经多方探询，听说哥廷根有一家瑞士人。我们连忙专程拜访，见到一位家庭妇女模样的中年妇人，人很和气。但是，她告诉我们，入境签证她管不了；要办，只能到汉诺威（Hannover）去。张维和我于是又搭乘公共汽车，长驱百余公里，赶到了这一地区的首府汉诺威。

汉诺威是附近最大最古的历史名城。我久仰大名，只是从没有来过。今天来到这里，我真正大吃一惊：这还算是一座城市吗？尽管从远处看，仍然是高楼林立，但是，走近一看，却只见废墟。剩下没有倒的一些断壁颓垣，看上去就像是古罗马留下来的斗兽场。马路还是有的，不过也布满了大大小小的弹坑。汽车有的已经恢复了行驶，不过数目也不是太多。引起我们注意的是马路两旁人行道上的情况。德国高楼建筑的格局，各大城市几乎都是一模一样：不管楼高多少层，最下面总有一个地下室，是名副其实的建筑在地下的。这里不能住人。住在楼上的人每家分得一二间，在里面贮存德国人每天必吃的土豆，以及苹果、瓶装的草莓酱、煤球、劈柴之类的东西。从来没有想到还会有别的用途的。战争一爆发，最初德国老百姓轻信法西斯头子的吹嘘，认为英美飞机都是纸糊的，绝不能飞越德国国境线这个雷池一步。大城市里根本没有修建真正的防空壕洞。后来，大出人们的意料，敌人纸糊的飞机变成钢铁的了，法西斯头子们的吹嘘变成了肥皂泡了。英美的炸弹就在自己头上爆炸，不得已就逃入地下室躲避空袭。这当然无济于事。英美的重磅炸弹有时候能穿透楼层，在地下室中向上爆炸。其结果可想而知。有时候分量稍轻的炸弹，在上面炸穿了一层两层或多一点层的楼房，就地爆炸。地下室幸免于难，然而结果却更可怕。上面的被炸的楼房倒塌下来，把地下室严密盖住。活在里面的人，呼天天不应，叫地地不灵，这是什么滋味，我没有亲身经历，不愿瞎说。然而谁想到这一点，会不不寒而栗呢？最初大概还会有自己的亲人费上九牛二虎的力量，费上不知多少天的努力，把地下室中受难者亲属的尸体挖掘出来，弄到墓地里去埋掉。可是时间一久，轰炸一频繁，原来在外面的亲属说不定自己也被埋在什么地方的地下室，等待别人去挖尸体了。他们哪有可能来挖别人的尸体呢？但是，到了上坟的日子，幸存下来的少数人又不甘不给亲人扫墓，而亲人的墓地就是地下室。于是马路两旁高楼断壁之下的地下室外垃圾堆旁，就摆满了原来应该摆在墓地上的花圈。我们来到汉诺威看到的就是这些花圈，这种景象在哥廷根是看不到的。最初我是大惑不解，了解了原因以后，我又感到十分吃惊，感到可怕，感到悲哀。据说地窖里的老鼠，由于饱餐人肉，营养过分丰富，长到一尺多长。德国这样一个优秀伟大的民族，竟落到这个下场。我心里酸甜苦辣，万感交集，真想到什么地方去痛哭一场。

汉诺威的情况就是这个样子。这当然是狂轰滥炸时“铺地毯”的结果。但是，即使是地毯，也难免有点空隙。在这样的空隙中还幸存下少数大楼，里面还有房间勉强可以办公。于是在城里无房可住的人，晚上回到城外乡镇中的临时住处，白天就进城来办公。瑞士驻汉诺威的代办处也设在这样一座楼房里。我们穿过无数的断壁残垣，找到办事处。因为我没有收到瑞士方面的正式邀请和批准，办事处说无法给我签发入境证。我算是空跑一趟。然而我不但不后悔，而且还有点高兴：我于无意中得到一个机会，亲眼看一看所谓轰炸究竟真实情况如何。不然的话，我白白在德国住了十年，也自命经历过轰炸。哥廷根那一点轰炸，同汉诺威比起来，真如小巫见大巫。如没能看到真正的轰炸，将会抱恨终生了。

汉诺威是这样，其他比汉诺威更大的城市，比如柏林之类，被炸的情况略可推知。我后来听说，在柏林，一座大楼上面几层被炸倒以后，塌了下来，把地下室严严实实地埋了起来。地下室中有人在黑暗中赤手扒碎砖石，走运扒通了墙壁，爬到邻居的尚没有被炸的地下室中，钻了出来，重见天日。然而十个指头的上半截都已磨掉，血肉模糊了。没有这样走运的，则是扒而无成，只有呼叫。外面的人明明听到叫声，然而堆积如山的砖瓦碎石，一时无法清除。只能忍心听下去，最初叫声还高，后来则逐渐微弱，几天之后，一片寂静，结果可知。亲人们心里是什么滋味，他们是受到什么折磨，人们能想下去吗？有过这样一场经历，不入疯人院，则入医院。这样惨绝人寰的悲剧是号称“万物之灵”的人类自己亲手酿成的。难道不是这样的吗？

听到这些情况以后，我自然而然地就想到了原来的柏林，十年前和三年前我到过的柏林。十年前不必说了，就是在三年前，柏林是个什么样子呀！当时战争虽然已经爆发，柏林也已有过空袭，但是还没有被“铺地毯”，市面上仍然是繁华的，人们熙攘往来，还颇有一点劲头。然而转瞬之间，就几乎变成了一片废墟，这变化真是太大了。现在让我来描述这一个今昔对比的变化，我本非江郎，谈不到才尽，不过现在更加窘迫而已。在苦思冥想之余，我想出了一个偷巧的办法。我想借用中国古代词赋大家的文章，从中选出两段，一表盛，一表衰，来做今昔对比。时隔将近两千年，地距超过数万里，情况当然是完全不一样的。然而气氛则是完全一致的，我现在迫切需要的正是描述这种气氛。借古人的生花妙笔，抒我今日盛衰之感怀。能想出这样移花接木的绝妙好法，我自己非常得意，不知是哪一路神仙在冥中点化，使我获得“顿悟”，我真想五体投地虔诚膜拜了。是否有文抄公的嫌疑呢？不，绝不。我是付出了劳动的，是我把旧酒装在新瓶中的，我是偷之无愧的。

下面先抄一段左太冲《蜀都赋》：

> 亚以少城，接乎其西。市廛所会，万商之渊。列隧百重，罗肆巨千。贿货山积，纤丽星繁。都人士女，袨服靓妆。贾贸墆鬻，舛错纵横。异物崛诡，奇于八方。

上面列举了一些奇货。从这短短的几句引文里，也可以看出蜀都的繁华。这种繁华的气氛，同柏林留给我的印象是完全符合的。

我再从鲍明远的《芜城赋》里引一段：

> 观基扃之固护，将万祀而一君。出入三代，五百余载，竟瓜剖

而豆分。泽葵依井，荒葛罥途。坛罗虺蜮，阶斗麏鼯……通池既已夷，峻隅又已颓。直视千里外，唯见起黄埃。凝思寂听，心伤已摧。

这里写的是一座芜城，实际上鲍照是有所寄托的。被炸得一塌糊涂的柏林，从表面上来看，与此大不相同。然而人们从中得到的感受又何其相似！法西斯头子们何尝不想“万祀而一君”。然而结果如何呢？所谓“第三帝国”被“瓜剖而豆分”了。现在人们在柏林看到的是断壁颓垣，“直视千里外，唯见起黄埃”了。据德国朋友告诉我，不用说重建，就是清除现在的垃圾也要用上五十年的时间。德国人“凝思寂听，心伤已摧”，不是很自然的吗？我自己在德国住了这么多年，看到眼前这种情况，我心里是什么滋味，也就概可想见了。

然而是我要走的时候了。

是我离开德国的时候了。

是我离开哥廷根的时候了。

我的真正的故乡向我这游子招手了。

一想到要走，我的离情别绪立刻就涌上心头。我常对人说，哥廷根仿佛是我的第二故乡。我在这里住了十年，时间之长，仅次于济南和北京。这里的每一座建筑，每一条街，甚至一草一木，十年来和我同甘共苦，共同度过了将近四千个日日夜夜。我本来就喜欢它们的，现在一旦要离别，更觉得它们可亲可爱了。哥廷根是个小城，全城每一个角落似乎都留下了我的足迹，我仿佛踩过每一粒石头子，不知道有多少商店我曾出出进进过。看到街上的每一个人都似曾相识。古城墙上高大的橡树、席勒草坪中芊绵的绿草、俾斯麦塔高耸入云的尖顶、大森林中惊逃的小鹿、初春从雪中探头出来的雪钟、晚秋群山顶上斑斓的红叶，等等，这许许多多纷然杂陈的东西，无不牵动我的情思。至于那一所古老的大学和我那一些尊敬的老师，更让我觉得难舍难分。最后但不是最小，还有我的女房东，现在也只得分手了。十年相处，多少风晨月夕，多少难以忘怀的往事，“当时只道是寻常”，现在却是可想而不可即，非常非常不寻常了。

然而我必须走了。

我那真正的故乡向我招手了。

我忽然想起了唐代诗人刘皂的《旅次朔方》那一首诗：

客舍并州已十霜，
归心日夜忆咸阳。
无端又度桑干水，
却望并州是故乡。

别了，我的第二故乡哥廷根！

别了，德国！

什么时候我再能见到你们呢？

赴瑞士

我于1945年10月6日离开哥廷根，乘吉普车奔赴瑞士。

哪里来的车呢？我在这里要追溯一下这一段故事。我在前面几次提到德国的交通已经完全被破坏，想到瑞士去，必须自己找车。我同张维于是又想到“盟军”。此时美国驻军还有一部分留在哥廷根，但是市政管理已经移交给英国。我们就去找所谓军政府，见到英军上尉沃特金斯（Watkins），他非常客气，答应帮忙。我们定好10月6日起程。到了这一天，来了一辆车，司机是一个法国人，一位美军少校陪我们去。据他自己说，他是想借这个机会去游一游瑞士。美国官兵只有在服役一定期间以后，才有权利到瑞士去逛，机会是并不很容易得到的。这位少校不想放弃这个机会，于是就同我们同行了。

离开哥廷根的共有六个中国人：张维一家三人，刘先志一家两人，加上我一人。

我们经过了一些紧张激动的场面，在车上安顿好，车子立即开动，驶上了举世闻名的国家高速公路。我回头看了哥廷根一眼，一句现成的唐诗立即从我嘴里流出：“客树回看成故乡。”哥廷根的烟树入目清新。但是汽车越开越快，终于变成了一团模糊的阴影，完全消逝不见了。

我此时心里面已经完全没有余裕来酝酿离情别绪，公路两旁的青山绿水吸引住了我的全部注意力。德国全国树木茂密，此时正是金秋天气。虽经过六年的战火，但山林树木并没有受到损失，依然蓊郁茂盛。我以前在哥廷根每年都看到的斑斓繁复的秋林景色，如今依然呈现在我眼前，只不过随着汽车的行进而时时变换，让人看了怡情悦目。然而一旦进入一个比较大一点的城市，则又是一片断壁颓垣，让人看了伤心惨目。这种一会儿高兴一会儿又伤心的心情，如大海波涛，腾涌不定。我又信口吟出了两句诗：

无情最是原上树，
依旧红霞染霜天。

从中可见我的心情之一斑。

因为我们离开哥廷根时已经快到中午了，我们的车子开到法兰克福时，天已经晚下来了，我们只能在这里住宿。也许陪我们的那位美军少校一开始就打算在这里过夜的，因为这里是全德美军总部所在地，食宿条件都非常有利。我们住在一家专门为美国军官预备的旅馆里，名字叫四季旅馆。旅馆里管事的美国人非常和气，给我们安排了一顿多少年来没有吃过的丰盛的晚餐，大快朵颐。要知道，此时我们都是无钱阶级，美国钞票我们没有，德国钞票好像已经作废，我们是身无分文，竟受到如此的优待，真不能不由衷地感激。美国人好动成性，活泼有余，沉稳不足。这旅馆里也并不安静。然而我们的心情是愉快的，过了一个非常舒适的夜晚。

第二天一大早，我们就上车出发。我现在把1945年10月7日的日记抄在下面：

八点多开车，顺着Reichsautobahn（国家公路）向南开。路上没经过多少城市，连乡村都很少。因为这条汽车路大半取直线。在Mannheim（曼海姆）城里走迷了路，绕了半天弯子，才又开出城去。这座大城也只剩了断瓦残垣。从Heidelberg（海德堡）旁边绕过，只看到远处一片青山。走进法国占领区，第一个令人注意的地方就是汽车渐渐少了。法国兵里面的真正法国人很少，大半是黑人，也有黄人。黄昏时候，到了德瑞边境。通过法国检查处，以为一帆风顺。到了瑞士边境，因为入境证成问题，交涉了半天，又回到德国Lönach（勒纳赫），在一个专为法国军官预备的旅馆里住下。

这就是我在德国境内最后一天的情况。满以为“一帆风顺”，实际上却是一帆不顺，在边境上搁了浅，进退两难，我们心里之焦急，可以想见。

第二天早晨，我们又回到瑞士边境，同中国驻瑞士使馆以及我的初中同学张天麟通了电话。反正我们已经来到这里，义无反顾，想反顾也是不可能的。我们虽无釜可破，无舟可沉，也只能以破釜沉舟的精神，背水一战，再没有第二条出路了。我们总算走运，瑞士方面来了通知，放我们入境。我们这一群中国人当然兴高采烈。但是陪我们来的美国少校和给我们开车的法国司机，却无法进入瑞士。我们真觉得十分抱歉，觉得非常对不起他们。但又无能为力，只有把我们随身携带的一些中国小玩意儿送给他们，作为纪念，希望今后能长相思、不相忘。我们自知这也不过是欺人之谈。人生相逢，有时真像是浮萍与流水，稍纵即逝。我们同这一位美国朋友和法国朋友，相聚不过两天，分手时颇有依依难舍之感，他们的面影会常留在我们的记忆中。

我们终于告别了德国，进入了瑞士。

在弗里堡（Fribourg）

对于瑞士，我真可以说是久仰久仰了。我从很小的时候起，就看到了许多瑞士风景的照片或者图画。我大为吃惊，那里的山色湖光，颜色奇丽，青紫相间，斑斓如画，宛如阆苑仙境。我总怀疑，这些都是出自艺术家的创造，出自他们的幻想，世间根本不可能有这样匪夷所思、奇丽如幻的自然风光。

今天我真的亲身来到了瑞士。初入境时，我只能坐在火车上，凭窗观赏。我又一次大为吃惊，吃惊的是，我亲眼看到的瑞士自然风光，其美妙、其神奇、其变幻莫测、其引人遐思，远远超过了我以前看到的照片或者图画。远山如黛，山巅积雪如银，倒影湖中，又氤氲成一团紫气，再衬托湖畔的浓碧，形成了一种神奇的仙境。我学了半辈子语言，说了半辈子话，读了半辈子中西名著。然而，到了今天，我学的语言，我说的话，我读的名著，哪一个也帮不了我。我要用嘴描绘眼前的美景，我说不出；我要用笔写出眼前的美景，我写不出。最后，万不得已，我只能乞灵于《世说新语》中的人物，徒唤“奈何”了。我现在完全领悟到，这绝非出自艺术家的创造，出自他们的幻想。不但如此，我只能说，他们的创造远远不够，他们的幻想也远远不足。中国古诗说：“意态由来画不成，当时枉杀毛延寿。”瑞士山水的意态又岂是人世间凡人艺术家所能表现出的呢！我现在完全不怪那些艺术家了。

离开哥廷根时，我挨饿挨怕了，“一旦被蛇咬，三年怕井绳”，我的心情正是这样。我把我保存的几块黑面包，郑重地带在身上，以备路上不时之需。然而在路上虽然呆了两天，面包竟没有用上。上了瑞士的火车，我觉得黑面包的历史使命已经完成，瑞士变成了它的“无用武之地”了，它没法用武了。我想遵照我们的“国法”（中国的办法也），从车窗里丢出去，让瑞士的蚂蚁——不知道它们肯不肯吃这种东西？——去会餐吧。于是我一面凭窗欣赏窗外的青山绿水，一面又低头看铁路两旁的地上，想找一个有点垃圾不太洁净的地方，为我的面包寻一个归宿之地。但是，我找呀，看呀，看呀，找呀，从边境直到瑞士首都伯尔尼，竟没有找到哪怕是一片有点垃圾的地方。我非常“失望”，也非常吃惊，手里攥着那块德国黑面包，下了火车。

在车站上，有我的老朋友张天麟、牛西园和他们的小儿子张文，以及使馆里的什么人，来迎接我们。我们到了张家，休息了一会，就到中国驻瑞士公使馆去报到。见到了政务参赞王家鸿博士，他是留德老前辈，所以谈话就比较融洽、投机。他把10月份的救济费发给我们，谈了谈国内的情况。他大概同哥廷根那位姓张的一样，身上有点蓝气。这与我们无关，我们不去管它。国民党政府指令瑞士使馆，竭尽全力，救济沦落在欧洲的中国留学生，其用意当然如司马昭之心，人皆知之。这个我们也不去管它，我们是感激的。使馆为了省钱，把我们介绍到离伯尔尼不远的弗里堡的一所天主教设立的公寓里去住。对此我们也都没有异议，反正能有地方住，我们就很满足了。

当天晚上，我们就乘车来到弗里堡。

我们住的公寓叫圣·朱斯坦公寓，已经有几个中国学生住在这里，都是老住户。其中一位是天主教神父，另外三位有的信天主教，有的也不信。他们几位都到车站去迎接我们。从此我就在这里做了几个月的寓公。

弗里堡是一座非常小的城市。人口只有几万人，却有一所颇为知名的天主教大学，还有一个藏书颇富的图书馆，也可以算是文化城了。瑞士是一个山国，弗里堡更是山国中的一个山城。城里面地势还算是比较平坦，但是一出城，有的地方就有悬崖峭壁，有的高达几十米或者更高。在相距几十米上百米的两个悬崖之间，往往修上一条铁索桥，汽车和行人都能从上面通过。行人走动时，桥都摇摇晃晃；汽车走过，则全桥震动，大有地动山摇之势。从桥上往下看，好像是从飞机上往下看一样，令人头昏目眩。

这地方的居民绝大多数是讲法语的，但是我在农村里看到一些古老的建筑，雕刻在柱子或窗子上的却是德文。我猜想，这地方原是德语区，后来不知由于什么原因，说德语的人迁走了，说法语的人迁了进来。瑞士本来就是一个多民族国家，官方语言就有德文、法文、意大利文三种。因此瑞士人多半都能掌握几种语言。又因为瑞士是世界花园，是旅游胜地，英文在这里也流行。在首都伯尔尼大街上卖鲜花的老太婆也都能讲几种语言，这都不算是什么新鲜事儿。

在我住的公寓里，也能看出这种多语言、多民族的现象。公寓的老板是讲法语的沙利爱神父。而管理公寓的则是一位讲德语的奥地利神父。此人个子极高，很懂得幽默。一见面他就说："年幼长身体的时候，偶一不小心，忘记了停止，所以就长得这么高！"在天主教里面，男神父有很大的自由，除了不许结婚以外，其他人世间的饮食娱乐，他都能享受，特别是酒，欧洲许多天主教寺院都能酿造极好的酒。相对之下，对于修女则颇多限制，行动有不少的不自由。

既然是天主教开办的公寓，里面有一些生活习惯颇带宗教色彩。最突出的是每顿饭前必祷告。我非教徒，但必须吃饭。所以每次就餐前，吃饭的人都站在餐桌前，口中念念有词。我不知道他们念的是什么，但也只能奉陪肃立。好在时间极短，等教徒们感谢完了上帝，我这个非教徒也可以叨光狼吞虎咽了。

公寓老板沙利爱神父大概很有点活动能力。我到后不久，他就被梵蒂冈教廷任命为瑞士三省大主教。为了求实存真起见，我现在把当时写的日记摘抄几段：

1945年11月21日

吃过早点就出去。因为今天是新主教Charriere（沙利爱）就职的

> 日子，在主教府前面站了半天，看到穿红的主教们一个个上汽车走了。到百货店去买了一只小皮箱就回来。同冯、黄谈了谈。十一点一同出去到城里去看游行。一直到十二点才听到远处音乐响，不久就看到兵士和警察，后面跟着学生，一队队过了不知有多久。再后面是神父、政府大员、各省主教。最后是教皇代表、沙主教，穿了奇奇怪怪的衣服，像北平的喇嘛穿了彩色的衣服在跳舞捉鬼。快到一点，典礼才完成。

一个多月以后，在1945年12月25日，我又参观了沙大主教第一次主持大弥撒。我从那一天的日记中摘抄一段：

> 今天沙主教第一次主持大弥撒，我们到了St. Nicolas大教堂，里面的人已经不少了。停了不久，仪式也就开始了。一群神父把沙主教接进去，奏乐，唱歌，磕头，种种花样。后来沙主教下了祭坛，到一个大笼子似的小屋子里向信众讲道。讲完，又上祭坛。大弥撒才真正开始，仍然是鞠躬，唱歌，磕头，种种花样，一直到十一点半才完。

以上是我这样一个教外人士对瑞士天主教的一点具体的印象和回忆。在这以前或以后，我都同天主教没有任何接触。同住在圣·朱斯坦公寓的一位田神父，同我长谈过几次关于宗教信仰和上帝的问题，看样子是想“发展”我入教。可惜我是一个没有任何宗教细胞，也可以说没有任何宗教需要的俗人，辜负了他的一片美意。解放后，我在北京见到他，他已经脱下僧装换俗装，成家立业了。我们没有再长谈，没有问他究竟是怎么一回事，也不便问他。我只慨叹人生变化之剧烈了。

在弗里堡我还有很多值得回忆的事，其中最突出的是认识了几个德国和奥国学者，当然都是说德语的。首先要提到的是弗里茨·克恩（Fritz Kern）教授。他原来是德国一所大学（好像是波恩大学）的历史教授，思想进步，反对纳粹，在祖国呆不下去了，被迫逃来瑞士。但是在这里无法找到一个大学教席，瑞士又是米珠薪桂的地方，他的夫人在无可奈何的情况下，到弗里堡附近一个乡村神父家里去当保姆。这位神父脾气极怪，又极坏，村人给他起了一个绰号，叫Tempête（暴风雨），具体形象地说明了他的特点：脾气一发，简直如暴风骤雨。在这样一个主人家里当保姆，会是什么滋味，一想就会明白。然而为了糊口养家，在德国一般都不工作的教授夫人，到了瑞士，在人屋檐下，焉得不低头，也只有忍辱吞声了。教授年纪已经过了五十，但是精力充沛，为人豪爽，充分表现出日耳曼人的特点。我们萍水相逢，可以说是一见如故。有一段时间，我们俩几乎天天见面，共同翻译《论语》和《中庸》。他有一个极其庞大的写作计划，要写一部长达几十卷的《世界历史》，把中西各国的历史、文化等从比较历史学和比较文化学的观点上彻底地探讨一番。研究中国的经典也是为这个庞大计划服务的。他的学风常常让我想到德国历史上那一些Universal genie（多学科巨匠）。我有时候跟他开玩笑，说他幻想过多，他一笑置之。他有时候说我太Krifisch（批判严格），我当然也不以为忤。由此可见我们之间关系之融洽。他夫妇俩都非常关心我的生活。我在德国十年，没有钱买一件好大衣。到瑞士时正值冬天，我身上穿的仍然是十一年前在中国买的大衣，既单薄，又破烂。他们讥笑称之为Mäntelchen（小大衣）。教授夫人看到我的衣服破了，给我缝补过几次，还给我织过一件毛衣。这一切在我这个背井离乡漂泊异域十年多的游子心中产生什么情感，大家一想就可以知道，用不着我再讲了。在1945年11月20日的日记里，有下面一段话：

> Prof. Kern（克恩教授）劝我无论如何要留下。我同他认识才不久，但我们之间却发生了几乎超过师生以上的感情，对他不免留恋。他也舍不得我走。我只是多情善感，当然有痛苦。不知为什么上天把我造成这样一个人？

可见我同他们感情之深。他们夫妇成了我毕生难忘的人。我回国后还通过几次信，后来就“世事两茫茫”了。至今我每次想到他们，心里就激动、怀念，又是快乐，又是痛苦，简直是酸甜苦辣，说不清是什么滋味了。

其次，我想到的是几位奥国学者W. 施米特（Schmidt）、科伯斯（Koppers）等，都是天主教神父。他们都是人类学家，是所谓维也纳学派的领导人。第二次世界大战爆发，奥国很早被德国纳粹吞并，为了躲避凶焰，他们逃来瑞士，在弗里堡附近一个叫做弗鲁瓦德维尔（Froideville）的小村里建立了根据地，有一个藏书相当丰富的图书馆。这一学派的许多重要人物也都来这里聚会，同时还接待外国学者，到这里来从事研究工作。我于1945年10月23日首次见到克恩教授，是在圣·朱斯坦公寓的主任诺伊维尔特（Neuwirth）的一次宴会上。第二次见面就是两天后在弗鲁瓦德维尔的这个研究所里。两次都见到了科伯斯教授，第二次见到施米特教授和一位日本学者名叫沼泽。施米特曾在中国北京辅仁大学教过书，他好像是人类学维也纳学派的首领，著作等身，对世界人类语言的分类有自己的一套体系，在世界学人中广有名声。我同这些人来往，感觉最深刻的是他们虽是神父，但并没有“上帝气”，研究其他宗教，也颇能持客观态度。我以为，他们算得上学者。

由于克恩教授的介绍，我还认识了一位瑞士银行家兼学者的萨拉赞（Sarasin）。他是一位亿万富翁，但是颇爱学问，对印度学尤其感兴趣，因此建立了一个有相当规模的印度学图书馆，欢迎学者使用他的图书。大概就是由于这个原因，克恩教授介绍我去拜访他。他住在巴塞尔，距弗里堡颇远。我辗转搭车，到了巴塞尔，克恩教授在那里等我。我们一同拜访了萨拉赞，看了看他收藏的图书。在世界花园中，有这样一块印度学的园地，颇为难得。他请我们喝茶，吃点心。然后告辞出来，到一个在中国住过多年的牧师名叫热尔策（Gelzer）的家里去，他请我们吃晚饭。离开他家时已经比较晚了，赶到车站，一打听，知道此时没有到弗里堡的直达通车。我没有法子，随便登上了一辆车。反正瑞士是一个极小的国家，上哪一趟车都能到达目的地。但是，我初来乍到，对瑞士并不熟悉。上了车以后，我不辨南北东西，晕头转向。车窗外一片黑暗，什么都看不见。但是，我知道，那些旖旎到神奇程度的山林湖泊，仍然是存在的，也许比白天还更要美丽，只是人们看不到而已。车厢内则是灯火通明，笑语不绝。我自己仿佛变成了漫游奇境的爱丽丝，不像是处在人的世界中。碰巧我邻座有一位讲德语的中年男子，我连他的姓名、国籍都没有来得及询问，便热烈地交谈起来，三言两语，仿佛就成了朋友。不知怎么一来，我就讲到了弗里堡的沙利爱神父已升任三省大主教。这一下子仿佛踏了我那新朋友的脚鸡眼，他立刻兴奋起来，自称是新教徒，对天主教破口大骂，简直是声震车顶。我什么教都不信，对天主教和新教更是一个局外人。我无从发表意见。他见我并不反对，于是更为兴奋。火车在瑞士全国转了大半夜之后，终于在弗里堡站停了车。我不知道我那位新朋友是到哪里去。他一定要跟我下车，走到一个旅馆里，硬是要请我喝酒。我不能喝酒，但是盛情难却，陪他喝了几杯，已经颇有醉意，脑袋里糊里糊涂地不知怎样回到了房间，纳头便睡。醒了一睁眼，“红日已高三丈透”，我那位朋友仿佛是见首不见尾的神龙，消逝到不知什么地方去了。我回到了圣·朱斯坦公寓，回想夜间的经历似有似无，似真似假，难道我是做了一个梦吗？

同使馆的斗争

南京政府在瑞士设有公使馆。当时最高级的驻外代表机构好像就是公使馆。因为瑞士地处欧洲中心地带，又没有被卷入世界大战，所以这里的公使馆俨然就成了欧洲的外交代表。南京政府争取留学生回国，也就以瑞士作为集中地点。他们派来此地的外交人员级别也似乎特别高。驻瑞士使馆的武官曾一度是蒋介石手下的所谓"十三太保"之一，后来成为台湾海军总司令。

我们在瑞士打交道的就是这个公使馆。

我们于10月9日到了瑞士，当晚就坐火车赶到弗里堡。第二天又回到伯尔尼，晚上参加了使馆举行的所谓庆祝双十节的宴会，到的留学生相当多，济济一堂，来自欧洲的许多国家，大有"八方风雨会中州"之势。我在饥饿地狱里已经待了不少年头，乍吃这样精美的中国饭菜，准备狼吞虎咽，大大地干它一场。然而德国医生告诉过我，人们饿久了，一旦得到充足的食物，自己会失掉饱的感觉。德国第一次世界大战以后就有不少人是这样撑死的。我记住了这些话，随时警惕，不敢畅所欲吃，然而已经解馋不少了。

从这以后，我住在弗里堡，不常到使馆里去。但是逐渐从老留学生嘴里知道了使馆内部的一些情况。内部人员之间有矛盾，在国民党内部派系复杂的情况下，这是完全不可避免的。但是，使馆又与留学生有矛盾。详情不得而知，只听说有一次一些留学生到使馆里去闹，可能主要也是由于经济问题。大概闹得异常厉害，连电话线都剪断了。使馆里一位秘书之类的官员，从楼上拿着手枪往下跑，连瑞士警察也被召唤来了。由于国际惯例，中国使馆是属于中国的，瑞士人不能随便进去。因此请来的警察只能待在馆外作壁上观，好像中国旧小说里常讲到的情况。这场搏斗胜败如何，我没有兴趣去仔细打听。但是却对我们产生了影响：我们于必要时何不也来仿效一下呢？

这样的时机果然来了，起因也是经济问题。使馆里有一位参赞原是留德学生，对我们刚从德国来的几位学生特别表示好感。他大概同公使有点矛盾，唯恐天下不乱，总想看公使的笑话。有一天他偷偷告诉我们，南京政府又汇来了几十万美元，专用作救济留欧学生之用，怂恿我们赶快去要钱。我们年少气盛，而且美元也决不会扎手，于是就到使馆去了。最初我们还是非常有礼貌的，讲话措词也很注意。但是，一旦谈到了我们去的主要目的：要钱。那位公使脸上就露出了许多怪物相，一味支吾，含糊其词。我在1945年11月17日的日记上写了我对他的印象："这位公使是琉璃蛋，不成问题，恐怕已经长出腿来了。虎文说他说话不用大脑。我说他难得糊涂。"这应该说不是好印象。他一支吾，我们就来了火气。我们直截了当地告诉他，国内已经汇来了美元，这一点我们完全知道，瞒也瞒不住。此时，他脸上勃然变色，似乎有点出汗的样子，他下意识地拉开抽屉，斜着眼睛向里面瞧。我猜想，抽屉里不是藏的美钞，就是藏的账本。不管他瞧的是什么，都挽救不了他的困境。最后，他答应给我们美元。但有一个要求，希望我们不要告诉别的留学生，不要张扬。我们点头称是，拿了美钞，一走出使馆，我们逢人便说。这是一种什么心理呢？当时没有仔细分析。说是唯恐天下不乱吧，有点过分。恐怕只是想搞一点小小的恶作剧，不让那位公使太舒服了，如此而已。

在瑞士期间，我听了很多使馆的故事或者传说。有人告诉我，在一个瑞士人举办的什么会上，中国公使被邀参加并且讲话。按外交惯例，他应该用中文发言，让译员翻译成德语或者法语，两者都是瑞士国语。但是，我们的公使大人，大概想露一手，亲自用德文讲话。如果讲得好，讲得得体，也无可厚非。可是他没有准备好讲稿，德语又蹩脚。这样必然会出洋相的。特别是他在讲话中总是说“das，das，das”，瑞士人莫名其妙，大为惊愕。中国人士最初也是丈二和尚摸不着头脑，后来恍然顿悟：我们公使大人是在把中国讲话时一时想不起要讲什么话只好连声说“这个，这个，这个……”翻译成了德文。这样的顿悟，西方人士是无论如何也不会有的。中国人有福了。

我还听人说，在使馆的一次招待会上，有一位使馆里的什么官员，同我们一样，鼻梁儿不高，却偏喜欢学西方高鼻梁儿人士，戴卡鼻单面眼镜，大概认为这样才有风度。无奈上帝给中国人创造了低鼻梁儿，卡鼻眼镜很难卡得住。于是这一位外交官只好皱起眉头，才能勉强把眼镜保留在鼻梁儿上。稍一疏忽，脸上一想露笑容，眼镜立即从鼻梁儿上滑落。就这样，整个晚上，这一位自命有风度的外交官，皱着眉头，进退应对于穿笔挺的燕尾服的男士们和浑身珠光宝气的女士们之间。真是难为了他！无独有偶，在同一个招待会上，我们的武官，大概是什么少将之类，把自己得到的一枚勋章别在军服的胸前，以显示威风。但是，这一枚小小的勋章偏不听话，偏要捣蛋，总把背面翻转向前。这当然会减少威风的分量，这是我们的武官决不能允许的。于是，整个晚上，他就老注意这枚勋章，它一露出背面，他总要把它翻转过来。我个人没有这个眼福，我没有亲眼看到这一幕精彩的表演。你试闭眼想上一想：在一个庄严隆重的外交招待会上，作为主人的官员和武官，一个紧皱眉头，一个不停地翻转勋章，这是一种什么样的景象，你能不哑然失笑吗？

其余的传言还很多，我不再讲述了。

我们与之打交道的就是这样一个使馆。我真是大开了眼界，增长了见识。最重要的是，我们从中获得一个非常宝贵的经验：对付南京派出来的外交官，硬比软更有效果。我们交涉从瑞士到法国去的费用和交通工具时，我们就应用了这个经验，而且取得了成功。

从瑞士到法国马赛

我们要求使馆：我们人乘坐火车，而我们的行李则用载重汽车从瑞士运到法国马赛。我们的条件一一实现。但是，我们的行李并不太多，装上载重几十吨重的大汽车，连一层都没有摆满，从远处看，几乎看不到上面有行李。空荡荡的，滑稽可笑。

然而我们却管不了那样多。行李一装上车，我们就逍遥自在，乘火车到日内瓦玩了几天，然后又上火车，驶向法国。时间是1946年2月2日，在过境的时候，海关检查颇严，因为当时从瑞士偷运手表到法国去，是极为赚钱的勾当。我们随身携带的几只箱子，如果一一打开，慢慢腾腾地检查，则“俟河之清，人寿几何”？连火车恐怕都要耽误了。我们中间的一个人，在紧张忙乱中，糊里糊涂地从口袋里摸出了一个瑞士法郎硬币，只是一个法郎，不值几个钱。我正大吃一惊地等待检查员发火的时候，然而却出现了奇迹，那个检查员把那个瑞士法郎放入自己的口袋，在我们所有的箱子上用粉笔画了一些“鬼画符”，我们就通过了。

我是第一次到法国来，当然是耳目为之一新。到了终点站马赛，我更注意到，这里街上的情景同瑞士完全不同。法国这个国家种族歧视比英美要轻得多。我在德国十年，没看见过一个德国妇女同一个黑人挽着臂在街上走路的。在法西斯统治下，那是绝对不可能的。到了瑞士，也没有见过。现在来到马赛，到处可以看到一对对的黑白夫妇，手挽手地在大街上溜达。我的精神一恍惚，满街都是梨花与黑炭的影像，黑白极其分明，我真是大开眼界了。法国人则是“司空见惯浑无事”，怡然自得。

我在这里生平第一次见海。我常嘲笑自己：一个生在山东半岛上、留洋十年而没有见过海的人，我恐怕是独一份儿了。现在我终于洗刷掉这个嘲笑，心里异常兴奋。而大海那种波涛汹涌、混茫无际的形象，确使我振奋不已。“乾坤日夜浮”是杜甫描写洞庭湖的诗句。这位大诗人大概也没有见过海，否则他会把这样雄浑的诗句保留给大海的。

我们拿着美军在德国哥廷根开给我们的证明文件，到此地管理因战争而抛乡离井的人们的办事处去交涉。他们立刻给我们安排了住处，是一个大仓库，虽简陋但洁净，饭食也还可以。最让我们高兴的是，管理人员全是德国战俘，在说话方面再也不会发生Demain deux jours那样的笑话了。

但是，我们不能满足。我们要去找此地的南京派来的总领事馆。我们同这一批人打交道，已经有了瑞士的经验：硬比软强。我们如法炮制，果然神效非凡。我们离开了大仓库，搬进了一个旅馆。我们要求乘船回国，而且一定要头等舱。总领事条条答应，皆大欢喜。我们在马赛从1946年2月2日住到2月8日。事情办妥了，心情轻松了。我们天天到海边上去玩，在大街上买橘子，吃小馆，逍遥自在，快活似神仙。

船上生活

我们终于在2月8日晚上上了船。船名叫Nea Hellas，排水量一万七千吨，在当时算是很大的船。据说，这艘巨轮是英国所有，被法国租来运送法军到越南去镇压当地的老百姓的。所以，船上的管理和驾驶人员全是英国人，而乘客则几乎全是法国兵，穿便衣的乘客微乎其微，八名中国人在其中竟占了很大的比例。我们分住在两个房间里，里面的设备不能说是豪华，但是整洁、舒适，我们都很满意。船上的饭是非常丰富而美味的，我在日记里多次讲到这一点。总之，上船以后，一切都比较顺利。

但是也曾碰到过不顺利的事情。有一天，我们在最高层的甲板上观望海景。一位英国船员忽然走向我们，告诉我们说，只有头等舱的旅客才能走上最高层。我们大吃一惊，仿佛当头挨了一棒："驻马赛的中国总领事亲口答应我们买头等舱的船票的！"因为当时战争才结束不久，一切都未就绪，这一条船又是运兵的船，从船票上看不出等次。我们自认为是头等舱乘客，实际上并不是。马赛斗争我们自认为是胜利者，焉知那一位总领事是老狐狸，他轻而易举地就把我们这些"胜利者"蒙骗了。我们又气又笑，笑自己的幼稚，吃一堑，长一智，我们又增加了一番阅历。但是，为了中国人的面子，最高层我们绝不能不上。我们自己要掏钱改为头等舱，目的就为了争这一口气，我们到船长办公室去交涉。不知道是哪里来的灵感，那位船长一笑，不要我们补钱，特批准我们能上最高层甲板，皆大欢喜。从此顺顺利利地在船上过了将近一个月。

但是，在顺利中也不会没有小小的麻烦。英国人是一个诚实严肃的民族，有过多的保守性，讲究礼节。到船上餐厅里去吃饭，特别是晚饭，必须穿上燕尾服。我们是一群穷学生，衣足蔽体而已，哪里来的什么这尾那尾的服装。但是规定又必须遵守，我们没有办法，又跑了去找船长。他允许我们，只需穿着整洁，打好领带，穿好皮鞋，就可以进餐厅了。我们感激他这一番盛情，“舍命陪君子”，尽上最大的努力打扮自己。最初，因为天气还不太热，穿上笔挺的西装，把天花板上的通气孔尽量转向自己，笔直地坐在餐桌前，喝汤不出声，刀叉不碰响，正正经经，规规矩矩，吃完一顿饭，已经是汗流浃背，筋疲力尽了，回到房间，连忙洗澡。这样忍耐了一些时候，船一进入红海，天气热得无法形容，穿着衬衫，不走不动，还是大汗直流，再想“舍命”也似乎无命可舍了。我们简直视餐厅为畏途，不敢进去吃饭。我们于是同餐厅交涉，改在房中用餐，这个小小的磨难才算克服。

船上当然不全是磨难，令人愉快的事情还是很多很多的。首先是冷眼旁观船上的法国兵。船上究竟有多少法国兵，我并不清楚，大概总有几千人，而且男女都有，当然女兵在数目上远远少于男兵。法国人是一个愉快的、喜欢交际的民族。有人说，他们把心托在自己手上，随时随地交给对方。同他们打交道不像德国人和英国人那样难。一见面，说不上三句话，似乎就成了老朋友，船上年轻的男女法国兵都是这样。他们和她们都热情活泼，逗人喜爱。他们之间，搂搂抱抱，打打闹闹，没有人觉得奇怪。只有在晚上，我们有时候会感到有点不方便。我们在甲板上散步，想让海风吹上一吹，饱览大海的夜景，这无疑也是一种难得的福气。可是在比较黑暗的角落里，有时候不小心会踩上躺在甲板上的人，不是一个，而是两个，当然是一男一女。此时，我们实在觉得非常抱歉，非常尴尬。而被踩者却大方得很，他们毫不在意，照躺不误。我们只好加速迈步，逃回自己的房间。房间内灯火通明，外面在甲板上黑暗中的遭遇，好像一下子消逝，只剩下零零碎碎的回忆的片断了。

我认识了一位法国青年军官，不知道他的军阶。瘦癯的身材，清瘦的面孔，一副和气的模样。他能说英语，我们就有了共同的语言。我们经常在甲板上碰头，交谈，一起散步，谈到各式各样的问题，彼此没有戒心，可以说是无话不谈。他常常用轻蔑的口吻讽刺法国军队，说官比兵多，大官比小官多。对晚上我们碰到的情况，他并不隐讳，但也并不赞成。就这样，我们在二十多天内，仿佛成了非常要好的朋友，他真仿佛把托在手掌上的心交给我了，我感到非常愉快。

至于法国兵同英国船员之间的关系，我看是非常融洽的。他们怎样接触，我没有看到，不敢瞎说。我亲眼看到的事情也有一些，其中给我印象最深的是法国兵与英国管理人员之间的拳击比赛。这种比赛几乎都放在晚上，在晚饭后，在轮船最前端的甲板上，摆下了战场，离船舷只有一两米远。船舷下面几十米的深处，浪花翻腾，汹涌澎湃之声洋洋乎盈耳。海水深碧，浩渺难测，里面鱼龙水怪正在潜伏，它们听到了船上的人声，看到了反映在海面上的灯影，大惊失色，愈潜愈深了。船上则灯火通明，人声鼎沸。英法两国的棒小伙子正在挥拳对击，龙腾虎跃，各不示弱。此时轮船仍然破浪前进，片刻不停。我们离开大陆百里千里，在一望无际的大海上，似乎是一个独立的小世界。我仿佛置身于一个童话或神话中，恍惚间又仿佛是在梦中，此情此景，无论如何也不像是在人间了。

我们的船还在红海里行驶。为什么叫“红海”呢？过去也曾有过这样的疑问，但是没有得到答案。这一次的航行却于无意中把答案送给了我。2月19日的日记中有这样一段话：

> 今天天气真热，汗流不止。吃过午饭，想休息一会儿，但热得躺不下。到最高层甲板上去看，远处一片红浪，像一条血线。海水本来是黑绿的，只有这一条特别红，浪冲也冲不破。大概这就是“红海”名字的来源。我们今天也看到飞鱼。

我想，能亲眼看到这一条红线，是并不容易的。千里航程中只有几米宽不知有多长的一条红线，看到它是要有一点运气的。如果我不适逢此时走上最高层甲板，是不会看到的。我自认为是一个极有运气的人，简直有点飘飘然了。

另外一件事也可证明我们全船的人都是有运气的。当时第二次世界大战刚刚结束，海上的水雷还没有来得及清除多少，从地中海经过红海到印度洋，到处都是这样。我们这一艘船又是最早从欧洲开往亚洲的极少数的船之一。在我们这一条船之前，已经有几条船触雷沉没了。这情况我们最初虽然并不完全知道，但也有所感觉。为什么一开船我们就被集合到甲板上，戴上救生圈，排班演习呢？为什么我的日记中记载着天天要到甲板上去“站班”呢？其中必有原因。过马六甲海峡以后，一天早晨，船长告诉大家，夜里他一夜没有合眼，这里是水雷危险区，他生怕出什么问题。现在好了，最危险的地区已经抛在后面了。从此以后，他可以安心睡觉了。我们听了，都有点后怕。但是，后怕是幸福的；危险过了以后，才能有后怕，这是尽人皆知的常识。

我们感到很幸福。

在洋溢着幸福感时，我们到了目的地：西贡。

西贡二月

我们于1946年3月7日抵达西贡，在船上过了将近一个月。

西贡并不直接濒海，轮船转入一条大河，要走很长一段路，才来到。大河虽然仍然极宽阔，虽然仍然让人想到庄子的话："秋水时至，百川灌河，泾流之大，两涘渚崖之间，不辨牛马。"但它毕竟已经不是大海了。我们过了那样多天的海上生活，不见大陆，船仿佛漂浮在天上。现在又在大河两岸看到了芦苇，蒹葭苍苍，一片青翠，我们仿佛又回到了人间，感觉到非常温暖，心里热热乎乎的。

但是，登上大陆，也并非事事温暖。下了船，在摩肩接踵人声喧闹的码头上，热闹过了一阵之后，我还没有忘记在船上结识的那一位法国青年军官朋友，我还想同他告别一声。我好不容易在万头攒动的法国官兵中发现了他，怀着一颗热烈的心，简直是跑上前去的，想同他握手。然而他却别转了头，眼睛看向别的地方，根本没有看我。我大吃一惊，仿佛当头挨了一棒，又像给人泼了一头凉水。我最初是愕然，继而又坦然，认为这是当然：现在到了他们的殖民地，他意识到了这一点，必须摆出殖民主义者的架势，才算够谱儿。在轮船上一度托在手掌上的心，现在又收回，装到腔子里去了。我并不生气，只觉得非常有趣而已。

西贡地处热带。我从来还没有在热带待过，熟悉热带风光这是第一次。我们来到的时候在当地算是春末夏初了，骄阳似火，椰树如林，到处蓊郁繁茂，浓翠扑人眉宇。仿佛有一股从地中心爆发出来的生命力，使这里的植物和动物都饱含着无量生机。说到动物，最使我这个北方人吃惊的是蝎虎子（壁虎）之多，墙上爬的到处都是这玩意儿。这种情景我以后只在西双版纳看到过。还有一种大蜥蜴，在不知名的树上爬上爬下，也是我从来没有见过的。我用小树枝打它，它立即变了颜色，从又灰又黄变得碧绿闪光，难道这就是所谓变色龙吗？

此时正是一年雨季开始的时候。据本地人说，每到雨季，每天必定下雨，多半是在下午。雨什么时候开始下，决定于雨季来临时第一天下雨的时间。如果这一天是下午两点开始下雨，则以后每天都是此时开始。暴雨降临前，丽日当空，阳光普照大地，一点下雨的迹象都没有。但是，说时迟，那时快，转瞬间，彤云密布，天昏地暗，雷电交加，大雨倾盆似的泻下来了。其声势之浩大，简直可以惊天地，泣鬼神。大马路上到处溅起了珍珠似的水花，椰子树也都被水冲洗。然而，时隔不久，大雨会蓦地停下，黑云退席，蓝天出台，又是一片阳光灿烂的大地了。

热带的天气必有与之相适应的热带的衣着，这在妇女衣装上更为明显。越南妇女的穿着非常有特点，有点类似中国的旗袍，但都是用白绸子缝制的。唯一的不同之处是开衩极大，几乎一直到腋下。裤子都是用黑绸子缝制的，上白下黑，或者里黑外白，又由于开衩大，所以容易飘动。年轻倩女，迎着热带的微风，款款走来，白色的旗袍和黑色的绸裤，飘动招展，仿佛是黑白大理石雕成的女神像，不是兀立不动，而是满世界游动，真是奇妙的情景！她们身上散布出青春的活力，使整个街道都显得生气勃勃。这是一种东方美，西欧国家是找不到的，越南以外的东方国家也是找不到的。

在这样的热带，稻米一年可以收获三四次，因此大米极为便宜。据说这里没有乞丐，米便宜到每个人都能不费吹灰之力就能吃饱的程度。谋生既然这样容易，在大街上看到的人们都颇为闲散，一点急迫的样子都没有。除了下雨以外，人们的活动都在户外。椰子树下，还有其他一些不知名的树下，人们懒洋洋地坐在那里，吸烟、吃茶、聊天，悠然自得。西方什么人有几句话说：“世界上什么东西都害怕时间，时间唯独害怕东方人。”我一看到这些人，就想到这几句话，心中不禁暗暗叫绝。

在本地居民中，华人占了不少的比例。特别是在离西贡市中心不太远的堤岸，居民几乎全是华人。在这里的大街上和市场上，来往行走的人是中国人，商店的主人是中国人，挂在外面的招牌写的是中国字，买东西的主顾当然也是中国人。中国人在这里开办了许多小型的工厂，其中碾米厂占大多数。还有一些别的工厂，比如砖瓦厂之类。吃的东西自然是中国风味。有极大的酒楼，也有摆在集市上的小摊，一律广东菜肴。广东腊肉、腊肠等，挂满了架子。名贵的烤乳猪更是到处都有。从前有人说，食在广州。我看，改为“食在西贡”，也符合实际情况。

这里有几所华人中学，至于小学则数目更多。有华人报纸、华人办的书店，当然也有华人作家、华人文化人。还有华人医院，医生和病人全是中国人。大概因为我们也属于文化人之列，所以来到不久，就同这里的文化人有了接触。他们非常尊敬我们这一批镀过金的留学生，请我们讲演，请我们给报纸写文章，当然也无数次地请我们吃饭，热情令人感动。

他们尊敬我们，可能还有另外一个原因。南京政府派来了一位总领事，下面还有一些领事和副领事，建立了一个规模庞大的总领事馆，管理越南华侨事宜。这实际上成了一个大衙门，继承了过去衙门的几乎所有的弊病。过去中国老百姓有两句话：“八字衙门向南开，有理无钱莫进来。”这实在是非常精彩的总结。西贡总领事馆的详细情况，我不清楚。但是，住的日子一久，也就颇有所闻。有些华侨吃了亏，投诉无门，“天高皇帝远”，南京相距万里，他们也只能忍气吞声。我们这一批留学生一到，大概这里的华侨都认为，我们说不定有什么势力强大的后台，我们“有根”，否则怎能留洋镀金呢？于是颇有一些人把我们看成是“青天大老爷”，托我们到领馆里去说这说那。我们本无根、无权，也不想干涉此地的内政。有时候见到领馆的官员，有意无意之间，说上一点，居然也见了效。西贡华侨信任我们，把友谊送给我们，个别的有求于我们，愿意同我们来往，结果是我们旅店门庭若市，宴会无虚日了。

总领事馆招待我们颇为周到。但并不是一开始就是这样，中间也经过了一场斗争。我们总结了在瑞士同使馆斗争的经验，并且加以利用，证明是行之有效的。在瑞士是如此，在马赛是如此，我们相信，在西贡也将是如此。所以，我们一住进旅馆，就给了领馆一点颜色看。第一次吃饭，看到餐桌上摆的是竹筷。我们说："这不行，必须换象牙筷子！"这有点近于无理取闹，但是，第二次吃饭时，就一律是象牙筷子，在餐桌上闪闪射出白光了。我在这里引两段当时记的日记原文，证明我不是事后吹牛，瞎说一通。1946年3月13日的日记中有这样的记载：

> 十点同他们到领事馆去见尹凤藻（总领事）。一直等到十一点，他才回去。一见面，态度非常不客气。我心里大火，向他顶了几句，他反而和气了。这种官僚真没有办法！

过了一个月，在4月13日，日记中又有这样一段话：

> 早晨六点起来，吃过早点，同虎文、士心、萧到领事馆去，交涉订大中华的舱位。老尹又想狡赖。看我们来势不善，终于答应了。

这两段日记可以具体地说明当时的真实情况。从中我们能够得到很多启发，学习很多东西。

从空间距离上来看，祖国离开我们已经比在万里外的欧洲近得多了，我们也确实感到了祖国的气息。这里的华侨十分关心祖国的抗战，同世界其他各地的华侨一样，他们热爱祖国，与祖国的命运息息相关。此时抗战虽然已经胜利，但是在长达八年的浴血抗战中出现的许多新鲜事物，仍然在此地保留着。比如《义勇军进行曲》我就是第一次在西贡听到的。它振奋了我这个远方归来的游子的心，让我感到鼓舞，感到光荣，感到兴奋，感到骄傲，觉得从此可以挺起腰板来做人了。有一次，我在一个中学里讲演，偶尔提到了蒋介石的名字，全场忽的一声，全体起立。我吓了一大跳，手足无所措。后来才知道，当时都是如此，也许是从国内传过来的。但是，后来我回到国内，并没有碰到这种情况，这对我至今还是一个谜。此外，从当地华侨嘴里说的普通话中，我还听到了一些新词儿，比如“伤脑筋”“搞”等，都是我离开祖国时还没有出现过的。语言是随时变动的，这些词儿都是变动的产物。

这一些大大小小的新鲜事物，都明确无误地告诉我说，我离祖国不远了，祖国就在我的身边了，我心里感到异常的、前所未有的温暖。

从西贡到香港

我们于1946年4月19日离开西贡，登上了一艘开往香港的船。

这一条船相当小，不过一千多吨，还不到Nea Hellas的十分之一。设备也比较简陋。我们住的是头等舱，但里面并不豪华。至于二等舱、三等舱，以至于统舱，那就更不必说了。

我们的运气也不好，开船的第二天，就遇上了大风，是不是台风，我忘记了，反正风力大到了可怕的程度。我们这一条小船被吹得像海上的浮萍，随浪上下，一会儿仿佛吹上了三十三天，一会儿又仿佛吹下了十八层地狱。但见巨浪滔天，狂风如吼；波涛里面真如有鱼龙水怪翻腾滚动，瞬息万变。仿佛孙大圣正用那一根定海神针搅动龙宫，以致全海抖动。我本来就有晕船的毛病，现在更是呕吐不止，不但不能吃东西，而且胃里原有的那一点储备，也完完全全吐了出来，最后吐出来的只是绿颜色的水。我在舱里待不住了，因为随时都要吐。我干脆走到甲板上，把脑袋放在船舷上，全身躺在那里，吐起来方便。此时我神志还比较清楚，但见船上的桅杆上下摆动，有九十度的幅度。海水当然打上了甲板，但我顾不得那样多了，只是昏昏沉沉地半闭着眼，躺着不动。这场风暴延续了两天。船长说，有一夜，轮船开足了马力，破浪前进，但是一整夜，寸步未动。马力催进一步，暴风打退一步。二者相抵，等于原地踏步了。

风暴过后，我已经两天多滴水未进了。船上特别准备了鸡肉粥。当我喝完一碗粥的时候，觉得其味香美，异乎寻常，燕窝鱼翅难比其美，仙药醍醐庶几近之。这是我生平吃的最香最美的一碗粥，至今记忆犹新。此时，晴空万里，丽日中天，海平如镜，水波不兴。飞鱼在水面上飞驰，像飞鸟一样。远望一片混茫，不见岛屿，离陆地就更远更远了。我真是顾而乐之，简直想手舞足蹈了。

我们的船于4月25日到了香港。南京政府在这里有一个外交特派员，相当于驻其他国家的公使或者大使。负责接待我们的就是这个特派员公署。他们派人到码头上去接我们，把我们送到一家客栈里。这家客栈设备极其简陋，根本没有像样的房间，同内地的鸡毛小店差不多。分给我们两间极小的房子，门外是一个长筒子房间，可以叫做一个“厅”吧，大约有二三十平方米，没有床，只有地铺，住着二三十个客人，有的像是小商贩，有的则是失业者。有人身上长疮，似乎是梅毒一类的东西。这些人根本不懂什么礼貌，也没有任何公德心，大声喧哗，随口吐痰，抽劣质香烟，把屋子弄得乌烟瘴气。香港地少人多，寸土寸金。能够找到这样一个住处，也就不容易了。因为我们要等到上海去的船，只能在这样的地方暂住了。

我久仰香港大名，从来没有来过。这次初到，颇有一点新奇之感，然而给我的印象却并不美妙。我在欧洲住了十年多，瑞士、法国、德国等国的大世面，我都见过，亲身经历过。40年代中叶的香港同今天的香港，有相同的地方，就是地少人多，但是不相同的地方却一目了然：那时的香港颇有点土气，没有一点文化的气息，找一个书店都异常困难。走在那几条大街上，街上的行人摩肩接踵，熙熙攘攘。头顶上那些鸽子窝似的房子中闹声极大，打麻将洗牌之声，有如悬河泻水，雷鸣般地倾泻下来；又像是暴风骤雨，扫过辽阔的大原。让我感觉到，自己确确实实是在人间，不容有任何幻想。在当时的香港这个人间里，自然景观，除了海景和夜景以外，几乎没有什么可看的。因为是山城，同重庆一样，一到夜里，万灯齐明，高高低低，上上下下，或大或小，或圆或方，有如天上的星星，并辉争光，使人们觉得，这样一个人间还是蛮可爱的。

在这样一个人间里，斗争也是不可避免的。同在瑞士、马赛和西贡一样，这里斗争的对象也是外交代表。我们去见外交特派员郭德华，商谈到上海去的问题。同在西贡一样，船期难定，这就需要特派员大力支持。我们走进他那宽敞明亮的大办公室。他坐在巨大的办公桌后面，威仪俨然，戴着玳瑁框的眼镜，留着小胡子，面团团如富家翁，在那里摆起架子，召见我们。我们一看，心里全明白了。俗话说“不打不相识”，看样子需要给他一点颜色看。他不站起来，我们也没有在指定的椅子上就座，而是一屁股坐到他的办公桌上。立竿见影，他立刻站起身来，脸上也有了笑容。这样一来，乘船的问题就迎刃而解了。

我们心里一块石头落了地，在香港玩了几天，拜访了一些朋友，等候开船的日期。

回到祖国的怀抱

我们在香港同南京政府的外交人员进行了“最后的斗争”以后，船票终于拿到手了。我们于1946年5月13日上了开往上海的船，走上了回到祖国怀抱的最后的历程，心里很激动。

船非常小，大概还不到一千吨，设备简陋到令人吃惊的程度。乘船回国的留学生中又增添了几个新面孔，因此我们更不寂寞了。此外还有大约几百个中国旅客挤在这一条小船上，根本谈不到什么铺位。在其他船上，统舱算是最低一级的。在这条船上，统舱之下还有甲板一级。到处都是包裹，有的整齐，有的凌乱，有的包裹里还飘出了咸鱼的臭味。到处都是人，每个人只能有容身之地。霸道者抢占地盘，有人出钱，就能得到。因此讨价还价之声，争吵喧哗之声，洋洋乎盈耳。好多人都抽烟，统舱里烟雾迷腾。这种烟雾，再混乱上人声，形成了一团乌烟瘴气的大合唱。小船破浪前进所激起的海涛声，同这大合唱，简直像小巫见大巫，有时候连听都听不见了。

我们住在头等舱和二等舱里的几个留学生，是船上的“特权阶级”。不管外面多么脏，多么乱，只要把门一关，舱内还能保持干净和安静。但是，有时我们也需要呼吸点新鲜空气，此时，我们必须走到甲板上去，只需走几步路就行。可这几步路就成了一个艰难的历程。在沙丁鱼的人丛里，小心翼翼地走出一条路，是并不容易的。到了外面甲板上，我忽然在横躺竖卧的人丛中发现了那一位同我们一起上船的比利时和法国留学女生。只见她此时紧闭双眼，躺在那里，不吃不喝，不转不动。有人跨过她的身躯走路，她似乎不知不觉；有人不小心踩到她身上，她似乎不知不觉；有人提水水滴到她脸上，她仍然似乎不知不觉，连眉毛都不眨一眨。她是睡着了呢，抑或是醒着呢？我不得而知。她就这样一连躺了几天，一直躺到上海，我真是吃惊不小。我知道，她是学数学的，是一个非常虔诚的天主教徒。从她的表情来看，我总疑心，她当过修女。不管怎样，她心中一定有自己的上帝，否则她在船上的这一番功夫无论如何也是难以理解的。

我是一个俗人，心中没有上帝。我不想躺在那里，一动不动。我要活动，我要吃要喝，我还要想。在这时候，祖国就在我前面，我想了很多很多。将近十一年的异域流离的生活就要结束了。这十一年的经历现在一幕一幕地又重新展现在我的眼前，千头万绪的思绪一时涌上心头。我多么希望向祖国母亲倾诉一番呀！但是，我能说些什么呢？十一年前，少不更事，怀着一腔热情，毅然去国，一是为了救国，二是为了镀金。原定只有两年，咬一咬牙就能够挺过来的。但是，我生不逢时，战火连绵，两年一下子变成了十一年。其间所遭遇的苦难与艰辛，挫折与委屈，现在连回想都不愿意回想。试想一想，天天空着肚子，死神时时威胁着自己；英美的飞机无时不在头顶上盘旋，死神的降临只在分秒之间。遭万劫而幸免，实九死而一生。在长达几年的时间内，家中一点信息都没有。亲老、妻少、子幼。在故乡的黄土堆里躺着我的母亲。她如有灵，怎能不为爱子担心！所有这一切心灵感情上的磨难，我多么盼望能有一天向我的祖国母亲倾诉一番。现在祖国就在眼前，倾诉的时间来到了，然而我能倾诉些什么呢？

我不能像那位虔诚的天主教徒一样，躺在那里死死不动。我靠在船舷上，注目大海中翻滚的波涛，我心里面翻滚得比大海还要厉害。我在欧洲时曾几次幻想，当我见到祖国母亲时，我一定跪下来吻她，抚摩她，让热泪流个痛快。但是，我遇到了困难，我心中有了矛盾，我眼前有了阴影。在西贡时，我就断断续续从爱国的华侨口中听了一些关于南京政府的情况。到了香港以后，听的就更具体、更细致了。在抗战胜利以后，政府中的一些大员、中员和小员，靠裙带，靠后台，靠关系，靠交情，靠拉拢，靠贿赂，乘上飞机，满天飞着，到全国各地去“劫收”。他们“劫收”房子，“劫收”地产，“劫收”美元，“劫收”黄金，“劫收”物资，“劫收”仓库，连小老婆姨太太也一并“劫收”，闹得乌烟瘴气，民怨沸腾。其肮脏程度，远非《官场现形记》所能比拟。所谓“祖国”，本来含有两部分：一是山川大地，一是人。山川大地永远是美的，是我完完全全应该爱的。但是这样的人，我能爱吗？我能对这样一批人倾诉什么呢？俗语说：“孩儿不嫌娘丑，狗不嫌家贫。”我的娘一点也不丑。可是这一群“劫收”人员，你能说他们不丑吗？你能不嫌他们吗？

我心里的矛盾就是这样翻腾滚动。不知不觉，船就到了上海，时间是1946年5月19日。我在日记中写道：

> 上海，这真是中国地方了。自己去国十一年，以前自己还想象再见祖国时的心情。现在真正地见了，但觉得异常陌生，一点温热的感觉都没有。难道是自己变了么？还是祖国变了呢？

我怀着矛盾的心情踏上了祖国的土地，心里面喜怒哀乐，像是倒了酱缸一样，不知道是什么滋味。

> 十年一觉欧洲梦，
> 赢得万斛别离情。

祖国母亲呀！不管怎样，我这个海外游子回来了。

余音袅袅

在德国整整十年，在瑞士、法国和西贡超过半年，这将近十一年的回忆就写完了。

写这样的回忆录，并不是轻松愉快的事情。我总共写过两遍，第一遍从1988年3月1日写到4月11日，只是一个草稿；第二遍从1991年1月13日写到5月11日，是完全写成的清稿。这第二稿几乎和第一稿完全不一样，不是抄，而是重写。我为什么要写这些东西？为什么在相距三年之后又写成清稿？这一言难尽，不去说它也罢。

我只说一说写作的过程。这个写作的过程实际上就是回忆的过程，有日记为根据，回忆并不是瞎回忆。不管怎样，我必须把这十一年的生活再生活一遍，把我遇到的人都重新召唤到我的眼前，尽管有的早已长眠地下了，然而在我眼前，他们仍然都是活的。同这些人相联系的我的生活中，酸甜苦辣，五味俱全。我前后两次，在四十天和四个月内，要把十一年的五味重新品尝一遍。这滋味绝不是美好的。我咬紧了牙，生活过来了。但愿以后无需再把以前已经干枯了的快乐与痛苦重新回味。

这是不是意味着今后不再写回忆录了呢？差不多就是这个意思。我个人觉得，我那过去的生命比较平淡，一点英雄业绩也没有。天天舞笔弄墨，想要写的，都已经写完了。这仿佛是一块干橘皮，再也挤不出什么汁水来了。行年八十，能值得记述的东西只有两段，一个是留德十年，一个是十年的空前浩劫。后者我也在同一年，1988年，写成了一部草稿《牛棚杂忆》，长短同现在的《留德十年》差不多。这部草稿什么时候转成清稿，我还不敢说。也许很快，也许永远只是草稿，也很难说。总之，我在一生除了这两段以外，再没有什么值得思考回忆的酸甜苦辣去重新生活一遍的东西了。

写这一部《留德十年》，在最前面加了一个《楔子》，为了对称起见，我在最后又加了这样一条尾巴，叫做《余音袅袅》。我虽年届耄耋，看起来还不像就要走的样子。我还有很多事情要做，我还有不少酸甜苦辣要尝，我真希望这个余音能袅袅得更长一点。

1991年5月11日写毕

第二辑

欧游散记

去故国

不知从什么时候起，我就有一个到外国去，尤其是到德国去的希望埋在心里了。同朋友谈话的时候也时时流露出来这份心思。在外表看来似乎是很具体、很坚决，其实却渺茫得很。我没有伟大的动机，冠冕堂皇的理由自然也没有。但仔细追究起来，却只有一个极单纯的想法：我总觉得，在无量的——无论在空间上或时间上——宇宙进程中，我们拥有一次生命，不是容易的事；比电火还要快，一闪便会消逝到永恒的沉默里去。我们不要放过这短短的时间，我们要多看一些东西。就因了这点小小的愿望，我想到外国去。

但是，究竟怎样去呢？似乎从来不大想到。自己学的是文科，这是早就被一般人公认为无补于国计民生的落伍学科。想得到官费自然不可能，至于自费呢，家里虽然不能说是贫无立锥之地；但若把所有的财产减去欠别人的一部分，剩下的也就只够一趟路费。想自己出钱到外国去自然又是一个过大的妄想了。这些都是实际上不能解决的问题，但却从来没有给我苦恼，因为我根本不去想。我固执地相信，我终会有到外国去的一天。我把自己沉在美丽地涂有彩色的梦里。这梦有多么样的渺茫，恐怕只有我一个人知道了。

一直到去年夏天，当我的大学学程告一段落的时候，我才第一次想到究竟怎样到外国去。恐怕从我这个不切实际的只会做梦的脑筋里再也不会想出更切合实际的办法：我想用自己的劳力去换得金钱，再把金钱储存起来到外国去。我没有详细计算每月存钱若干，若干年后才能如愿，便贸贸然回到故乡的一个城里去教书。第一个月过去了，钱没能剩下一个。第二个月又过去了，除了剩下许多账等第三个月来还之外，还剩下一颗疲劳的心。我立刻清醒了，头上仿佛被浇上了一瓢冷水：照这样下去，等到头发全白了的时候，岂不也还是不能在柏林市上逍遥一下吗？然而书却得继续教下去，疲劳的心更加疲劳了。

就在这时候，却有一个从天而降的机会落在我的头上。我只要出很少的一点钱就可以到德国去住上两年。亲眼看着自己用手去捉住一个梦，这种狂欢的心情是不能用任何语言文字描写得出的。我匆匆地从家里来到故都，又匆匆地回去。从虚无缥缈的幻想里一步跨到事实里，使我有点糊涂。我有时就会问起自己来：我居然也能到德国去了吗？然而，跟着来的却是在精神上极端痛苦的一段。平常我对事情，总有过多的顾虑，这我知道得比谁都清楚。但这次却不能不顾虑；我顾虑到德国以后的生活，我顾虑到自己的家境。许多琐碎到不能再琐碎的小事纠缠着我，给我以大痛苦。随处都可以遇到的不如意与不满足像淡烟似的散布在我的眼前。同时还有许多实际问题要我解决：我还要筹钱。平常从自己手里水似的流去的钱，我现在才知道它的可贵。从这里面也可以看出真正的人情和世态。经过许多次的碰壁，终于还是大千和洁民替我解了这个围。同时又接到故都里梅生的信，他也要替我张罗。在这个期间，我有几次都想放弃这个机会，因为这个机会带给我的快乐远不如带给我的痛苦多，但长之却从遥远的故都写信来劝我，带给我勇气和力量。我现在才知道友情的可贵，没有他们几位，说不定我现在又带了一颗疲劳的心开始吃粉笔末的生活了。这友情像一滴仙露，滴到我的焦灼的心上，使我又在心里绽放了希望的花，使我又重新收拾起破碎的幻想，回到故都来。

在生命之路上，我现在总算走上一段新的旅程了。几天来，从早晨到晚上，我时常一个人坐在一间低矮而却明朗的屋里，注视着树影在窗纱上慢慢地移动着，听树丛里曳长了的含有无量倦意的蝉声。我心里有时澄澈沉静得像古潭，有时却又搅乱得像暴风雨下的海面。我默默地筹划着应当做的事情。时时有幻影，柏林的幻影，浮动在我眼前：我仿佛看到宏伟古老的大教堂，圆圆的顶子在夕阳中闪着微光；宽广的街道，有车马在上面走着。我又仿佛看到大学堂的教室，头发皤白的老教授颤声讲着书。我仿佛连他的声音都能听得到；他那从眼镜边上射出来的眼光正落在我的头上。但当我发现自己仍然在这一间低矮而明朗的屋子里的时候，我的心飞到不知什么地方去了。

我虽然在过去走过许多路，但从降生一直到现在，自己足迹叠成的一条路，回望过去，是连绵不断的一线，除了在每一年的末尾，在心里印上一个浅痕，知道又走过一段路以外，自己很少画过明显的鸿沟，说以前走的是一段，以后是另一段的开端。然而现在，自己却真的在心里画了一个鸿沟，把以前二十四年走的路就截在鸿沟的那一岸；在这一岸又开始了一条新路，这条会把我带到渺茫的未来去。这样我便不能不回头去看一看，正如当一个人走路走到一个阶段的时候往往回头看一样。于是我想到几个月来不曾想到的几个人。我先想到母亲。母亲死去到现在整两年了。前年这时候，我回故乡去埋葬母亲。现在恐怕坟头秋草已萋萋了。我本来预备每年秋天，当树丛乍显出点微黄的时候，回到故乡母亲的坟上去看看。无论是在白雾笼罩墓头的清晨，还是归鸦驮了暮色进入簌簌响着的白杨树林的黄昏，我都到母亲墓前绕两周，低低地唤一声：“母亲！”来补偿生前八年没见面的遗恨。然而去年的秋天，我刚从大学走入了社会，心情方面感到很大的压迫，更没有余闲回到故乡去。今年的秋天，又有这样一个机会落到我的头上。我不但不能回到故乡去，而且带了一颗饱受压迫的心，不能得到家庭的谅解，跑到几万里外的异邦去漂泊，一年，两年，谁又知道几年才能再回到这故国来呢？让母亲一个人凄清地躺在故乡的地下，忍受着寂寞的袭击，上面是萋萋的秋草。在白杨簌簌中，淡月朦胧里，我知道母亲会借星星的微光到各处去找她的儿子，借西风听取她儿子的消息。然而所找到的只是更深的凄清与寂寞，西风也只带给她迷离的梦。

我又想到母亲生前最关心的外祖母。当我七八岁还没有离开故乡的时候，整天住在她家里，她的慈祥的面貌永远印在我的记忆里。今年夏天见她的时候，她已龙钟得不像样子了。又正同别人闹着田地的纠纷，现在背恐怕更驼了吧？临分别的时候，她再三叮嘱我要常写信给她。然而现在当我要到这样远的地方去的时候，我却不能写信给她，我不忍使她流着老泪看自己晚年唯一的安慰者离开自己跑了。我只希望她能好好地活下去，当我漂泊归来的时候，跑到她怀里，把受到的委屈，都哭了出来。我为她祝福。

我终于要走了，沿了我自己在心里画下的一条鸿沟的这一岸的路走去。天知道我会走到什么地方去；这条路真太渺茫，渺茫到使我吃惊。以前我曾羡慕过漂泊的生活，也曾有过到外国去的渴望。然而当希望成为事实的现在，我又渴慕平静的生活了。我看了在豆棚瓜架下闲话的野老，看了在一天工作疲劳之余在门前悠然吸烟的农人，都引起我极大的向往。我真不愿意离开这故国，这故国每一方土地，每一棵草木，都能给我温热的感觉。但我终究要走的，沿了自己在心里画下的一条路走。我只希望，当我从异邦转回来的时候，我能看到一个一切都不变的故国，一切都不变的故乡，使我感觉不到我曾这样长的时间离开过它，正如从一个短短的午梦醒来一样。

1935年8月13日

表的喜剧

自己是乡下人，没有见过多大的世面，乡下人的固执与畏怯还保留了一部分。初到柏林的时候，刚走出了车站，头里面便有点朦胧。脚下踏着的虽然是光滑的柏油路，但我却仿佛踏上了棉花。眼前飞动着汽车、电车的影子，天空里交织着电线，大街小街错综交叉着：这一切织成了一张有魔力的网，我便深深地陷在这网里。我惘然地跟着别人走，我简直像在一片茫无涯际的大海里摸索。

在这样一片茫无涯际的大海里，我第一次感觉到表的重要，因为它能告诉我，什么时候应当去吃饭，什么时候应当去访人。说到表，我是一个十足的门外汉。在国内的时候，朋友中最少也是第三块表，或是第四块表的主人。然而对我，表却仍然是一个神秘的东西。虽然有时在等汽车的时候，因为等得不耐烦了，便沿着街向街旁的店铺里张望，希望能发现一只挂在墙上的钟，看看时间究竟到了没有。但张望的结果，却往往是，走了极远的路而碰不到一只钟。即便侥幸能碰到几只，然而每只所指的时间，最少也要相差半点钟。而且因为张望的姿态有点近于滑稽，往往引起铺子里伙计的注意，用怀疑的眼光看我几眼。当我从这怀疑的眼光的扫射下怀了一肚皮的疑虑逃回汽车站的时候，汽车已经开走了。一直到去年秋天，自己要按钟点挣面包的时候，才买了一只表。然而只走了三天，它就停下。到表铺一问，说是发条松了。修理好了后不久又停下来。又去问，说是针有毛病。修理到五六次的时候，计算起来，修理费已经超过了原价，但它却仍然僵卧在桌子上。我便下决心，花了相当大的一个数目另买了一块。果然能使我满意了。这表就每天随着我，一直随我坐上西伯利亚的火车。然而在斯托尔普塞换车的时候，因为急着搬行李，竟把玻璃罩碰碎了。在当时惶遽仓促的心情下，并不觉得是一个多大的损失，就把它放在一个茶叶瓶里，又坐了火车。当我到了这茫无涯际的海似的柏林的时候，我才又觉到它的重要了。

于是在到了的第三天，就由一位在柏林住过两年的朋友陪我出去修理。仍然有一张充满了魔力的网笼罩着我的全身。我迷惘地随了他走。终于在康德街找到了一家表铺。说明了要换一个玻璃罩，表匠给了我一张纸条。我只看到上面有黑黑的几行字的影子，并没看清是什么字。因为我相信，上面最少也会有这表铺的名字和地址；只要有名字和地址，表就可以拿回去的。他答应我们第二天去拿，我们就跨出了铺门。

第二天的下午，我不愿意再让别人陪我走无意义的路，我便自己出发去取表。但究竟要到什么地方去取呢，立刻有一团迷离错杂地交织着电线的长长的街的影子浮动在我的眼前。我拿出那张纸条来看，才发现，上面只印着收到一只修理的表，铺子名字却没有，当然更没有地址。我迷惑了。但我却不能不找找看。我本能地沿着康德街的左面走去，因为我虽然忘记了地址，但我却模模糊糊地记得是在街的左面。我走上去，把注意力集中到每个铺子的招牌上，每个铺子的窗子里。我看过各种各样的招牌和窗子。我时时刻刻预备着接受这样一个奇迹，蓦地会有一个表字或一块表呈现到我的眼前。然而得到的却是失望。我仍然走上去，康德街为什么竟这样长呢？我一直走到街的尽端，只好折回来再看一遍。终于在一大堆招牌里我发现了一个表铺的招牌，因为铺面太小了，刚才竟漏了过去。我仿佛到了圣地似的快活，一步跨进去，但立刻觉得有点不对，昨天我们跨进那个表铺的时候，那位修理表的老头正伏在窗子前面工作。我们一进去，他仿佛吃惊似的把一把刀子掉在地上。他伏下身去拾刀子的时候，我发现他背后有一架放满了表的小玻璃橱。但今天那架橱子移到哪儿去了呢？还没等我把这疑虑扩散开来，主人出来了，也是一位老头。我只好把纸条交给他，他立刻就去找表。看了他的神气，想到刚才自己的怀疑，我笑了。但找了半天，表都没找到。他用手搔着发亮的头皮，显出很焦急的样子。他告诉我，他的太太或许知道表放在什么地方。但她现在却不在家。让我第二天再去。他仿佛很抱歉的样子，拿过一支铅笔来，把他的地址写在那张纸条的后面。我只好跨出来，心里充满了疑惑和不安定，当我踏着暮色走回去的时候，对着这海似的柏林，我叹了一口气。

过了一个杂念缭绕的夜，我又在约定的时间走了去。因为昨天究竟有过那样的怀疑，所以走在路上的时候，我仍然注意每一个铺子的招牌和窗子里陈列的东西，希望能再发现一个表铺。不久，我的希望就实现了，是一个更要小的表铺。主人有点驼背。我把纸条递给他，问他，是不是他的。他说不是。我只好走出来，终于又走到昨天去过的那铺子。这次老头不在家，出来的是他的太太。我递给她纸条。她看到上面的字是她丈夫写的，立刻就去找表。她比老头还要焦急。她拉开每一个抽屉，每一个橱子；她把每一个纸包全打开了；她又开亮了电灯，把暗黑的角隅都照了一遍。然而表终究没找到。这时我的怀疑一点都没有了，我的心有点跳，我仿佛觉得我的表的的确确是送到这儿来的。我注视着老太婆，然而不说话。看了我的神情，老太婆似乎更焦急了。她的白发在电灯下闪着光，有点颤动。然而表就是找不到，她又有什么办法呢？最后，她只好对我说，她丈夫回来的时候问问看，让我过午再去。我怀了更大的疑惑和不安定走了出来。

当天的过午，看看要近黄昏的时候，我又一个人走了去。一开门，里面黑沉沉的；我觉得四周立刻古庙似的静了起来；我能听到自己的心跳动的声音。等了好一会儿，才见两个影子从里面移动出来。开了灯，看到是我，老头显得有点惊惶，老太婆也显然露出不安定的神气。两个人又互相商议着找起来；把每一个可能的地方全找到了，但表却终究没找到。老头更用力地用手搔着发亮的头皮，老太婆的头发在灯影里也更颤动得厉害。最后老头终于忍不住问我了，是不是我自己送来的。这问题真使我没法回答。我的确是自己送来的，但送的地方不一定是这里。

我昨天的怀疑立刻又活跃起来。我看不到那个放满了表的小玻璃橱，我总觉得这地方不大像我送表去的地方。我于是对他解释说，我到柏林还不到四天，不熟悉街道。我问他，那纸条是不是他给我的。他听了，立刻恍然大悟似的噢了一声，没有说什么，很匆忙地从抽屉里拿出一沓纸条，同我给他的纸条比着给我看。两者显然有极大的区别：我给他的那张是白色的，然而他拿出的那一沓却是绿色的，而且还要大一倍。他说，这才是他的收条。我现在完全明白了我走错了铺子。因为自己一时的疏忽，竟让这诚挚的老人陪我演了两天的滑稽剧，我心里实在有点过意不去。我向他道歉，我把我脑筋里所有的在这情形下用得着的德文单字全搜寻出来，老人脸上浮起一片诚挚而会意的微笑，没说什么。然而老太婆却有点生气了，嘴里嘀咕着，拿了一块橡皮用力在我给她的那张纸条上擦，想把她丈夫写上的地址擦了去。我却不敢怨她，她是对的，白白地替我担了两天心，现在出出气，也是极应当的事。临走的时候，老头又向我说，要我到西面不远的一家表铺去问问，并且把门牌写给我。按着号数找到了，我才知道，就是我去过的主人有点驼背的那个铺子。除了感激老头的热诚以外，我还能说什么呢？

我沿着康德街走上去，心里仿佛坠上了一块石头。天空里交织着电线，眼前是一条条错综交叉的大街小街，街旁的电灯都亮起来了，一盏盏沿着街引上去，极目处是半面让电灯照得晕红了起来的天空。我不知道柏林究竟有多大，我也不知道我现在在柏林的哪一部分。柏林是大海，我正在这大海里飘浮着，找一个比我自己还要渺小的表。我终于下意识地走到我那位在柏林住过两年的朋友家里去，把两天来找表的经过说给他听；他显出很怀疑的神气，立刻领我出来，到康德街西半的一个表铺里去。离我刚才去过的那个铺子最少有二里路。拿出了收条，立刻把表领出来。一拿到表，我心里有说不出的感觉，我仿佛亲手捉到一个奇迹。我又沿了康德街走回家去。当我想到两天来演的这一幕小小的喜剧，想到那位诚挚的老头用手搔着发亮的头皮的神情的时候，对了这大海似的柏林，我自己笑起来了。

1935年12月2日于德国哥廷根

听　诗

自己也不知道为什么，从很早的时候，就常有一幅影像在我眼前晃动：我仿佛看到一个垂老的诗人，在暗黄的灯影里，用颤动幽抑的声音，低低地念出自己心血凝成的诗篇。这颤声流到每个听者的耳朵里、心里，一直到灵魂的深深处，使他们着了魔似的静默着。这是一幅怎样动人的影像呢？然而，在国内，我却始终没有能把这幅影像真正地带到眼前来，转变成一幅更具体的情景。这影像也就一直是影像，陪我走过西伯利亚，来到哥廷根。谁又料到在这沙漠似的哥廷根，这影像竟连着两次转成具体的情景，我连着两次用自己的耳朵听到老诗人念诗。连我自己现在想起来，也像回忆一个充满了神奇的梦了。

当我最初看到有诗人来这里念诗的广告贴出来的时候，我的心喜欢得直跳。念诗的是老诗人宾丁（Rudolf G.Binding），又是一个能引起人们的幻想的名字。我立刻去买了票。我真想不到这古老的小城还会有这样的奇迹。离念诗还有十来天，我每天计算着日子的逝去。在这十来天中，一向平静又寂寞的生活竟也仿佛有了点活气，竟也渲染上了点色彩。虽然照旧每天一个人拖了一条影子，走过一段两旁有粗得惊人的老树的古城墙，到大学去；再拖了影子，经过这段城墙走回家来，然而心情却意外地觉得多了点什么。

终于盼到念诗的日子。从早晨就下起雨来。在哥廷根，下雨并不是什么奇事。而且这里的雨还特别腻人。有时会连着下七八天。仿佛有谁把天钻了无数的小孔似的，就这样不急不慢永远是一股劲向下滴。抬头看灰暗的天空，心里便仿佛塞满了棉花似的窒息。今天的雨仍然同以前一样，然而我的心情却似乎有点不同了。我的心里充满了喜悦，仿佛正有一个幸福就在不远的前面等我亲手去捉。在灰暗的不断漏着雨丝的天空里也仿佛亮着幸福的星。

念诗的时间是在晚上。黄昏的时候，就有一位在这里已经住过七年以上的朋友来邀我。我们一同走出去。雨点滴在脸上，透心的凉，使我有深秋的感觉。在昏暗的灯光中，我们摸进女子中学的大礼堂。里面已经挤了上千的人，电灯照得明耀如白昼。这使我多少有点惊奇，又有点失望。我总以为念诗应该在一间小屋中，暗黄的灯影里，只有几个素心人散落地围坐着，应该是梦似的情景。然而眼前的情景竟是这样子。但这并不能使我灰心，不久我就又恢复了以前的兴头。在散乱嘈杂的声音里期待着。

声音蓦地静下去，诗人已经走了进来。他已经似乎很老了，走路都有点摇晃。人们把他扶上讲台去，慢慢地坐在预备好的椅子上，两手交叉起来，然而不说话。在短短的神秘的寂静中，我的心有点颤抖。接着说了几句引言，论到自由，论到创作。于是就开始念诗。最初的声音很低，微微有点颤动，然而却柔婉得像秋空的流云，像春水的细波，像一切说都说不出的东西。转了几转以后，渐渐地高起来了。每一行不平常的诗句里都仿佛加入了许多新东西，加入了无量更不平常的神秘的力量。仿佛有一颗充满了生命力的灵魂跳动在里面，连我自己的渺小的灵魂也仿佛随了那大灵魂的节律在跳动着。我眼前诗人的影子渐渐地大起来，大起来，一直大到任什么都看不到。于是只剩了诗人的微颤又高亢的声音不知从什么地方飘了来，宛如从天上飞下来的一道电光，从万丈悬崖上注下来的一线寒流，在我的四周舞动。我的眼前只是一片空蒙，我什么东西都看不到了。四周的一切都仿佛化成了灰，化成了烟；连自己也仿佛化成了灰，化成了烟，随了那一股神秘的力量飞到不知什么地方去了。

不知多久以后，我的四周蓦地一静。我的心一动，才仿佛从一阵失神里转来一样，发现自己仍然坐在这里听诗。定了定神，我向台上看了看，灯光照了诗人脸的一半，黑大的影投在后面的墙上。他的诗已经念完，正预备念小说。现在我眼前的幻影一点也不剩了。我抬头看了看全堂的听者，人人都瞪大了眼睛静默着。又看了看诗人，满脸的皱纹在一伸一缩地跳动着：我们很容易看出这位老人是怎样吃力地读着自己的作品。

诗终于读完了。人们又把这位老诗人扶下讲台。热烈的掌声把他送出去，但仍然不停，又把他拖回来，走到讲台的前面，向人们慢慢地鞠了一个躬，才又慢慢地踱出去。

礼堂里立刻起了一阵骚动：人们都想跟着诗人去请他在书上签字。我同朋友也挤了出去，挤到楼下来。屋里已经填满了人。我们于是就等，用最大的耐心等。终于轮到了自己。他签字很费力，手有点颤抖，签完了，抬眼看了看我，我才发现他的眼睛是异常的大的，而且充满了光辉。也许因为看到我是个外国人的缘故，嘴里喃喃地说了一句什么；但没等我说话，后面的人就挤上来把我挤出屋去，又一直把我挤出了大门。

外面雨还没停。一条条的雨丝在昏暗的路灯下闪着光。地上的积水也凌乱地闪着淡光。那一双大的充满了光辉的眼睛只是随了我的眼光转，无论我的眼光投到哪里去，那双眼睛便冉冉地浮现出来。在寂静的紧闭的窗子上，我会看到那一双眼睛；在远处的暗黑的天空里，我也会看到那双眼睛。就这样陪着我，一直陪我到家，又一直把我陪到梦里去。

这以后不久，又有了第二次听诗的机会。这次念诗的是卜龙克(Hans Friedrich Blunck)。他是学士院的主席，相当于英国的桂冠诗人。论理应当引起更大的幻想，但其实却不然。上次自己可以制造种种影像，再用幻想涂上颜色，因而给自己一点期望的快乐。但这次，既然有了上次的经验，又哪能再凭空去制造影像呢？但也就因了有上次的经验，知道了诗人的诗篇从诗人自己嘴里流出来的时候是有着怎样大的魔力，所以对日子的来临渴望得比上次又不知厉害多少倍了。

在渴望中，终于到了念诗的那天。又是阴沉的天色，随时都有落下雨来的可能。黄昏的时候，我去找那位朋友，走过那一段古老的城墙，一同到大学的大讲堂去。

人不像上次多。讲台的布置也同上次不一样。上次只是极单纯的一张桌子，一把椅子。这次桌子前却挂了国社党的红底黑字的旗子，而且桌子上还摆了两瓶乱七八糟的花。我感到深深的失望的悲哀。我早没有了那在一间小屋中暗黄的灯影里只有几个人听诗的幻影。连上次那样单纯朴质的意味也寻不到踪影了。

最先是一个毛手毛脚的年轻小伙子飞步上台，把右手一扬，开口便说话。嘴鼻子乱动，眼也骨碌骨碌地直转。看样子是想把眼光找一个地方放下，但看到台下有这样许多人看自己，急切又找不到地方放；于是嘴鼻子眼也动得更厉害。我忍不住直想笑出声来。但没等我笑出来，这小伙子，说过几句介绍词之后，早又毛手毛脚地跳下台来了。

接着上去的是卜龙克。他不知道什么时候已经来到这屋里，只从前排的一个位子上站起来就走上台去。他的貌相颇有点滑稽。头顶全秃光了，在灯下直闪光；嘴向右边歪，左嘴角上一个大疤。说话的时候，只有上唇的右半颤动，衬了因说话而引起的皱纹，形成一个奇异的景象。同宾丁一样，说了几句话之后，他就开始念自己的诗。但立刻就给了我一个不好的印象。音调不但不柔婉，而且生涩得令人想也想不到，仿佛有谁勉强他来念似的，抱了一肚皮委屈，只好一顿一挫地念下去。我想到宾丁，在那老人的颤声里是有着多大的魔力呢？但我终于忍耐着。念过几首之后，又念到他采了民间故事仿民歌作的歌。不知为什么诗人忽然兴奋起来，声音也高起来了。在单纯质朴的歌调中，仿佛有一股原始的力量在灌注着。我的心又不知不觉飞了出去，我又到了一个忘我的境界。当他念完了诗再念小说的时候，他似乎异常的高兴，微笑从不曾离开过他的脸。听众不时发出哄堂的笑声，表示他们也都很兴奋。这笑声延长下去，一直到诗人念完了小说带着一脸的微笑走下讲台。

我们又随着人们挤出了大讲堂。外面是阴暗的夜。我们仍然走过那段古城墙。抬头看到那座中世纪留下来的古老的教堂的尖顶，高高地刺向灰暗的天空里去，像一个巨人的影子。同上次一样，诗人的面影又追着我来，就在我眼前不远的地方浮动。同时那位老诗人的有着那一双大而有光辉的眼睛的面影，也浮到眼前来。无论眼前看到的是一棵老树，还是树后面一团模糊的山林，但这两个面影就会浮在前面。就这样，又一直把我送到家，又一直把我送到梦里去。

到现在已经一个多月了，每在不经心的时候，一转眼，便有这样两个面影，一前一后地飘过去；这两位诗人的声音也便随着缭绕在耳旁；我的心立刻泛起一阵轻微的颤动。有人会以为这些纠缠不清的影子对我是一个大的累赘。然而正相反，我自己心里暗暗地庆幸着：从很早的时候就在眼前晃动的那幅影像终于在眼前证实了。自己就成了那影像里的一个听者，诗人的颤声就流到自己的耳朵里、心里、灵魂的深深处，而且还永远永远地埋起来。倘若真是一个梦的话，又有谁否认这不是一个充满了神奇的梦呢！

1936年2月26日于德国哥廷根

Wala

总有一个女孩子的面影飘动在我的眼前：淡红的双腮，圆圆的大眼睛。这面影对我这样熟悉，却又这样生疏。每次当她浮现的时候，我一点也不去理会，她只是这么摇摇曳曳地在我眼前浮动一会儿，蓦地又暗淡下去，终于消逝到不知什么地方去了。我的记忆也自然会随了这消逝去的影子追上去，一直追到六年前的波兰车上。

也是同现在一样的夏末秋初的天气，我在赤都游了一整天以后，脑海里装满了红红绿绿的花坛的影像，走上波德通车。我们七个中国同学占据了一个车厢，谈笑得颇为热闹。大概快到华沙了吧，车里渐渐暗了下来，这时忽然走进一个年轻的女孩子来。我只觉得有一个秀挺的身影在我眼前一闪，还没等我细看的时候，她已经坐在我的对面。我的地理知识本来不高明。在国内的时候，对波兰我就不大清楚，对波兰的女孩子更模糊成一团。后来读到一位先生游波兰描写波兰女孩子的诗，当时的印象似乎很深，但不久就渐渐淡了下来，终于连一点痕迹都没有了。然而现在自己竟到了波兰，而且对面就坐了一个美丽的波兰女孩子：淡红的双腮，圆圆的大眼睛。

倘若在国内的话，七个男人同一个孤身的女孩子坐在一起，我们即使再道学，恐怕也会说一两句带着暗示的话，让女孩子红上一阵脸，我们好来欣赏娇羞含怒然而却又带笑的态度。然而现在却轮到我们红脸了。女孩子坦然地坐在那里，脸上挂着一丝微笑，把我们七个异邦的青年男子轮流看了一遍，似乎想要说话的样子。但我们都仿佛变成在老师跟前背不出书来的小学生，低了头，没有一个人敢说些什么。终于还是女孩子先开了口。她大概知道我们不能说波兰话，只用德文问我们会说哪一国的话。我们七个中有一半没学过德文。我自己虽然学过，但也只是书本子里的东西。现在既然有人问到了，也只好勉强回答说自己会说德文。谈话也就开始了，而且还是愈来愈热闹。我们真觉得语言的功用有时候并不怎样大，静默或其他别的动作还能表达更多更复杂更深刻的思想。当时我们当然不能长篇大论地叙述什么，有的时候竟连意思都表达不出来，这时我们便相对一笑，在这一笑里，我们似乎互相了解了更多更深的东西。刚才她走进来的时候，先很小心地把一个坐垫放在座位上，然后坐下去。经过了也不知道多少时候，我蓦地发现这坐垫已经移到一位中国同学的身子下面去；然而他们两个人都没注意到，当时热闹的情形也可以想见了。

在满洲里的时候，我们曾经买了几瓶啤酒似的东西。一路上，每到一个大车站，我们就下去用铁壶提开水来喝，这几瓶东西却始终珍惜着没有打开。现在却仿佛蓦地有一个默契流过我们每个人的心中，一位同学匆匆忙忙地找出来了一瓶打开，没有问别人，其余的人也都兴高采烈地帮忙找杯子，没有一个人有半点反对的意思。不用说，我们第一杯是捧给这位美丽的女孩子的。她用手接了，先不喝，问我这是什么。我本来不很知道这究竟是什么，反正不过是酒一类的东西，而且我脑子里关于这方面的德文字也就只有一个酒字，就顺口回答说："是酒。"她于是喝了一口，立刻抬起眼含着笑仿佛谴责似的问着我说："你说是酒？"这双眼睛这样大，这样亮，又这样圆，再加上玫瑰花似的微笑，这一切深深地压住了我的心，我本就没有要辩解，现在更没话可说，其实也不能说什么话了。她没有再说什么，拿出她自己带来的饼干分给我们吃。我们又吃又喝，忘记了现在是在火车上，是在异域；忘记了我们是初相识的异国的青年男女，根本忘记了我们自己，忘记了一切。她皮包里带着许多相片，她一张一张地拿给我们看。我们也把我们身边带的书籍画片，甚至连我们的毕业证书都找出来给她看。小小的车厢里充满了融融的欣悦。一位同学忽然问她叫什么名字，她立刻毫不忸怩地把自己的名字写在我们的簿子上：Wala，一个多么美妙令人一听就神往的名字！

大概将近半夜了吧，我走到另外一个车厢里想去找一个地方睡一会儿。终于在一个角落里找到一个位子。对面坐着一位大鼻子的中年人。才一出国，看到满车外国人，已经有点觉得生疏。再看了他这大鼻子，仿佛自己已经走进了一个童话的国土里来，有说不出的感觉。这大鼻子仿佛有魔力，把我的眼睛吸住，我非看不行。我敢发誓，我一生还没有看到这样大的鼻子。他耳朵上又罩上了无线电收音机，衬上这生在脸正中的一块大肉，这一切合起来凑成一幅奇异的图案画，看了我再也忍不住笑起来。但他偏又高兴同我说话，说着破碎的英语，一手指着自己的头，一手指着远处坐着的Wala，头摇了两摇，奇异的图案画上浮起一丝鄙夷微笑。我抬起头来看了看Wala，才发现她头上戴了一顶红红绿绿的小帽子。刚才我竟没有注意到，我的全部精神都让她的淡红的双腮同圆圆的大眼睛吸引住了。现在忽然发现她头上的小帽子，只觉得更增加了她的妩媚。一直到现在我还不明白，这位中年人为何讨厌这一顶同她的秀美的面孔相得益彰的小帽子。

我现在已经忆不起来，我们是怎样分的手。大概是我们，至少是我，坐着蒙蒙眬眬地睡了会，其间Wala就下了车。我当时醒了后确曾觉得非常值得惋惜，我们竟连一声再会都没能说，这美丽的女孩子就像神龙似的去了。我仿佛看了一个夏夜的流星。但后来自己到了德国，蓦地投到一个新的环境里去，整天让工作压得不能喘一口气。以前在国内的时候，无论是做学生，是教书，尽有余裕的时间让自己的幻想出去飞一飞，上至青天，下至黄泉，到种种奇幻的世界里去翱翔，想到许多荒唐的事情，摹绘给自己种种金色的幻影，然后再回到这个世界里来。现在每天对着自己的全是死板的现实，自己再没有余裕把幻想放出去，Wala的影子似乎已经从我的记忆里消逝了去，我再也想不到她了。这样就过去了六个年头。

前两天，一个细雨萧索的初秋的晚上，一位中国同学到我家里来闲谈。谈到附近一个菜园子里新近来了一个波兰女孩子在工作。这女孩子很年轻，长得又非常美丽，父母都很有钱。在波兰刚中学毕业，正要准备进大学的时候，德国军队冲进波兰。在听过几天飞机大炮以后，就来了大恐怖，到处是残暴与血光。在风声鹤唳的情况里过了一年，正在庆幸自己还能活下去的时候，又被希特勒手下的穿黑衣服的两足走兽强迫装进一辆火车里运到德国来，终于被派到哥廷根来，在这个菜园子里做下女。她天天做着牛马的工作，受着牛马的待遇，一生还没有做过这样的苦工。出门的时候，衣襟上还要挂上一个绣着P字的黄布，表示她是波兰人，让德国人随时都能注意她的行动；而且也只能白天出门，晚上出去捉起来立刻入监狱。电影院戏院一类娱乐的地方是不许她去的。衣服票、鞋票当然领不到，衣服、鞋破了也只好将就着穿，所以她这样一个年轻又美丽的女孩子，衣服是破烂不堪的，脚下穿的又是木头鞋。工资少到令人吃惊。回家的希望简直更渺茫，只有天知道，她什么时候能再见到她的故乡，她的父母！我的朋友也不由得叹了一口气。

我的眼前电火似的一闪，立刻浮起Wala的面影，难道这个女孩子就是Wala么？但立刻我又自己否认，这不会是她的，天下不会有这样凑巧的事情。然而立刻又想到，这女孩子说不定就是Wala，而且非是她不行；命运是非常古怪的，它有时候会安排下出人意料的事情。就这样，我的脑海里纷乱成一团，躺下无论如何也睡不着，伏在枕上听窗外雨声滴着落叶，一直到不知什么时候。

第二天早晨起来，到研究所去的时候，我就绕路到那菜园子去。这里我以前本来是常走的，一切我都很熟悉。但今天我看到这绿绿的菜畦，黄了叶子的苹果树，中间一座两层的小楼，我的眼前发亮，一切都蓦地对我生疏起来，我仿佛第一次看到这许多东西，我简直失了神似的，觉得以前菜畦没有这样绿，苹果树的叶子也没有黄过，中间并没有这样一座小楼。但现在却清清楚楚地看到眼前有这样一座楼，小小的红窗子就对着黄了叶子的苹果林，小巧得古怪又可爱。我注视这窗口，每一刹那我都盼望着，蓦地会有一个女孩子的头探出来，而且这就是Wala。在黄了叶子的苹果树下面，我也每一刹那都在盼望着，蓦地会有一个秀挺的少女的身影出现，而且这也就是Wala。但我什么也没看到。我带了一颗失望的心走到研究所，工作当然做不下去。黄昏回家的时候，我又绕路从这菜园子旁边走过，我直觉地觉得反正在离我住的地方不远的小楼里有一个Wala在；但我却没有一点愿望再看这小楼，再注视这窗口，只匆匆走过去，仿佛是一个被检阅的兵士。

以后，我每天要绕路到那菜园子附近去走上两趟。我什么也没看到，而且我也不希望看到什么，因为我现在已经知道，这女孩子不会是Wala了。不看到，自己心里终究有一个极渺茫极不成希望的希望：说不定她就真是Wala。怀了这渺茫的希望，回到家来，每当夜深人静的时候，就把幻想放出去，到种种奇幻的世界里去翱翔，想到许多荒唐的事情，给自己摹描种种金色的幻影。这幻想会自然而然地把我带到六年前的波兰车上。我瞪大了眼睛向眼前的空虚处看去，也自然而然地有一个这样熟悉而又这样生疏的女孩子的面影摇摇曳曳地浮现起来：淡红的双腮，圆圆的大眼睛。

我每次想到的就是这似乎平淡然而却又很深刻的诗句："同是天涯沦落人。"因为，我已经再不怀疑，即使这女孩子不是Wala，但Wala的命运也不会同这女孩子有什么区别，或者还更坏。她也一定是在看过残暴与血光以后，被另外一个希特勒手下的穿黑衣服的两足走兽强迫装进一辆火车里拖到德国来，在另一块德国土地上，做着牛马的工作，受着牛马的待遇，出门的时候也同样要挂上一个P字黄牌，同样不能看到她的父母，她的故乡。但我自己的命运又有什么两样呢？不正有另一群兽类在千山万山外自己的故乡里散布残暴与火光吗？故乡的人们也同样做着牛马的工作，受着牛马的待遇，自己也同样不能见到自己的家属，自己的故乡。"同是天涯沦落人"，但是我们连"相逢"的机会都没有，我真希望我们这曾经一度"相识"者能够相对流一点泪，互相给一点安慰。但是，即使她现在有泪，也只好一个人独洒了，她又到什么地方能找到我呢？有时候，我曾经觉得世界太小，小到令人连呼吸都不自由，但现在我却觉得世界真正太大了。在茫茫的人海里，找寻她，不正像在大海里找寻一粒芥子吗？我们大概终不能再会面了。

1941年于德国哥廷根

忆章用

我一直到现在还不能相信，他竟撒手离开这个世界去了。我自己的生命虽然截止到现在还说不上怎样太长，但在这不太长的过去的生命中，他的出现却更短，短到令人怀疑是不是曾经有过这样一回事。倘若要用一个譬喻的话，我只能把他比作一颗夏夜的流星，在我的生命的天空中，蓦地拖了一条火线出现了，蓦地又消逝到暗冥里去。但在这条火线留下的影子却一直挂在我的记忆的丝缕上，到现在，已经是隔了几年了，忽然又闪耀了起来。

人的记忆也是怪东西，在每一天，不，简直是每一刹那，自己所遇到的大大小小的事情中，在风起云涌的思潮中，有后来想起来认为是极重大的事情，但在当时看过想过后不久就忘却了，费很大的力量才能再回忆起来。但有的事情，譬如说一个人笑的时候脸部构成的图形，一条柳枝摇曳的影子，一片花瓣的飘落，在当时、在后来，都不认为有什么不得了；但往往经过很久很久的时间，却能随时明晰地浮现在眼前，因而引起一长串的回忆。到现在很生动地浮现在我眼前，压迫着我想到俊之（章用）的，就是他在谈话中间静默时神秘地向眼前空虚处注视的神态。

但说来已经是六年前的事情了。六年前的深秋，我从柏林来到哥廷根。第二天起来，在街上走着的时候，觉得这小城的街特别长，太阳也特别亮，一切都浸在一片白光里。过了几天，就在这样的白光里，我随一位中国同学走过长长的街去访俊之。他同他母亲赁居一座小楼房的上层，四周全是花园。这时已经是落叶满地，树头虽然还挂了几片残叶，但在秋风中却只显得孤零了。那一次究竟说了些什么话，现在已经记不清了。似乎他母亲说话最多，俊之并没有说多少。在谈话中间静默的一刹那，我只注意到，他的目光从眼镜边上流出来，神秘地注视着眼前的空虚处。

就这样，我们第一次见面他给我的印象是颇平常的；但不知为什么，以后竟常常往来起来。他母亲人非常慈和，很健谈。每次会面，都差不多只有她一个人独白，每次都感觉不到时间的逝去，等到觉得屋里渐渐暗起来，却已经晚了，结果每次都是仓仓促促辞了出来，摸索着走下黑暗的楼梯，赶回家来吃晚饭。为了照顾儿子，她在这个离开故乡几万里的寂寞的小城里陪儿子一住就是七八年，只是这一件，就足以打动天下失掉了母亲的孩子们的心，让他们在无人处流泪，何况我又是这样多愁善感，又何况还是在这异邦的深秋呢？我因而常常想到在故乡里萋萋的秋草下长眠的母亲，到俊之家里去的次数也就多起来。

哥廷根的秋天是美的，美到神秘的境地，令人说不出，也根本想不到去说。有谁见过未来派的画？这小城东面的一片山林在秋天就是一幅未来派的画。你抬眼就看到一片耀眼的绚烂。只说黄色，就数不清有多少层级，从淡黄一直到接近棕色的深黄，参差地抹在这一片秋林的梢上，里面杂了冬青树的浓绿，这里那里还点缀上一星星的鲜红，给这惨淡的秋色涂上一片凄艳。就在这林子里，俊之常陪我去散步。我们不知道曾留下多少游踪。林子里这样静，我们甚至能听到叶子辞树的声音。倘若我们站下来，叶子也就会飘落到我们身上。等到我们理会到的时候，我们的头上、肩上已经满是落叶了。间或前面树丛里影子似的一闪，是一匹被我们惊走的小鹿，接着我们就会听到窸窣的干叶声，渐远，渐远，终于消逝到无边的寂静里去。谁又会想到，我们竟在这异域的小城里亲身体会到“叶干闻鹿行”的境界？但这情景都是后来回忆时才觉到的，在当时，我们却没有，或者说很少注意到：我们正在热烈地谈着什么。他虽然念的是数学；但因为家学渊源，对中国旧文学很有根底，作旧诗更是经过名师的指导，对哲学似乎比对数学的兴趣还要大。我自己虽然一无所成，但因为平常喜欢浏览，所以很看了些旧诗词，而且自己对许多文学上的派别和几个诗人还有一套看法。平时难得解人，所以一直闷在心里，现在居然有人肯听，于是我就一下子倾出来。看了他点头赞成的神气，我的意趣更不由得飞动起来，我忘记了时间，忘记了世界，连自己也忘记了。往往是看到桦树的白皮上已经涂上了淡红的夕阳，才知道是应该下山的时候。走到城边，就看到西面山上一团紫气，不久天上就亮起星星来了。

等到林子里最后的几片黄叶也落净了的时候，不久就下了第一场雪。哥城的冬天是寂寞的。天永远阴沉，难得看到几缕阳光。在外面既然没有什么可看，人们又觉得炉火可爱起来。有时候在雪意很浓的傍晚，他到我家里来闲谈。他总是靠近炉子坐在沙发上，头靠在后面的墙上。我们总有说不完的话，大半谈的仍然是哲学宗教上的问题；但转来转去，总转到中国旧诗上。他说话没有我多。当我滔滔不绝地说着的时候，他只是静静地听，脸上又浮起那一抹神秘的微笑，眼光注视着眼前的空虚处。同我一样，他也会忘记了时间，现在轮到他摸索着走下黑暗的楼梯赶回家去吃晚饭了。

后来这情形渐渐多起来。等到我们再聚到一起的时候，章伯母就笑着告诉我，自从我到了哥廷根，他儿子仿佛变了一个人，以前同他母亲也不大多说话，现在居然有时候也显得有点活泼了。他在哥城八年，除了间或到范禹（龙丕炎）家去以外，很少到另外一位中国同学家里去，当然更谈不上因谈话而忘记了吃晚饭。多少年来，他总是一个人到大学去，到图书馆去，到山上去散步，不大同别人在一起。这情形我都能想象得到，因为无论谁只要同俊之见上一面，就会知道，他是孤高一流的人物。这样一个人怎么能够同其他油头粉面满嘴离不开跳舞、电影的留学生们合得来呢？

但他的孤高并不是矫揉造作的，他也并没有意思去装假名士。章伯母告诉我，他在家里，也总是一个人在思索着什么，有时坐在那里，眼睛愣愣的，半天不动。他根本不谈家常，只有谈到学问，他才有兴趣。但老人家的兴趣却同他的正相反，所以平常即使母子相对也只有沉默着一句话也不说了。他对吃饭也感不到多大兴趣，坐在饭桌旁边，嘴里嚼着什么，眼睛并不看眼前的碗同菜，脑子里似乎正在思索着只有他自己知道的问题。有时候，手里拿着一块面包，站起来，在屋里不停地走，他又沉到他自己独有的幻想的世界里去。倘若叫他吃，他就吃下去；倘若不叫他，他也就算了。有时候她同他开个玩笑，问他刚才吃的是什么东西，他想上半天，仍然说不上来。这事儿他自己说起来都会笑的。过了不久，我就有机会证实了章伯母的话。这所谓“不久”，我虽然不能确切地指出时间来；但总在新年过后的一二个月里，小钟似的白花刚从薄薄的雪堆里挣扎出来，林子里怕已经抹上淡淡的一片绿意了。章伯母因为有事情到英国去了，只留他一个人在家里。我因为学系不能决定，有时候感到异常的烦闷，所以就常在傍晚的时候到他家里去闲谈。我差不多每次都看到桌子上一块干面包，孤苦伶仃地伴着一瓶凉水。问他吃过晚饭没有，他说吃过了。再问他吃的什么，他的眼光就流到那一块干面包和那一瓶凉水上去，什么也不说。他当然不缺少钱买点香肠牛奶什么的；而且煤气炉子也就在厨房里，只要用手一转，也就可以得到一壶热咖啡；但这些他都没做，也许是忘记了，也许根本没有兴致想到这些琐碎的事情，他脑筋里正盘旋着什么问题。在这时候，最简单的办法当然就是从面包盒里找出他母亲吃剩下的面包，拧开凉水管子灌满一瓶，草草吃下去了事。既然吃饭这事情非解决不行，他也就来解决；至于怎样解决，那又有什么重要呢？反正只要解决过，他就能再继续他的工作，他这样就很满意了。

我将怎样称呼他这样一个人呢？在一般人眼中，他毫无疑问地是一个怪人，而且他和一般人，或者也可以说，一般人和他合不来的原因恐怕也就在这里面。但我从小就有一个偏见，我最不能忍受四平八稳、处事接物面面周到的人物。我觉得，人不应该像牛羊一样，看上去都差不多，人应该有个性。然而人类的大多数都是看上去差不多的角色，他们只能平稳地活着，又平稳地死去，对人类、对世界丝毫没有影响。真正的大学问、大事业是另外几个与一般人不一样，甚至被他人看作怪人和呆子的人做出来的。我自己虽然这样想，甚至也试着这样做过，也竟有人认为我有点怪；但我自问，有的时候自己还太妥协平稳，同别人一样的地方还太多。因而我对俊之，除了羡慕他的渊博的学识以外，对他的为人也有说不出来的景仰。

在羡慕同景仰两种心情下，我当然高兴常同他接近。在他那方面，他也似乎很高兴见到我。到现在还不能忘记，每次我找他到小山上去散步，他都立刻答应，而且在非常仓皇的情形下穿鞋、穿衣服，仿佛穿慢了，我就会逃掉似的。我们在一起，仍然有说不完的话，我们谈哲学、谈宗教，仍然同以前一样，转来转去，总转到中国旧诗上去。他把他的诗集拿给我看，里面的诗并不多，只是薄薄的一本。我因为只仓促翻了一遍，现在已经记不清，里面究竟有些什么诗。我用尽了力想，只能想起两句来："频梦春池添秀句，每闻夜雨忆联床。"他还告诉我，到哥城八年，先是拼命念德文，后来入了大学，又治数学同哲学，总没有余裕和兴致来写诗；但自从我来以后，他的诗兴仿佛又开始汹涌起来，这是连他自己都没想到的——

果然，过了不久，又在一个傍晚，他到我家里来。一进门，手就向衣袋里摸，摸出来的是一个黄色的信封，里面装了一张硬纸片，上面工整地写着一首诗：

空谷足音一识君，
相期诗伯苦相薰。
体裁新旧同尝试，
胎息中西沐见闻。
胸宿赋才徕物与，
气嘘史笔发清芬。
千金敝帚孰轻重，

后世凭猜定小文。

我看了脸上直发热。对旧诗，我虽然喜欢胡谈乱道；但说到做，我却从来没尝试过，可以说是一个十足的门外汉，我哪里敢做梦做什么“诗伯”呢？但他的这番意思我却只有心领了。

这时候，我自己的心情并不太好，他也正有他的忧愁。七八年来，他一直过着极优裕的生活。近一两年来，国内的地租忽然发生了问题，于是经济来源就有了困难。对于他这其实都算不了什么，因为我知道，只要他一开口，立刻就会有人自动地送钱给他用，而且，据他母亲告诉我，也真的已经有人寄了钱来，譬如一位德国朋友，以前常到他家里去吃中国饭，现在在另外一个大学里当讲师，就寄了许多钱来，还愿意以后每月寄。然而俊之都拒绝了。我也同他谈过这事情，我觉得目前用朋友几个钱完成学业实在是无伤大雅的，但他却一概不听，也不说什么理由。我自己根本没有多少钱，领到的钱也不过刚够每月的食宿，一点也不能帮他的忙。最初听到他说，他不久就要回国去筹款，心中有说不出的难过。后来他这计划终于成为事实了。每次到他那里去，总看到他忙忙碌碌地整理书籍。我不愿意看这一堆堆横七竖八躺在地上的书籍。我觉得有什么地方对不起他，心里凭空惭愧起来。

不知不觉，时间已经由暮春转入了初夏。哥廷根城又埋到一团翠绿里去。俊之起程的日子也决定了。在前一天的晚上，我们替他饯行，一直到深夜才走出市政府的地下餐厅。我同他并肩走在最前面。他平常就不大喜欢说话，今天更不说了，我们只是沉默着走上去，听自己的步履声在深夜的小巷里回响，终于在沉默里分了手。我不知道他怎么样，我是一夜在床上翻来覆去地睡不着。第二天天一亮我就到他家去了。他已经起来了。我本来预备在我们离别前痛痛快快谈一谈，我仿佛有许多话要说似的，但他却坚决要到大学里去上一堂课。他母亲挽留也没有用。他嘴里只是说，他要去上“最后一课”，“最后”两个字说得特别响，脸上浮着一片惨笑。我不敢接触他的目光，但我却能了解他的“客树回望成故乡”的心情。谁又知道，这一堂课就真的成了他的“最后一课”呢？

就这样，俊之终于离开他的第二故乡哥廷根，离开了我，从那以后，我就再也没有看到他。路上每到一个停船的地方，他总有信给我。他知道我正在念梵文，还剪了许多报上的材料寄给我。此外，还寄给我许多诗。回国以后，先在山东大学教数学。在这期间，他曾写过一封很长的信给我，报告他的近况，依然是满腹牢骚。后来又转到浙江大学去。情形如何，我不大清楚。不久，战争波及浙江，他随了大学辗转迁到江西。从那里，我接到他一封信，附了一卷诗稿，他把回国以后作的诗都寄给我了。他仿佛预感到自己将不久于人世，赶快把诗抄好，寄给一个朋友保存下去，这个朋友他就选中了我。我一直到现在还不相信，这是偶然的，他似乎故意把这担子放在我的肩上。

从那以后，我从他那里再没听到什么。不久范禹来了信，报告他的死。他从江西飞到香港去养病，就死在那里。我真没法相信这是真的，难道范禹听错了消息了么？但最后我却终于不能不承认，俊之是真的死了，在我生命的夜空里，他像一颗夏夜的流星似的消逝了，永远地消逝了。

我们相处一共不到一年。一直到离别还互相称作“先生”。在他没死之前，我只不过觉得同他颇能谈得来，每次到一起都能得到点安慰，如此而已。然而他的死却给了我一个回忆沉思的机会，我蓦地发现，我已于无意之间损失了一个知己，一个真正的朋友。在这茫茫人世间，究竟还有几个人能了解我呢？俊之无疑是真正能够了解我的一个朋友。我无论发表什么意见，哪怕是极浅薄的，从他那里我都能得到共鸣。但现在他竟离开这人世去了。我陡然觉得人世空虚起来。站在人群里，只觉得自己的渺小和孤独，我仿佛失掉了倚靠似的，徘徊在寂寞的大空虚里。

哥廷根仍然同以前一样的美，街仍然是那样长，阳光仍然是那样亮。我每天按时走过这长长的街到研究所去，晚上再回来。以前我还希望，俊之回来的时候，我们还可以逍遥地在长街上高谈阔论，但现在这希望永远只是希望了。我一个人拖着一条影子走来走去：走过一个咖啡馆，我回忆到我曾同他在这里喝过咖啡，消磨了许多寂寞的时光；再向前走几步是一个饭馆，我又回忆到，我曾同他每天在这里吃午饭，吃完再一同慢慢地走回家去；再走几步是一个书店，我回忆到，我有时候呆子似的在这里站上半天看玻璃窗子里面的书，肩头上蓦地落上了一只温暖的手，一回头是俊之，他也正来看书窗子；再向前走几步是一个女子高中，我又回忆到，他曾领我来这里听诗人念诗，听完在深夜里走回家，看雨珠在树枝上珠子似的闪光——就这样，每一个地方都能勾起我的回忆，甚至看到一块石头，也会想到，我同俊之一同在上面踏过；看了一枝小花，也会回忆到，我同他一同看过。然而他现在却撒手离开这个世界走了，把寂寞留给我。回忆对我而言成了一个异常沉重的负担。

今年秋天，我更寂寞难忍。我一个人在屋里无论如何也坐不下去，四面的墙仿佛都起来给我以压迫。每天吃过晚饭，我就一个人逃出去到山下大草地上去散步。每次都走过他同他母亲住过的旧居：小楼依然是六年前的小楼，花园也仍然是六年前的花园，连落满地上的黄叶，甚至连树枝上残留着的几片孤零的叶子，都同六年前一样，但我的心情却同六年前的这时候大大地不相同了。小窗子依然对着这一片黄叶林。我以前在这里走过不知多少遍，似乎从来没有注意过这样一个小窗子；但现在这小窗子却唤起我的许多记忆，它的存在我于是也就注意到了。在这小窗子里面，我曾同俊之同坐过消磨了许多寂寞的时光，我们从这里一同看过涂满了凄艳的彩色的秋林，也曾看过压满了白雪的琼林，又看过绚烂的苹果花，蜜蜂围着嗡嗡地飞；在他离开哥廷根的前几天，我们都在他家里吃饭，忽然扫过一阵暴风雨，远处的山、山上的树林、树林上面露出的俾斯麦塔都隐入滃濛的云气里去，这一切仿佛是一幅画，这小窗子就是这幅画的镜框。我们当时都为自然的伟大所压迫，半天说不出一句话来，只是沉默着透过这小窗注视着远处的山林。当时的情况还历历在目，然而现在却只剩下我一个人在满是落叶的深秋的长街上，在一个离故乡几万里远的异邦的小城里，呆呆地从下面注视这小窗子了，而这小窗子也正像蓬莱仙山可望而不可即了。

逝去的时光不能再捉回来，这我知道；人死了不能复活，这我也知道。我到这个世界上三十年来，曾经看到过无数的死：父亲、母亲和婶母都悄悄地死去了。尤其是母亲的死在我心里留下无论如何也补不起来的创痕。到现在已经十年了，差不多隔几天我就会梦到母亲，每次都是哭着醒来。我甚至不敢再看讲母亲的爱的小说、剧本和电影。有一次偶然看一部电影，我一直从剧场里哭到家。但俊之的死却同别人的死都不一样：生死之悲当然有，但另外还有知己之感。这感觉我无论如何也排除不掉。我一直到现在还要问：世界上可以死的人太多太多了，为什么单单死俊之一个人？倘若我不同他认识也就算了；但命运却偏偏把我同他在离祖国几万里远的一个小城里拉在一起，他却又偏偏死去。在我饱经忧患的生命里再加上这幕悲剧，难道命运觉得对我还不够残酷吗？

但我并不悲观，我还要活下去。有的人说："死人活在活人的记忆里。"俊之就活在我的记忆里。只是为了这，我也要活下去。当然，这回忆对我是一个无比的重担；但我却甘心挑起这一份重担，而且还希望愈久愈好。

五年前开始写这篇文章，那时我还在德国。中间屡屡因为别的研究工作而停笔，剩了一个尾巴，没能写完。现在在挥汗之余勉强写起来，离开那座小城已经几万里远了。

1946年7月23日写于南京

纪念一位德国学者西克灵教授

昨天晚上接到我的老师西克先生（Prof.Dr.Emil Sieg）从德国来的信，说西克灵教授（W.Siegling）已经于去年春天死去，看了我心里非常难过。生死本来是一种自然现象，不值得大惊小怪。但死也并不是没有差别。有的人死去了，对国家、对世界一点影响都没有。他们只是在他们亲族的回忆里还会生存一个时期，终于也就渐渐被遗忘了。有的人的死却是对国家、对世界都是一个损失，连不认识他们的人都会觉得悲哀，何况认识他们的朋友们呢！

西克灵这名字，许多中国读者大概还不太生疏，虽然他一生所从事研究的学科可以说是很偏僻的。他是西克先生的学生。同他老师一样，他也是先研究梵文，然后才转到吐火罗语去的。转变点就在四十年前。当时德国的探险队在Grünwedel和Ven LeCoq领导之下，从中国的新疆发掘出了无量珍贵的用各种文字写的残卷并将其运到柏林去，德国学者虽然还不能读通这些文字，但他们却意识到这些残卷的重要性。当时柏林大学的梵文正教授Pischel就召集了许多年轻的语言学者，尤其是梵文学者，来从事研究。西克和西克灵决心合作研究的就是后来被定名为吐火罗语的一种语言。当时他们有的是幻想和精力，这种稍稍带有点冒险意味，有的时候简直近于猜谜式的研究工作，更提高了他们的兴趣。他们日夜工作，前途充满了光明。在三十多年以后，西克先生每次谈起来还不禁眉飞色舞，仿佛他自己又走回青春里去，当时热烈的情景就可以想见了。

他们的合作一直持续了几十年，终于把吐火罗语读通。在这期间，他们发表的震惊学术界的许多文章和书，除了在第一次世界大战西克灵被征从军的那个期间外，都是用两个人的名字。西克灵小心、谨慎，但没有什么创造的能力，同时又因为住在柏林，在普鲁士学士院（Preussische Akademie der Wissenschaften）里做事情，所以他的工作就偏重在研究抄写Brāhmi字母。他把这些原来是用Brāhmi字母写成的残卷用拉丁字母写出来寄给西克，西克就根据这些拉丁字母写成的稿子来研究文法，确定字义。但我并不是说西克灵只懂字母而西克只懂文法。他们两方面都懂，只不过西克灵偏重字母而西克偏重文法而已。

两个人的个性也非常不一样。我已经说到西克灵小心、谨慎，其实这两个形容词是不够的。他有时候谨慎到我们不能想象的地步。根据许多别的文字，一个吐火罗字的字义明明是毫无疑问地可以确定了，但他偏怀疑、偏反对，无论如何也不承认。在这种情形下，西克先生看到写信已经没有效用，便只好坐上火车到柏林用三寸不烂之舌来说服他。我常说，西克先生就像是火车头的蒸汽机，没有它火车当然不能走。但有时候走得太猛太快也会出毛病，这就用得着一个停车的闸。西克灵就是这样的一个让车停的闸。

他们俩合作第一次出版的大著是*Tocharische Sprachreste*（1921年）。两本大著充分体现了这合作的成绩。在这书里他们还很少谈到文法，只不过把原来的Brāhmi字母改成拉丁字母，把每个应该分开来的字都分了而已。在1931年出版的*Tocharische Grammatik*里面，他们才把吐火罗语的文法系统地整理出来。这里除了他们两个人以外，他们还约上了大比较语言学家柏林大学教授舒尔慈（Wilhelm Schulz）来合作。结果这一本五百多页的大著就成了欧洲学术界划时代的著作。一直到现在，研究中亚古代语言和比较语言的学者还不能离开它。

写到这里，读者或许会以为西克灵在这些工作上都没有什么不得了的贡献，因为我上面曾说到他的工作主要是研究抄写Brāhmi字母。这种想法是错的。Brāhmi字母并不像我们知道的这些字母一样，它是非常复杂的。有时候两个字母的区别非常细微，譬如说t同n，稍一不小心，立刻就发生错误。法国的梵文学家莱维（Sylvain Lévi）在别的方面的成绩不能不算大，但看他出版的吐火罗语B（龟兹语）的残卷里有多少读错的地方，就可以知道只是读这字母也很不容易了。在这方面西克灵的造诣是非常惊人的，可以说是举世无双。

也是为了读Brāhmi字母的问题，我在1942年的春天到柏林去看西克灵。我在普鲁士学士院他的研究室里找到了他。他正在那里埋首工作，桌子上摆的、墙上挂的全是些Brāhmi字母的残卷，他就用他特有的蝇头般的小字一行一行地抄下来。在那以前，我就听说，只要有三个学生以上，他就一句话也说不出来了。所以他一生就只在学士院里工作，只有很短的一段时间在柏林大学里教过吐火罗语，终于还是辞了职。见了面他给我的印象同传闻的一样。人很沉静，不大说话。问他问题，他却解释无遗。我从他那里学到了不少读Brāhmi字母的秘诀。我发现他外表虽冷静，但骨子里他却是个很热情的人，像一切良好的德国人一样。

不久，我离开柏林，回到哥廷根，战争愈来愈激烈，我就再也没能到柏林去看他。战争结束后，自己居然还活着，听说他也没被炸死。心里觉得非常高兴。我也就带了这高兴在去年夏天里回了国。一转眼就过了半年，在这期间，因为又接触了一个新环境，整天糊里糊涂的，连回忆的余裕都没有了。最近，心情渐渐平静下来，于是又回忆到以前的许多事情，在德国遇到的许多师友的面影又不时在眼前晃动，想到以前过的那个幸福的时期，恨不能立刻再回到德国去。然而正在这时候，我接到西克先生的信，说西克灵已经去世了。即便我能立刻回到德国，师友里面已经少了一个了。对学术界，尤其是对我自己，这个损失是再也不能弥补的了。

我现在唯一的安慰就是在西克先生身上了。他今年已经八十多岁，但他的信上说，他的身体状况还很好。德国目前是既没有吃的穿的，也没有烧的。六七个人挤在一间小屋里，以他这样的高龄，他居然还照常工作！他四十年来的一个合作者西克灵，比他小二十多岁的一个朋友，既然先他而死了，我只希望上苍还加佑他，让他再壮壮实实多活几年，把他们未完成的大作完成了，为学术、为他死去的朋友。我为他祝福。

1947年1月29日于北平

德国学习生活回忆

我于1934年在清华大学西洋文学系毕业，到母校济南省立高中去教了一年国文。1935年秋天，考取清华大学与德国交换研究生，到德国著名的大学城哥廷根去继续学习。

首先碰到的一个问题就是学习科目。我曾经想学习古希腊文和拉丁文。但是当时德国中学生要学习八年拉丁文、六年希腊文。我补习这两种古代语言至少也要费上几年的时间，那是无论如何也做不到的。为这个问题，我着实烦恼了一阵。有一天，我走到大学的教务处去看教授开课的布告。偶然看到Waldschmidt（瓦尔德施米特）教授要开梵文课。这一下子就勾引起我旧有的兴趣：学习梵文和巴利文。从此以后，我在这个只有十万人口的小城住了整整十年，绝大部分精力就用在学习梵文和巴利文上。

我到哥廷根时，法西斯头子才上台两年。又过了两年，1937年，日本法西斯就发动了侵华战争。再过两年，1939年，德国法西斯就发动了第二次世界大战。在漫长的十年当中，我没有过上几天平静舒适的日子。到了德国不久，就赶上黄油和肉定量供应，而且是越来越少。第二次世界大战一爆发，面包立即定量，也是同样的规律：越来越少，而且越来越坏。到了后来，黄油基本上不见，做菜用的油是什么化学合成的。每月分配到的量很少，倒入锅中，转瞬一阵烟，便一切俱逝。做面包的面粉大部分都不是面粉。德国人自己也不知道是什么东西，有的说是海鱼粉做成，有的又说是木头炮制的。刚拿到手，还可以入口。放上一夜，就腥臭难闻。过了几年这样的日子，天天挨饿，做梦也梦到祖国吃的东西。要说真正挨饿的话，那才算是挨饿。有一次我同一位德国小姐骑自行车下乡去帮助农民摘苹果，因为成丁的男子几乎都被征从军，劳动力异常缺少。劳动了一天，农民送给我一些苹果和五磅土豆。我回家以后，把五磅土豆一煮，一顿饭吃个精光，但仍毫无饱意。挨饿的程度，可以想见。我当时正读俄国作家果戈理的《钦差大臣》，其中有一个人没有东西吃，脱口说了一句："我饿得简直想把地球一口气吞下去。"我读了，大为高兴，因为这位俄国作家在多少年以前就说出了我心里的话。

然而，我的学习并没有放松。我仍然是争分夺秒，把全部的时间都用于学习。我那几位德国老师使我毕生难忘。西克教授（Prof. Emil Sieg）当时已到耄耋高龄，早已退休，但由于Waldschmidt被征从军，他又出来代理。这位和蔼可亲诲人不倦的老人治学谨严，以读通吐火罗语，名扬国际学术界。他教我读波颠阇利的《大疏》，教我读《梨俱吠陀》，教我读《十王子传》，这都是他的拿手好戏。此外，他还殷切地劝我学习吐火罗语。我原来并没有这个打算，因为，从我的能力来说，我学习的东西已经够多的了。但是他的盛意难却，我就跟他念起吐火罗语来。同我同时学习的还有一个比利时的学者W. Couvreur，Waldschmidt教授每次回家休假，还关心指导我的论文。就这样，在战火纷飞下，饥肠辘辘中，我完成了我的学习，Waldschmidt教授和其他两个系——斯拉夫语言系和英国语言系的有关教授对我进行了口试。学习算是告一段落。有一些人常说：学术无国界。我以前对于这句话曾有过怀疑：学术怎么能无国界呢？一直到今天，就某些学科来说，仍然是有国界的。但是，也许因为我学的是社会科学，从我的那些德国老师身上，确实可以看出，学术是没有国界的。他们对我从来没有想保留一手。循循善诱，谆谆教导，连想法和资料，对我都是公开的。他们为什么这样做呢？难道他们不是想使他们从事的那种学科能够传入迢迢万里的中国来生根发芽结果吗？

此时战争已经形势大变。德国法西斯由胜转败，只有招架之功，没有还手之力。最初英美的飞机来德国轰炸时，炸弹威力不大，七八层的高楼仅仅只能炸坏最上面的几层。法西斯头子尾巴大翘，狂妄地加以嘲讽。但是过了不久，炸弹威力猛增，往往是把高楼一炸到底，有时甚至在穿透之后从地下往上爆炸。这时轰炸的规模也日益扩大，英国白天来炸，美国晚上来炸，都用的是“铺地毯”的方式，意思就是炸弹像铺地毯一样，一点空隙也不留。有时候，我到郊外林中去躲避空袭，躺在草地上仰望英美飞机编队飞过，机声震地，黑影蔽天，一躺就是个把小时。

我就是在这样饥寒交迫、机声隆隆中学习的。我当然会想到祖国，此时祖国在我心头的分量比什么时候都大。然而它却在千山万水之外，云天渺茫之中。我有时候简直失掉希望，觉得今生再也不会见到最亲爱的祖国了。同家庭也失掉联系。我想改杜甫的诗：“烽火连三岁，家书抵亿金。”我曾在当时写成的一篇短文里写道：“乡思使我想到：我是一个有故乡和祖国的人。”也许现在的人们无法理解这样一句平凡简单然而又包含着许多深意的话。我当时是了解的，现在当然更能了解了。

在这里，我想着重提一下德国人民的友好情谊。大家都知道，在30年代末40年代初，中国，除了解放区以外，是在国民党统治下的，外交无能，内政腐败，黄钟毁弃，瓦釜雷鸣，是一个被人家瞧不起的国家，何况德国法西斯更是瞧不起所谓“有色人种”的。法西斯头子希特勒时有所表露，而他的话又是被某一些德国人奉为金科玉律的。然而，在广大人民群众中，情况却完全两样。我在德国住了那样长的时间，从来没有碰到种族歧视的粗野对待。我的女房东待我像自己的孩子一样。离别时她痛哭失声。我的老师，我前面已经讲到过，对我在学术上要求极严，但始终亲切和蔼，令我如在春风化雨中。对一个远离祖国有时又有些多愁善感的年轻人来说，这是极大的安慰，它使我有勇气在饥寒交迫、精神极度愁苦中坚持下去，一直看到法西斯的垮台。

法西斯垮台以后，德国已经是一片废墟。我曾到汉诺威去过一趟。这个百万人口的大城，城里面光留下一个空架子，几乎没有什么居民。大街两旁全是被轰炸过的高楼大厦，只剩下几堵墙。沿墙的地下室窗口旁，摆满上坟用的花圈。据说被埋在地下室里的人成千上万。当时轰炸后，还能听到里面的求救声，但没法挖开地下室救他们。声音日渐微弱，终于无声地死在里边。现在停战了，还是无法挖开地下室，抬出尸体。家人上坟就只好把花圈摆在窗外。这种景象实在让人毛骨悚然。

这时已是1945年深秋，我到德国已经整整十年了。我同几个中国同乡，乘美军的汽车，到了瑞士，在那里住了将近半年。1946年夏天回国，从此结束了我那漫长的流浪生活。

1981年5月11日

遥远的怀念

华东师范大学出版社编辑部出了一个绝妙的题目，实在是先得我心。我十分愉快地接受了写这篇文章的任务。

唐代的韩愈说："古之学者必有师。师者，所以传道、受业、解惑也。"今之学者亦然。各行各业都必须有老师。"师傅领进门，修行在个人。"虽然修行要靠自己，没有领进门的师傅，也是不行的。

我这一生，在过去的六十多年中，曾有过很多领我进门的师傅。现在虽已年逾古稀，自己也早已成为"人之患"（人之患，在患为人师），但是我却越来越多地回忆起过去的老师来。感激之情，在内心深处油然而生。我今天的这一点点知识，有哪一样不归功于我的老师呢？从我上小学起，经过了初中、高中、大学，一直到出国留学，我那些老师的面影依次浮现到我眼前来，我仿佛又受了一次他们的教诲。

关于国内的一些老师，我曾断断续续地写过一些怀念的文章。我现在想选一位外国老师，这就是德国的瓦尔德施米特教授。

我于1934年从清华大学西洋文学系毕业，在故乡济南省立高中当了一年国文教员。1935年深秋，我到了德国，在哥廷根大学学习。从1936年春天起，我师从瓦尔德施米特教授学习梵文和巴利文。我在清华大学读书时曾旁听过陈寅恪先生"佛经翻译文学"，我当时就对梵文发生了兴趣。但那时在国内没有人开梵文课，只好画饼充饥，徒唤奈何。到了哥廷根以后，终于有了学习的机会，我简直如鱼得水，乐不可支。教授也似乎非常高兴。他当时年纪还很轻，看上去比他的实际年龄更年轻，他刚在哥廷根大学得到一个正教授的讲座。他是研究印度佛教史的专家，专门研究新疆出土的梵文贝叶经残卷。除了梵文和巴利文外，还懂汉文和藏文，对他的研究工作来说，这都是不可缺少的。我一个中国人为什么学习梵文和巴利文，他完全理解。因此，他从来也没有问过我学习的动机和理由。第一学期上梵文课时，班上只有三个学生：一个乡村牧师，一个历史系的学生，第三个就是我。梵文在德国也是冷门，三人成众，有三个学生，教授就似乎很满意了。

教授的教学方法是典型的德国式的。关于德国教外语的方法我曾在几篇文章里都谈到过，我口头对人“宣传”的次数就更多。我为什么对它如此地偏爱呢？理由很简单：它行之有效。我先讲一讲具体的情况。同其他外语课一样，第一年梵文（正式名称是：为初学者开设的梵文）每周两次，每次两小时。德国大学假期特长特多。每学期上课时间大约只有二十周，梵文上课时间共约八十小时，应该说是很少的。但是，我们第一学期就学完了全部梵文语法，还念了几百句练习。在世界上已知的语言中，梵文恐怕是语法变化最复杂、最烦琐，词汇量最大的语言。语法规律之细致、之别扭，哪一种语言也比不上。能在短短的八十个小时内学完全部语法，是很难想象的。这同德国的外语教学法是分不开的。

第一次上课时，教授领我们念了念字母。我顺便说一句，梵文字母也是非常啰嗦的，绝对不像英文字母这样简明。无论如何，第一堂我觉得颇为舒服，没感到有多大的压力。我心里满以为就会这样舒服下去的。第二次上课就给了我当头一棒。教授对梵文非常复杂的连声规律根本不加讲解。教科书上的阳性名词变化规律他也不讲。一下子就读起书后面附上的练习来。这些练习都是一句句的话，是从印度梵文典籍中选出来的。梵文基本上是一种死文字，不像学习现代语言那样一开始先学习一些同生活有关的简单的句子：什么“我吃饭”“我睡觉”等。梵文练习题里面的句子多少都脱离现代实际，理解起来颇不容易。教授要我读练习句子，字母有些还面生可疑，语法概念更是一点也没有。读得结结巴巴，译得莫名其妙，急得头上冒汗，心中发火。下了课以后，就拼命预习。一句只有五六个字的练习，要查连声，查语法，往往要做一两个小时。准备两小时的课，往往要用上一两天的时间。我自己觉得，个人的主观能动性真正是充分调动起来了。过了一段时间，自己也逐渐适应了这种学习方法。头上的汗越出越少了，心里的火越发越小了。我尝到了甜头。

除了梵文和巴利文以外，我在德国还开始学习了几种别的外语。教学方法都是这个样子。相传19世纪德国一位语言学家说过这样的话："拿学游泳来打个比方，我教外语就是把学生带到游泳池旁，一下子把他们推下水去。如果他们淹不死，游泳就学会了。"这只是一个比方，但是也可以看出其中的道理。虽然有点夸大，但不能说是没有道理的。在"文化大革命"中，我自己跳出来，成了某一派"革命"群众的眼中钉、肉中刺，被"打翻在地，踏上了一千只脚"，批判得淋漓尽致。我宣传过德国的外语教学法，成为大罪状之首，说是宣传德国法西斯思想。当时一些"革命小将"的批判发言，百分之九十九点九是胡说八道，他们根本不知道，这种教学法兴起时，连希特勒的爸爸都还没有出世哩！我是"死不改悔"的顽固分子，今天我仍然觉得这种教学法能充分调动学生的积极性，尽早独立自主地"亲口尝一尝梨子"，是行之有效的。

这就是瓦尔德施米特教授留给我的第一个也是最深刻的一个印象。从那以后，一直到1939年第二次世界大战爆发，他被征从军为止，我每一学期都必选教授的课。我在课堂上（高年级的课叫作习弥那尔）读过印度古代的史诗、剧本，读过巴利文，解读过中国新疆出土的梵文贝叶经残卷。他对学生要求极为严格，梵文语法中那些古里古怪的规律都必须认真掌握，决不允许有半点马虎和粗心大意，连一个字母他也决不放过。学习近代语言，语法没有那样繁复，有时候用不着死记，只要多读一些书，慢慢地也就学通了。但是梵文却绝对不行。梵文语法规律有时候近似数学，必须细心地认真对付。教授在这一方面是十分认真的。后来我自己教学生了，我完全以教授为榜样，对学生要求严格。等到我的学生当上了老师的时候，他们也没有丢掉这一套谨严细致的教学方法。

教授的教泽真可谓无远弗届，流到中国来，还流了几代。我也总算对得起我的老师了。

瓦尔德施米特教授的重点研究范围是新疆出土的梵文贝叶经。在这一方面，他是蜚声世界的权威。他的老师是德国的梵文大家吕德斯教授，也是以学风谨严著称的。教授的博士论文以及取得在大学授课资格的论文，都是关于新疆贝叶经的。这两本厚厚的大书，里面的材料异常丰富，处理材料的方式极端细致谨严。一张张的图表，一行行的统计数字，看上去令人眼花缭乱，令人头脑昏眩。我一向虽然不能算是一个马大哈，但是也从没有想到写科学研究论文竟然必须这样琐细。两部大书好几百页，竟然没有一个错字，连标点符号，还有那些稀奇古怪的特写字母或符号，也都是个个确实无误，这实在不能不令人感到吃惊。德国人一向以彻底性自诩，我的教授忠诚地保留了德国的优良传统。留给我的印象让我终生难忘，终生受用不尽。

但是给我教育最大的还是我写博士论文的过程。按德国规定，一个想获得博士学位的学生必须念三个系：一个主系和两个副系。我的主系是梵文和巴利文，两个副系是斯拉夫语文系和英国语文系。指导博士论文的教授，德国学生戏称之为“博士父亲”。怎样才能找到博士父亲呢？这要由教授和学生两个方面来决定。学生往往经过在几个大学中获得的实践经验，最后决定留在某一个大学跟某一个教授做博士论文。德国教授在大学里至高无上，他说了算，往往有很大的架子，不大肯收博士生，害怕学生将来出息不大，辱没了自己的名声。越是名教授，收徒弟的条件越高。往往经过几个学期的习弥那尔，教授真正觉得孺子可教，他才点头收徒，并给他博士论文题目。

对我来讲，我好像是没有经过那样漫长而复杂的过程。第四学期念完，教授就主动问我要不要一个论文题目。我听了当然是受宠若惊，立刻表示愿意。他说，他早就有了一个题目《〈大事〉伽陀中限定动词的变化》，问我接受不接受。我那时候对梵文所知极少，根本没有选择题目的能力，便满口答应。题目就这样定了下来。佛典《大事》是用所谓“混合梵文”写成的，既非梵文，也非巴利文，更非一般的俗语，是一种乱七八糟杂凑起来的语言。这种语言对研究印度佛教史、印度语言发展史等都是很重要的。我一生对这种语言感兴趣，其基础就是当时打下的。

题目定下来以后，我一方面继续参加教授的习弥那尔，听英文系和斯拉夫语文系的课，另一方面就开始读法国学者塞那校订的《大事》，一共厚厚的三大本，我真是争分夺秒，“开电灯以继晷，恒兀兀以穷年”。我把每一个动词形式都做成卡片，还要查阅大量的图书杂志，忙得不可开交。此时国际环境和生活环境越来越恶劣。吃的东西越来越少，不但黄油和肉几乎绝迹，面包和土豆也仅够每天需要量的三分之一至四分之一。黄油和面包都掺了假，吃下肚去，咕咕直叫。德国人是非常讲究礼貌的。但在当时，在电影院里，屁声相应，习以为常。天上还有英美的飞机，天天飞越哥廷根上空。谁也不知道，什么时候会有炸弹落下，心里终日危惧不安。在自己的祖国，日本军国主义者奸淫掳掠，杀人如麻。“烽火连三月，家书抵万金。”我是根本收不到家书的。家里的妻子老小，生死不知。我在这种内外交迫下，天天晚上失眠。偶尔睡上一点，也是噩梦迷离。有时候梦到在祖国吃花生米，可见我当时对吃的要求已经低到什么程度。几粒花生米，连龙肝凤髓也无法比得上了。

我的论文就是在这种情况下慢慢地写下去的。我想，应当在分析限定动词变化之前写上一篇有分量的长的绪论，说明“混合梵语”的来龙去脉以及《大事》的一些情况。我觉得，只有这样，论文才显得有气派。我翻看了大量用各种语言写成的论文，做笔记，写提纲。这个工作同做卡片同时并举，经过了大约一年多的时间，终于写成了一篇绪论，相当长。自己确实是费了一番心血的。“文章是自己的好”，我自我感觉良好，觉得文章分析源流，标列条目，洋洋洒洒，颇有神来之笔，很是满意。我相信，这一举一定会给教授留下深刻印象，说不定还要把自己夸上一番。当时欧战方殷，教授从军回来短期休假。我就怀着这样的美梦，把绪论送给了他。隔了大约一个星期，教授在研究所内把文章退还给我，脸上含有笑意，最初并没有说话。我心里咯噔一下，直觉感到情势有点不妙了。我打开稿子一看，没有任何改动。只在第一行第一个字前面画上了一个前括号，在最后一行最后一个字后面画上了一个后括号。整篇文章就让一个括号括了起来，意思就是说，全不存在了。这真是“坚决、彻底、干净、全部”消灭掉了。我仿佛当头挨了一棒，茫然、懵然，不知所措。这时候教授才慢慢地开了口：“你的文章费了很大劲，引书不少。但是都是别人的意见，根本没有你自己的创见。看上去面面俱到，实际上毫无价值。你重复别人的话，又不完整准确。如果有人对你的文章进行挑剔，从任何地方都能对你加以抨击，而且我相信你根本无力还手。因此，我建议，把绪论统统删掉。在对限定动词进行分析以前，只写上几句说明就行了。”一席话说得我哑口无言，我无法反驳。这引起了我激烈的思想斗争，心潮滚滚，冲得我头晕眼花。过了好一阵子，我的脑筋才清醒过来，仿佛做了黄粱一梦。我由衷地承认，教授的话是完全合情合理的。我由此体会到：写论文就应该是这个样子。

这是我一生第一次写规模比较大的学术论文，也是我第一次受到剧烈的打击。然而我感激这一次打击，它使我终生头脑能够比较清醒。没有创见，不要写文章，否则就是浪费纸张。有了创见写论文，也不要下笔千言，离题万里。空洞的废话少说不说为宜。我现在也早就有了学生了。我也把我从瓦尔德施米特教授那里接来的衣钵传给了他们。

我的回忆就写到这里为止。这样一个好题目，我本来希望能写出一篇像样的东西。但是却是事与愿违，文章不怎么样。差幸我没有虚构，全是大实话，这对青年们也许还不无意义吧。

1987年3月18日晨

二战心影

在德国，同“二战”共始终的中国留学生，到了今天，时隔五十年，已经所余无几了。我有幸是其中一个，1939年至1945年长达六年的战火，现在回忆起来，宛如一场噩梦，虽已被时光消磨得漫漶不清，但有一些片段，却仍然栩栩鲜明，如在眼前。我现在就把这些片段写下来，看看从中能学得什么有用的教训。为了存真起见，我主要依据当时相当详细的日记。仅辅之以记忆，目的是避免以今天的感情代替当时的感情。需要说明的是，囿于当时所处环境，日记中所说的“敌机”“敌人”，当然是指反法西斯方面的盟军。

山雨欲来风满楼

我于1935年夏抵柏林，深秋赴哥廷根，此时纳粹上台才两年。焚书坑犹的暴行高潮已过，除了街上有穿黑制服的SS（党卫军，我们称之为“黑狗”）和SA（冲锋队，穿黄衣，我们称之为“黄狗”）外，其余则一片祥和。供应极端丰盛，人民安居乐业。我们谨遵出国时冯友兰老师和蒋廷黻老师的教导，闭口不谈政治，彼此相安无事。纳粹党员胸前都戴卐字胸章，一望而知谁是党员。他们的党似乎颇为松散，没有什么省委、市委等组织，也没听说过什么组织生活，也没有什么“光荣地加入S党”之类的说法。老百姓对希特勒是崇拜的，在社会生活中取消了“早安”“晚安”等的问候语，而代之以“希特勒万岁”。我厌恶这一套，在学校和家内，仍然说我的“早安”和“晚安”，到商店亦然。店员看我们是“老外”，有时候也答以相同的问候。如果我说“早安”“晚安”，而对方答以“希特勒万岁”，我就不想再进这个商店。

转瞬间，几年快乐的日子逝去了。大概从日本军国主义者大规模侵华时开始，德国的食品供应逐渐紧张起来了。最初是肉类限量供应。这对我影响不大，中国人本来吃肉就不多。不久，奶油也限量，我感到螺丝渐渐地拧紧了。到了1939年8月13日，我在日记中写道：“心绪仍然乱得很。欧洲局面又紧张起来。德国非把但泽（Danzig）拿回来不行。英、法、波兰等国又难让步，结果恐怕难免一战，又要不知道有多少人牺牲了。乱世为人，真不容易。自己的命运，不也正像秋风中的落叶吗？”

第二天的日记中又写道：“向晚，天又阴了起来。空中飘着飞机声。天知道，这象征什么！”隔了几天，8月18日的日记中有：“欧洲局面愈来愈紧张，战争爆发大概就在9月里。我固然沉不住气，Müller也同我一样，念不下书。于是我们就随便闲谈。”Müller是我的德国同学。一滴水中可以见宇宙，从他这个普通的德国人身上，大概也可以看到他们对战争的态度吧。又隔了几天，在8月25日的日记中，我写道：“12点出来，一看报，情势又不像我想的那样和缓了。看来战争爆发就在今天明天。”

第二天的日记中写道：“昨晚一躺下，就听到街上汽车声、人声不断。一会儿就听到马蹄声。德国恐怕已经下了总动员令。”根据我上面的日记，山雨欲来前的大风已经吹得够紧的了。

我想在这里加一段不无关系的插曲，仍然有日记为依据。几天以后在8月29日我写道：“12点出去，想到街上去看一看报，也没看到什么，就绕路回来。我现在走在街上，觉得每个人都注视我。他们似乎在说：‘你们自己国家在打仗，已经打了两年，你不回去。现在我们这里又要打仗，你仍然不回去，你究竟想干什么！’”这种心态十分微妙，含义也十分深刻。现在连我自己都忘记了，今天看到它，难道不能从中学习很多有益的东西吗？

书归正传，我现在继续读下去。到了9月1日，不过是两天以后，我在日记里写道："昨晚刚睡下，对门就来按铃，知道又出事了。早晨还没起来，就听到无线电里大吵大嚷。听房东说：德波已经开了火。"山雨果然来了，惊天动地的第二次世界大战，就这样看来不平淡而实则很平淡地开始了。它比我预言的还要早，还要快。哥廷根是一个仅有十万人口的小城，Müller不过是一个平平常常的德国大学生，我更不过是一个平平常常的"老外"。我们仅仅能从一个非常渺小的角度上来看这一件大事。但是，小中可以见大，外面广大的世界，仿佛也能包括在这个"小"中。可是我万万没有想到，这一阵满楼大风后的山雨竟一下下了六年。

抬眼望尽天涯路

在今后漫长的六年中，我的日记里当然会有很多关于二战的记述，我绝没有可能一一抄录。我只再抄几段战争爆发后十几天内的记述，以见一斑，其余的就全免了。

9月7日："5点出来，在街上走了走，人们熙熙攘攘，一点也看不出战时的景象。"9月11日："夜里忽然响起了飞机警报来。我知道不会有危险，但也只好随着别人到Keller（地下室）里去躲避。好在不久就解除，仍然上来睡大觉。"9月19日："5点回家，老希（指希特勒）在无线电里狗叫。"9月26日："夜里3点，又忽然响起空袭警报来，穿上衣服，走下Keller。还没站稳，警报解除，又回到屋里睡大觉。"9月28日："现在连面包都要Bezugschein（票），肉同牛油每星期只能领到很少的一点。"

不再往下抄了，总之是日子越来越难过，战火越来越扩大。缺吃少穿，缺这少那，简直是无所不缺。在大学里，阴盛阳衰，讲堂为"半边天"所垄断，男生都抓去当兵了。

就这样，一转眼到了1941年6月22日。这天的日记写道："早晨一起来，女房东就说，俄德已经开火。这一着早就料到，却没有想到这样快。我朦朦胧胧地感到，二战的转折点就在眼前了。'长夜漫漫何时旦'？难道说天就快要明了吗？这一天，我怀着愉快的心情，同几个德国男女朋友乘火车出去，到山上水边痛痛快快地乐了一天。”

德国人大概也有点沉不住气了。两天后，6月23日的日记中写道：“10点，上Prof. Waldschmidt的课。12点下课，谈了谈我的论文，又谈时局。他轻易不谈政治，今天大概也沉不住气，一直谈到1点半才走。吃了片面包，Müller又上来，又是谈时局。”

在几千万德国人中，他们俩可能代表广大群众的心声。

但是，我有我自己的想法。6月28日的日记中写道：“东战线的消息一点都不肯定。我猜想，大概德军不十分得手。”

“我猜想”实际上就是“我希望”。然而，我失望了。到了第二天，6月29日，星期日，日记中有：“昨晚听到房东说，今天要有Sondermeldung（特别报道），脑筋里立刻兴奋起来，吃了片安眠药才睡着。房东说，早晨已经有八个Sondermeidungen。”我最后的希望就在俄国，看来也不济事。黑暗野蛮的时代真要快降临欧洲了。我的神经跳动得极厉害。我实在对俄国共产党（不是共产主义）也无所爱，但我恨国社党更厉害。

从此以后，我们的日子更加难过。天上怕飞机丢炸弹，地上腹内空空，日夜挨饿。而且正像古人所说的：“屋漏偏遭连夜雨，船迟又遇打头风。”德国政府承认了南京汉奸政府。我们无论如何也不能同汉奸使馆发生关系，经同张维等商议，向德国警察局宣布无国籍。从此我们就成了没有任何外交保护的中国人，像空中的飞鸟一样，任人弹打了。我们就像地狱里面的一群饿鬼，经受着一生中空前绝后的饥饿与恐怖。

柏林王气黯然收

又仿佛一眨眼，四年逝去了。时间已经到了1945年的4月。

一进4月，人们的生活仿佛完全乱了套。我的日记到处都有这样的字样Voralarm（预警）、Alarm（警报）、Vorentwarnung（警报解除）、Entwarnung（预警解除）。有时一天反复多次。实际上，这些都没有用。有时候，敌机已经飞在头顶上，射击，投弹，然而却没有警报。现在我一出门，先看看天空伸长耳朵听一听。如无机影、机声，就往前走。如有，则到屋檐下躲一躲。此时街上流言四起，有的人说："哥廷根已宣布为Offenstadt（不设防城市），可以免遭轰炸。"又有人说："德国已在城西挖战壕。"又有人干脆说："美军这一进城，我就挂出白旗。"可见市民心态之混乱。

到4月8日，我在日记里写道："Keller里非常冷；围了毯子，坐在那里，只是睡不着。"我心里总奇怪，为什么有这样许多人在里面，而且接二连三地往里挤。后来听说，党部已经布告，妇孺都要离开哥廷根。我心里一惊，当然不会再睡着了。好歹盼到天明，回家吃了点东西，往Keller里搬了一批书，又回去。远处炮声响得厉害。Keller里已经乱成一团。有的说，德国军队要守哥城，有的说，哥城预备投降。蓦地城里响起了五分钟长的警笛，表示敌人快进城来。我心里又一惊，自己的命运同哥城的命运就要在短期内决定了。炮声也觉得挨近了。Keller前面仓皇跑着德国打败的军队。隔了好久，外面忽然平静下来。有的人出去看，已经看到美国坦克车。里面更乱了，谁都不敢出来，怕美国兵开枪。结果我同一位德国太太出来找到一个美国兵，告诉他这情形，回去通知大家，才陆续走出来。我心里很高兴，自己不能制止自己了，跑到一辆坦克车前面，同美国兵聊起来。我忘记了这是战争状态，枪口都对着弦。回到家来已经三点了。

美国兵就这样进了城。对哥廷根来说，"二战"结束了。六年长的一场噩梦醒了，"柏林王气黯然收"，法西斯王朝完蛋了。我的"二战"心影也就到此为止了。

我的心影完全根据当时的日记，绝没有掺入半点今天的想法与捏造，是完全真实的。我在德国十年的日记，一天不缺，恐怕有一两百万字，像这样的傻工作，今天留下的真如凤毛麟角了。我以一个个人，在一个极小的地方，管窥"二战"这样的大事，没有感到一点惊天地泣鬼神的剧烈，我感到的是：大战来得轻率，去得飘忽。如果要谈什么教训的话，我只有一句老生常谈：玩火者必自焚。遗憾的是，今天还有人在那里玩火。

1995年3月27日

追忆哈隆教授

1935年深秋，我来到了德国的哥廷根。

我曾有过一个公式：

天才+勤奋+机遇=成功

我十分强调机遇。我是从机遇缝里钻出来的，从山东穷乡僻壤钻到今天的我。

到了德国以后，我被德国学术交换处分配到哥廷根，而乔冠华则被分配到吐平根（Tübingen）。如果颠倒一下的话，吐平根既无梵学，也无汉学。我在那里混上两年，一无所获，连回国的路费都无从筹措。我在这里真不能不感谢机遇对我的又一次垂青。

我到了哥廷根，真是如鱼得水。到了1936年春，我后来的导师Waldschmidt教授调来哥廷根担任梵学正教授。这就奠定了我一生研究的基础。梵文研究所设在东方研究所（都不是正式的名称）内，这个研究所坐落在大图书馆对面Gauss-Weber-Haus内。这是几百年前大数学家Gauss和他的同伴Weber鼓捣电报的地方。房子极老，一层是阿拉伯研究所、巴比伦亚述研究所、古代埃及文研究所。二层是梵文研究所、斯拉夫语研究所、伊朗研究所。三层最高层则住着俄文讲师V.Grimm夫妇。

大学另外有一个汉学研究所，不在Gauss-Weber-Haus内，而在离开此地颇远的一个大院子中的大楼里。院子极大，有几株高大的古橡树矗立其间，上摩青天，气象万千。大楼极大，我不知道是做什么用的，楼中也很少碰到人。在二楼，有六七间大房子，四五间小房子，拨归汉学研究所使用。同Gauss-Weber-Haus比较起来宽敞多了。

汉学研究所没有正教授，有一位副教授兼主任，他就是G.哈隆（G. Haloun）教授，这个研究所和哈隆本人都不被大学所重视。他告诉我：他是苏台德人，不为正统的德国人所尊重。事实上也确实是这样的，我从来没有见过他同德国人有什么来往。哥廷根是德国的科学重镇，有一个科学院，院士们都是正教授中之佼佼者。这同他是不沾边的。在这里，他是孤独的、寂寞的。陪伴他出出进进汉学研究所的，我只看到他夫人一个人。在汉学研究所他的办公室里，他夫人总是陪他坐在那里，手里摆弄着什么针线活，教授则埋首搞自己的研究工作。好像这里就是他们的家庭。他们好像是处在一个孤岛上，形影不离，相依为命。

哈隆教授对中国古籍是下过一番苦功的，尤其是对中国古代音韵学有深湛的研究。用拉丁字母来表示汉字的发音，西方有许多不同的方法。但是，他认为，这些方法都不能真正准确地表示出汉字独特的发音，因此，他自己重新制造了一个崭新的体系，他自己写文章时就使用这一套体系。

在我到达哥廷根以前若干年中，哈隆教授研究的中心问题，似与当时欧洲汉学新潮流相符合，重点研究古代中亚文明。他费了许多年的时间，写了一篇相当长的论文《论月支（化）问题》，发表在有名的《德国东方学会会刊》上，受到了国际汉学家广泛的关注。

哈隆教授能读中文书，但不会说中国话。看这个问题应该有一个历史的观点。几百年前，在欧洲传播一点汉语知识的多半是在中国从事传教活动的神父和牧师。但是，他们虽然能说中国话，却不是汉学家。再晚一些时候，新一代汉学家成长起来了。他们精通汉语和一些少数民族的语言，但是能讲汉语者极少。比如鼎鼎大名的法国的伯希和（Paul Pelliot），我在清华念书时曾听过他的一次报告，是用英语讲的。可见他汉话是不灵的。

20世纪30年代，我到了德国，汉学家不说汉语的情况并没有改变。哈隆教授绝非例外。一直到比他再晚一代的年轻的汉学家，情况才开始改变。“二战”结束，到中国来去方便，年轻的汉学家便成群结队地来到了中国，从此欧洲汉学家不会讲汉语的情况便永远成为历史了。

我初到哥廷根时，中国留学生只有几个人，都是学理工的，对汉学不感兴趣。此时章士钊的妻子吴弱男（曾担任过孙中山的英文秘书）正带着三个儿子游学欧洲，只有次子章用留在哥廷根学习数学。他从幼年起就饱读诗书，能作诗。我们一见面，谈得非常痛快，他认为我是空谷足音。他母亲说，他平常不同中国留学生来往，认识我了以后，仿佛变了一个人，经常找我来闲聊，彼此如坐春风。章用同哈隆关系不太好。章曾帮助哈隆写过几封致北京一些旧书店买书的信。1935年深秋，我到了哥廷根，记得领我去见哈隆的就是章用。我同哈隆一见如故。对于哈隆教授这一代的欧洲汉学家，我有自己的实事求是的看法，他们的优缺点，我虽然不敢说是了如指掌，但是八九不离十。我们中国人首先应当尊敬他们，是他们把我国的文化传入欧美的，是他们在努力加强西方人对中国文化的了解。他们有了困难，帮助他们是我们的天职。我们没有任何理由小看他们，不尊重他们。

哈隆教授，除了自己进行研究工作以外，他最大的成绩就是努力创造了一个规模不小的汉学图书馆。他多方筹措资金，到北京去买书。我曾给他写过一些信给北京琉璃厂的某书店，还有东四修绠堂等书店，按照他提出的书单，把书运往德国。哥廷根大学图书馆并不收藏汉文书籍，对此也毫无兴趣。哈隆的汉学图书馆占有五六间大房子和几间小房子。大房子中，书架上至天花板，估计有几万册。线装书最多，也有不少的日文书籍。记得还有几册明版的通俗小说，在中国也应该属于善本了。对我来讲，最有用的书极多，首先是《大正新修大藏经》一百册。这一部书是我做研究工作必不可少的。可惜在哥廷根只有Prof. Waldschmidt有一套，我无法使用。现在，汉学研究所竟然有一套，只供我一个人使用，真如天降洪福，绝处逢生。此外，这里还有一套长达百本的笔记丛刊。

我没事时也常读一读，增加了一些乱七八糟的知识。在这样的情况下，我在哥廷根十年，绝大部分时间是在梵学研究所度过的，其余的时间则多半是在汉学研究所。

我对哈隆的汉学图书馆也可以说是做过一些贡献的。中国木版的旧书往往用蓝色的包皮装裹起来，外面看不到书的名字，这对读者非常不方便。我让国内把虎皮宣纸寄到德国，附上笔和墨。我对每一部这样的书都用宣纸写好书名，贴到书上，让读者一看就知道是什么书，非常方便。而且也美观。几个大书架上，仿佛飞满了黄色的蝴蝶，顿使不太明亮的大书库里也充满了盎然的生气。不但我自己觉得很满意，哈隆更是赞不绝口，有外宾来参观，他也怀着骄傲的神色向他们介绍，这种现象在别的汉学图书馆中也许是见不到的。

时间已经到了1937年，清华同德国的交换期满了，我再也拿不到每月一百二十马克了。但这也并非绝路，既到了德国，总会有办法的，比如申请洪堡基金等。但是，哈隆教授早已给我安排好了，我被聘为哥廷根大学汉语讲师，工资每月一百五十马克。我的开课通知书赫然贴在大学教务处开课通知栏中，供全校上万名学生选择。在几年中确实有人报名学习汉语普通话，但过不了多久，一一都走光。在当时，汉语对德国用处不大。不管怎样，我反正已经是大学的成员之一。对我来说，在当时的政治环境下，这是非常有利的。

这时陆续有几个中国留学生来到哥廷根。他们中有的是考上了官费留学的，这在当时的中国，没有极强硬的后台是根本不可能的。据说，在两年内，他们每月可以拿到八百马克。其余的留学生中有安徽大地主的子弟，有上海财阀的子女，平时财大气粗。但是，1939年“二战”一爆发，邮路梗阻，家里的钱寄不出来，立即显露出一副狼狈相。反观我这区区一百五十马克，固若金汤，我毫无后顾之忧，每月到大学财务处去领我的工资。所有这一切，我当然必须感谢哈隆教授。

哈隆教授的汉学图书馆在德国在欧洲是名声昭著的。我到图书馆去的时候，时不时地会遇到一些德国汉学家或欧洲其他国家的汉学家来这里查阅书籍，准备写博士论文或其他著作。英国的翻译家Arthur Waley，就是我在这里认识的。

时间大概是到了1938年，距“二战”爆发还有一年的时间。有一天，哈隆教授告诉我，他已接受英国剑桥大学的邀请去担任汉语讲座教授，对他对我这都是天大的喜事。我向他表示诚挚的祝贺。他说，他真舍不得离开他的汉学图书馆。但是，现在是不离开不行的时候了。他要我同他一起到剑桥去，在那里他为我谋得了一个汉学讲师的位置。我感谢他的美意，但是，我的博士论文还没有完成。此事只好以后再提。

他去英国的前几天，我同当时在哥廷根的中国留学生田德望在市政府地下餐厅设宴为他饯行。我们都准时到达。那一天晚上，我看哈隆教授是真动了感情。他坐在那里，半天不说话，最后说：“我在哥廷根十几年，没有交一个德国朋友，在去英国之前，还是两个中国朋友来给我饯行。”说罢，流出了眼泪。从此以后，他携家走英伦。1939年，“二战”爆发，我的剑桥梦也随之破灭。我再也没有见到过他。

在《站在胡适之先生墓前》那一篇文章里，我曾列举了平生有恩于我的师友，在德国，我只列了两位：Sieg和Waldschmidt。现在看来，不够了，应该加上哈隆教授，没有他的帮助，我在哥廷根是完成不了那样多的工作的。

2003年6月30日于301医院

十年回顾

自己觉得德国十年的学术回忆好像是写完了。但是，仔细一想，又好像是没有写完，还缺少一个总结回顾，所以又加上了这一段。把它当作回忆的一部分，或者让它独立于回忆之外，都是可以的。

在我一生六十多年的学术研究的过程中，德国十年是至关重要的关键性的十年。我在前面已经提到过，如果我的学术研究有一个发轫期的话，真正的发轫不是在清华大学，而是在德国哥廷根大学。我也提到过，如果我不是出于一个非常偶然的机遇来到德国的话，我的一生将会完完全全是另一个样子。我今天究竟会在什么地方，还能不能活着，都是一个未知数。

但是，这个十年并不是一个简单的十年，有它辉煌成功的一面，也有它阴暗悲惨的一面。所有这一切都比较详细地写在我的《留德十年》里，读者如有兴趣，可参阅。我在上面写的我在哥廷根十年的学术活动，主要以学术论文为经，写出了我的经验与教训。我现在想以读书为纲，写我读书的情况。我辈知识分子一辈子与书为伍，不是写书，就是读书，两者是并行的，是非并行不可的。

我已经活过了八个多十年，已经到了望九之年。但是，在读书条件和读书环境方面，哪一个十年也不能同哥廷根的十年相比。在生活方面，我是一个最枯燥乏味的人，所有的玩的东西，我几乎全不会，也几乎全无兴趣。我平生最羡慕两种人：一个是画家，一个是音乐家。而这两种艺术是最需天才的，没有天赋而勉强对付，决无成就。可是造化小儿偏偏跟我开玩笑，只赋予我这方面的兴趣，而不赋予我那方面的天才。《汉书·董仲舒传》说：“古人有言曰：‘临渊羡鱼，不如退而结网。’”我极想“退而结网”，可惜找不到结网用的绳子，一生只能做一个羡鱼者。我自己对我这种个性也并不满意。我常常把自己比作一盆花，只有枝干而没有绿叶，更谈不到有什么花。

在哥廷根的十年，我这种怪脾气发挥得淋漓尽致。哥廷根是一个小城，除了一个剧院和几个电影院以外，任何消遣的地方都没有。我又是一介穷书生，没有钱，其实也是没有时间冬夏两季到高山和海滨去旅游。我所有的仅仅是时间和书籍。学校从来不开什么会，有一些学生会偶尔举行晚会跳舞。我去了以后，也只能枯坐一旁，呆若木鸡。这里中国学生也极少，有一段时间，全城只有我一个中国人。这种孤独寂静的环境，正好给了我空前绝后的读书的机会。我在国内不是没有读过书，但是，从广度和深度两个方面来看，什么时候也比不上在哥廷根。

我读书有两个地方，分两大种类，一个是有关梵文、巴利文和吐火罗文等的书籍，一个是汉文的书籍。我很少在家里读书，因为我没有钱买专业图书，家里这方面的书非常少。在家里，我只在晚上临睡前读一些德文的小说，Thomas Mann的名著*Buddenbooks*就是这样读完的。我早晨起床后在家里吃早点，早点极简单，只有两片面包和一点黄油和香肠。到了后来，第二次世界大战爆发后，首先在餐桌上消逝的是香肠，后来是黄油，最后只剩一片有鱼腥味的面包了。最初还有茶可喝，后来只能喝白开水了。早点后，我一般是到梵文研究所去，在那里一待就是一天，午饭在学生食堂或者饭馆里吃，吃完就回研究所。整整十年，不懂什么叫午睡，德国人也没有午睡的习惯。

我读梵文、巴利文、吐火罗文的书籍，一般都是在梵文研究所里。因此，我想先把梵文研究所图书收藏的情况介绍一下。哥廷根大学的各个研究所都有自己的图书室。梵文图书室起源于何时、何人，我当时就没有细问。可能是源于Franz Kielhom，他是哥廷根大学的第一个梵文教授。他在印度长年累月搜集到的一些极其珍贵的碑铭的拓片，都收藏在研究所对面的大学图书馆里。他的继任人Hermann Oldenberg在他逝世后把大部分藏书都卖给了或者赠给了梵文研究所。其中最珍贵的还不是已经出版的书籍，而是零散的几篇论文。当时Oldenberg是国际上赫赫有名的梵学大师，同全世界各国的同行们互通声气，对全世界梵文研究的情况了如指掌。广通声气的做法不外一是互相邀请讲学，二是互赠专著和单篇论文。专著易得，而单篇论文，由于国别太多、杂志太多，搜集颇为困难。只有像Oldenberg这样的大学者才有可能搜集比较完备。Oldenberg把这些单篇论文都装订成册，看样子是按收到时间的先后顺序装订起来的，并没有分类。皇皇几十巨册，整整齐齐地排列书架上。我认为，这些零篇论文是梵文研究所的镇所之宝。除了这些宝贝以外，其他梵文、巴利文一般常用的书都应有尽有。其中也不乏名贵的版本，比如Max Müuer校订出版的印度最古的典籍《梨俱吠陀》原刊本，Whitney校订的《阿闼婆吠陀》原刊本。Boehtlingk和Roth的被视为词典典范的《圣彼德堡梵文大词典》原本和缩短本，也都是难得的书籍。至于其他字典和工具书，无不应有尽有。

我每天几乎是一个人坐拥书城，“躲进小楼成一统”，我就是这些宝典的伙伴和主人，它们任我支配，其威风虽南面王不易也。整个Gauss-Weber-Haus平常总是非常寂静，里面的人不多，而德国人又不习惯于大声说话，干什么事都只静悄悄的。门外介于研究所与大学图书馆之间的马路，是通往车站的交通要道；但是哥廷根城还不见汽车，于是本应该喧阗的马路，也如“结庐在人境，而无车马喧”。这真是一个读书的最理想的地方。

除了礼拜天和假日外，我每天都到这里来。主要工作是同三大厚册的*Mahāvastu*拼命。一旦感到疲倦，就站起来，走到摆满了书的书架旁，信手抽出一本书来，或浏览，或仔细阅读。积时既久，我对当时世界上梵文、巴利文和佛教研究的情况，心中大体上有一个轮廓。世界各国的有关著作，这里基本上都有。而且德国还有一种特殊的购书制度，除了大学图书馆有充足的购书经费之外，每一个研究所都有自己独立的购书经费，教授可以任意购买他认为有用的书，不管大学图书馆是否有复本。当Waldschmidt被征从军时，这个买书的权力就转到了我的手中。我愿意买什么书，就买什么书。书买回来以后，编目也不一定很科学，把性质相同或相类的书编排在一起就行了。借书是绝对自由的，有一个借书簿，自己写上借出书的书名、借出日期；归还时，写上一个归还日期就行了。从来没有人来管，可是也从来没有丢过书，不管是多么珍贵的版本。除了书籍以外，世界各国有关印度学和东方学的杂志，这里也应有尽有。总之，这是一个很不错的专业图书室。

我就是在这样的情况下畅游于书海之中。我读书粗略地可以分为两类：一类是细读的，一类是浏览的。细读的数目不可能太多。学梵文必须熟练地掌握语法。我上面提到的Stenzler的《梵文基础读本》，虽有许多优点，但是毕竟还太简略；入门足够，深入却难。在这时候必须熟读Kielhom的《梵文文法》，我在这一本书上下过苦工夫，读了不知多少遍。其次，我对Oldenberg的几本书，比如《佛陀》等都从头到尾细读过。他的一些论文，比如分析*Mahāvastu*的文体的那一篇，为了写论文，我也都细读过。Whitney和Wackernagel的梵文文法，Debruner续Wackernagel的那一本书，以及W.Geiger的关于巴利文的著作，我都下过工夫。但是，我最服膺的还是我的太老师Heinrich Lüders，他的书，我只要能得到，就一定仔细阅读。他的论文集*Philologica Indica*是一部很大的书，我从头到尾仔细读过一遍，有的文章读过多遍。像这样研究印度古代语言、宗教、文学、碑铭等的对一般人来说都是极为枯燥、深奥的文章，应该说是最乏味的东西。喜欢读这样文章的人恐怕极少极少，然而我却情有独钟；我最爱读中外两位大学者的文章，中国是陈寅恪先生，西方就是Lüders先生。这两位大师实有异曲同工之妙。他们为文，如剥春笋，一层层剥下去，愈剥愈细；面面俱到，巨细无遗；叙述不讲空话，论证必有根据；从来不引僻书以自炫，所引者多为常见书籍；别人视而不见的，他们偏能注意；表面上并不艰深玄奥，于平淡中却能见神奇；有时真如“山重水复疑无路”，转眼间“柳暗花明又一村”；迂回曲折，最后得出结论，让你顿时觉得豁然开朗，口服心服。人们一般读文学作品能得到美感享受，身轻神怡。然而我读两位大师的论文时得到的美感享受，与读文学作品时所得到的迥乎不同，却似乎更深更高。也许有人会认为这是我个人的怪癖；我自己觉得，这确实是“癖”，然而毫无“怪”可言。“此中有真意，欲辩已忘言”，实不足为外人道也。

上面谈的是我读梵文著作方面的一些感受。但是，当时我读的书绝不限于梵文典籍。我在前面已经说到，哥廷根大学有一个汉学研究所。所内有一个比梵文研究所图书室大到许多倍的汉文图书室。为什么比梵文图书室大这样多呢？原因是大学图书馆中没有收藏汉籍，所有的汉籍以及中国少数民族的语言，如藏文、蒙文、西夏文、女真文之类的典籍都收藏在汉学研究所中。这个所的图书室，由于Gustav Haloun教授的惨淡经营，大量从中国和日本购进汉文典籍，在欧洲颇有点名气。我曾在那里会见过许多世界知名的汉学家，比如英国的Athur Waley等。汉学研究所所在的大楼比Gauss-Weber-Haus要大得多，也宏伟得多；房子极高极大。汉学研究所在二楼上，上面还有多少层，我不清楚。我始终也没有弄清楚，偌大一座大楼是做什么用的。十年之久，我不记得，除了打扫卫生的一位老太婆，还在这里见到过什么人。院子极大，有极高极粗的几棵古树，样子都有五六百年的树龄，地上绿草如茵。楼内楼外，干干净净，比梵文研究所更寂静，也更幽雅，真是读书的好地方。

我每个礼拜总来这里几次，有时是来上课，更多地是来看书。我看得最多的是日本出版的《大正新修大藏经》。有一段时间，我帮助Waldschmidt查阅佛典。他正写他那一部有名的关于释迦牟尼涅槃前游行的叙述的大著。他校刊新疆发现的佛经梵文残卷，也需要汉译佛典中的材料，特别是唐义净译的那几部数量极大的“根本说一切有部律”。至于我自己读的书，则范围广泛。十几万册汉籍，本本我都有兴趣。到了这里，就仿佛回到了祖国一般。我记得这里藏有几部明版的小说。是否是宇内孤本，因为我不通此道，我说不清楚。即使是的话，也都埋在深深的“矿井”中，永世难见天日了。自从1937年Gustav Haloun教授离开哥廷根大学到英国剑桥大学去任汉学讲座教授以后，有很长一段时间，汉学研究所就由我一个人来管理。我每次来到这里，空荡荡的六七间大屋子就只有我一个人，万籁俱寂，静到能听到自己心跳的声音。在绝对的寂静中，我盘桓于成排的大书架之间，架上摆的是中国人民智慧的结晶，我心中充满了自豪感。我翻阅的书很多；但是我读得最多的还是一大套上百册的中国笔记丛刊，具体的书名已经忘记了。笔记是中国特有的一种著述体裁，内容包罗万象，上至宇宙，下至鸟兽虫鱼，以及身边琐事、零星感想，还有一些历史和科技的记述，利用得好，都是十分有用的资料。我读完了全套书，可惜我当时还没有研究“糖史”的念头，很多有用的资料白白地失掉了。及今思之，悔之晚矣。

我在哥廷根读梵、汉典籍，情况大体如此。

图书在版编目（CIP）数据

我的银红时代 / 季羡林著. —杭州 ：浙江人民出版社，2016.7

（季羡林 ：国学大师斑斓人生书系）

ISBN 978-7-213-07494-3

Ⅰ. ①我… Ⅱ. ①季… Ⅲ. ①散文集-中国-当代 Ⅳ. ①I267

中国版本图书馆 CIP 数据核字(2016)第 150668 号

我的银红时代

季羡林 著

出版发行：浙江人民出版社(杭州市体育场路 347 号 邮编 310006)

市场部电话：(0571)85061682 85176516

集团网址：浙江出版联合集团 http://www.zjcb.com

责任编辑：洪 晓 余慧琴

责任校对：姚建国

选题策划：王佩芬

特约编辑：陈锦红

封面设计：观止堂_未氓

电脑制版：杭州大漠照排印刷有限公司

印 刷：浙江新华印刷技术有限公司

开 本：670 毫米×980 毫米 1/16 印 张：14.25

字 数：194 千字 插 页：2

版 次：2016 年 7 月第 1 版 印 次：2016 年 7 月第 1 次印刷

书 号：ISBN 978-7-213-07494-3

定 价：33.60 元